政协委员文库

中华文化的现代价值

陈 来 ◎著

中国文史出版社

目　录

弘扬中华优秀文化 （代序）

习近平总书记指出，"中华优秀传统文化是我们最深厚的文化软实力，也是中国特色社会主义植根的文化沃土"。中华文明是世界文明史上唯一的连续性文明，五千年文明的连续发展是中华文明的重要特征。历史学家认为，中华文明具有如此长久的连续性，证明中华民族的历史发展必有一伟大的力量寓于其中。这个力量就是我们的中华优秀文化和它所滋养的中华民族的民族精神，它赋予了中华民族伟大的生命力和凝聚力，我们今天的一个重要任务，就是大力传承发展中华优秀文化，担当起中华民族伟大复兴的重大责任。

那么，中华优秀文化体现在哪些地方呢？中华文化源远流长、博大精深，而其中最核心的就是中华文化中的一套思想理念、价值观和民族精神。其中主要包括：一、天人合一。所谓天人合一就是注重人与自然的和谐合一，注重人道和天道的一致，不是强调征服自然、改造自然，不主张天和人的对立，而主张天和人的协调。二、以人为本。中国传统文化的显著特点是以人为中心，中国古代哲学主张"天地之生人为贵""人者天地之心"，肯定人是宇宙的中心。中国传统主流文化不重视彼岸世界，始终关注的焦点是人类社会的有序和谐与人生理想的实现。三、崇德尚义。中国文化自古以来重视人的德行品格，重视德行的培养和人格的提升，历来高度推崇那些有高尚精神追求的人士；孔子说"杀身以成仁"，孟子说"舍生而取义"，都是认为道德信念的信守和道德理想的坚持可以不受物质条件所影响，在一定的条件下比生命还重要。除了这些核心理念，几千年来中国文明确定地形成了自己的价值偏好，即责任先于权利，义务先于自由，社群高于个人，和谐高于冲突。

中华文化的价值观已经成为中华民族最基本的文化基因。我们讲文化自信，主要就是价值观的自信。优秀传统文化的具体表现是多方面的，我们要积极传承发展。如讲仁爱、重民本、守诚信、崇正义、尚和合、求大同的理念，要使之成为涵养社会主义核心价值的基础和源泉。又如民为邦本、政者正也、德主刑辅、礼法合治、居安思危等思想智慧，可以为今天的启示和镜鉴，以利于国家治理体系的改进和完善。中华传统美德是中华文化的精髓，如仁义礼智信五常、孝悌忠信礼义廉耻八德等，是中华民族在漫长发展历程中生生不息的主要支撑，必须努力传承和弘扬。中华文化中有许多思想理念对当代人类面临的冲突解决提供了有益的启示，孔子在两千五百年前提出的"己所不欲，勿施于人"态度与"和而不同"的精神，有利于处理人与人的矛盾冲突，有利于处理不同文明之间的关系，也深刻地体现了中华文明处理人类难题的智慧，要深入发掘和阐发。

优秀传统文化有各种各样的具体表现，而民族精神则是指中华民族绵延发展的深层动力和总体精神，《周易》的两句话可以作为中华民族精神的集中表达，这就是"自强不息"和"厚德载物"。《周易》里面解释乾卦说"天行健，君子以自强不息"，主张刚健有为、积极进取、奋发向上、永远前进，这体现了中华民族愈是遭受挫折愈是奋起进取的精神状态和坚韧意志。《周易》里面解释坤卦说"地势坤，君子以厚德载物"，体现了中华文化特有的"兼容并包""以和为贵"、崇尚和谐统一的宽厚胸怀。

二十世纪的中国哲学家冯友兰曾经说："解放以后，我时常想，在世界上中国是文明古国之一，其他古国现在大部分都衰微了，中国还继续存在。不但继续存在，而且还进入了社会主义社会。中国是古而又新的国家。《诗经》上有句诗说，'周虽旧邦，其命维新'，旧邦新命，是现代中国的特点，我要把这个特点发扬起来。"旧邦"就是有古老文化历史的国家，"新命"就是其生命不断更新发展。让我们不忘本来、吸收外来、面向未来，不断增强中华优秀传统文化的生命力和影响力，不断创造中华文化的新辉煌。

中华优秀文化的传承和发展

中华文化是中华民族的生命命脉；中华文化是中华民族的精神家园；中华文化是中华民族凝聚力和创造力的不竭源泉。中华民族具有五千多年连续不断的文明历史，创造了博大精深的中华文化，为人类文明进步做出了不可磨灭的贡献。中华文化积淀着中华民族最深沉的精神追求，包含着中华民族最根本的精神基因，代表着中华民族的独特精神标识，是中华民族生生不息、发展壮大的丰厚滋养。习近平总书记系列重要讲话中指出："我们要善于把弘扬优秀传统文化和发展现实文化有机统一起来，紧密结合起来，在继承中发展，在发展中继承。要使中华民族最基本的文化基因与当代文化相适应、与现代社会相协调。以人们喜闻乐见、具有广泛参与性的方式推广开来，把跨越时空、超越国度、富有永恒魅力、具有当代价值的文化精神弘扬起来，把继承传统优秀文化又弘扬时代精神、立足本国又面向世界的当代中国文化创新成果传播出去。"这就确立了文化继承的理论基础，也就回答了什么是优秀传统文化、如何继承发展优秀传统文化的问题。正确认识中华文明的继承发展问题，不仅关系到执政党当下至未来一个时期的治国理政的大问题，而且关系到中华民族永续发展的大问题。

一、继承与弘扬

中华文明是世界文明史上最具有连续性的文明。五千年文明的连续发展是中华文明的重要特征。中华文明的这种连续性之所以成为可能，除了各种其他因素之外，中华民族自觉的传承意识和传承实践，始终是一个重要原因。自觉地继承、传承是中国古代文化的一项重要特征，也是中国文化连续性发展的根本条件。孔子注重"述而不作"，述是复述，也是传承，述是早期古代文化积累发展的主要方式。没有"述"文化的成果就不能保留和传承，孔子以后儒家对"六经"的不断解释和自觉传承对于中华文化的久远传承发挥了根本性的示范作用。唐代的韩愈曾写下著名的《原道》，原道的"道"就是中华文明及其核心价值，强调面对外来文化的冲击要坚持中华文明的传承发展。宋代以后，"学绝道丧"成为儒学的根本忧患，也是主张要把文化和价值的传承作为第一要务。

20世纪中国文化中的"继承"问题，在现代文化语境中是指对于"古代文化遗产"的继承，从而使得继承这一法律术语同时具有了广阔的文化意义。在发生学上，这个问题既是在古代社会向近代社会发展转变中发生的，又是中国共产党领导的中国革命在长期武装斗争时期就遇到的问题。就前一点来说，就是五四新文化运动突显的新旧文化问题，当时的主流声音是高举科学和民主的旗帜，全面批判传统文化，以求走向近代化。就后一点说，中国共产党领导的中国革命是新民主主义的革命，包含着自己的文化主张；而在新民主主义革命时期，以武装斗争为中心任务的时代使命不能不规定文化继承和选择的主题。

换言之，革命为中心任务的时代，对于文化的主张和选择必然是以服从革命斗争为根本、为革命斗争服务的。革命的武装斗争需要的是鼓励勇往直前、冲决罗网、破坏斗争、坚决奋斗的气概、意识和精神，而反对遵守秩序法则，不重和谐守成。中华文化的主流是儒家文化，儒家在历史哲学和政治哲学上肯定革命的必要性和正当性，然而儒家思想本质上不是为革命呐喊的，而是为治国安邦、修身齐家服务的学问。因此儒家重视的是和谐、秩序、道德、团结、稳定。历史上，汉代的建立，经过军事斗争取得胜利，而后转入长治久安的时期。汉代大一统王朝的成功发展不是自然地经历了这样的转折，而是以秦政为借鉴，通过重视汉儒叔孙通对刘邦所说"夫儒者难与进取，可与守成"，认识到儒家不是马上得天下的学问，却是马下治天下的学问，而逐步取得的。马上得天下就是武装夺取政权，马下治天下就是和平时期长治久安，中心任务不同，对传统文化的选择和认识也不同，对文化继承的态度也就不同。

因此，在武装夺取政权的革命时期，理所当然地，传统文化包括儒家、道家、佛家的思想不受重视，因为儒、释、道重视的是道德对社会的涵养、文化对人的化育。这些传统思想文化在当时不仅不受重视，甚至在一定程度上被批判，也有其合理性。因此，以革命斗争夺取政权为中心的时代和取得政权建设发展的时代，对于传统文化的认识与需要是完全不同的。革命战争时代对于中华文化的继承必然不同于建设发展时期，不仅在整体上的认识不同，在对个别问题的继承上也必然不同。这表现在毛泽东的意识中最为明确，典型的例子是抗战期间毛泽东对彭德怀、匡亚明表示的对于孔子思想的意见。彭德怀主张在抗日统一战线内部，"在人与人之间要发扬互爱、互敬、互助，己所不欲、勿施于人"。毛泽东对此提出批评："在政治上提出'己所不欲、勿施于人'的口号是不适当的，现在的任务是用战争及其他政治手段打倒敌人，现在的社会基础是商品经济，这二者都是己所不欲、要施于人。只有在阶级消灭后，才能实现己所不欲、勿施于人的原则。"匡亚明提出孔子讲"其身正，不令而行；其身不正，虽令不从"，是说领导人要起模范带头作用，应该肯定。毛泽东表示："孔子思想中有消极的东西，也有积极的东西，只能当作历史遗产，批判地加以继承和发扬。对当前革命运动来说，它是属于第二位的。"

从1938年开始，中国共产党对于传统文化的态度方针，以毛泽东为代表，表达为"批判地吸收"。其主要意旨是，在批判的前提下吸收，批判居于主体、优位、前提的地位，这和这一时期党的革命中心任务是一致的。当然，由于中共早期受到五四新文化运动思潮的影响很大，所以这一时期中共对传统文化的态度也包含有五四新文化思潮影响的成分。1949年建国以后的一个时期，在将近三十年中第一代领导核心没有及时调整工作重心，反而全面延伸了革命斗争时代的文化方针与态度，突出阶级斗争。这一时期长期以"批判地继承"作为文化的主导口号和方针，在相当程度上限制了党全面继承、吸收古代的优秀文化，以服务于国家治理和文化建设。而这一点的真正自觉，要到21世纪初提出和谐社会建构才开始，在党的十八大以后才全面展开。习近平指出，对于传统文化"要有区别地对待，有扬弃地继承"，这一思想不再停留在以往以革命为中心任务时期的"批判地继承"的提法，不再把批判地继承作为文化传承的主导方针。扬弃是同时包含了发扬和抛弃两方面的辩证法，扬弃就是既取其精华，又弃其糟粕，在这个新的提法中，避免了以批判为先、为主的倾向，充分体现了党的工作重心转移为经济建设和改革开放的历史性转变后，从治国理政的整体需要对文化继承方针的新思考。

多年以来，我们在文化领域遇到的主要问题，不是要不要继承，而是如何继承、继承什么，前者是继承方法，后者是继承标准。毛泽东1938年说过："我们不应当割断历史，从孔夫子到孙中山，我们应当给以总结，承继这一份珍贵的遗产。"又说："学习我们的历史遗产，用马克思主义方法给以批判的总结。"1940年在《新民主主义论》中提出

"取其精华、弃其糟粕"的方法，主张吸取民主性的精华、弃除封建性的糟粕，作为发展民族新文化的条件。1942年在延安文艺座谈会上他提出"我们要继承一切优秀的文学艺术遗产，批判地吸收其中一切有益的东西"。他特别批评"言必称希腊"，强调"不仅要中国的今天，还要懂得中国的昨天和明天"，强调"不能忘记我们自己的老祖宗"。这些直到今天还是有意义的。但是由于中共早期的文化理念受到五四新文化运动的影响甚深，又在建国后延伸了革命战争时代对传统文化的认识，于是在继承文化遗产的问题上，始终不能及时转变以批判为主的思维。如在如何继承古代文化的遗产问题上，一直在一个很长时期内沿用了"五四"对科学和民主的强调，强调科学的、大众的文化，用以区别封建性和民主性。其实，把民主和科学作为文化继承的标准，是片面的。中国传统的道德文化和道德美德，唐诗宋词的美学价值，中和辩证的实践智慧，治国理政的经验总结等，既不是科学，也不是民主，都不能在这种科学民主的标准下被肯定，但它们都包含着超越时代的普遍性文化精髓。另一种常见的误区是认为农业文明时代发展出来的文化已经全部过时，这是犯了机械决定论的错误，不能认识到人类任何时代都可能创造出超越时代的文化内容。

继承中华优秀传统文化是中华民族永续发展的需要；继承中华优秀文化是中华文化不断创新发展的需要；继承中华优秀文化是中国特色社会主义实践的需要；继承中华优秀文化是中华民族伟大复兴的需要。文化的继承，关键是承认在中华文化中含有超越时空、跨越国度、富有永恒意义、又有当代价值的成分。因此，在民族精神与价值观上，中华文化为我们今天的文化建设并不是仅仅提供了"民族形式"，而是提供了积极丰富的内容。

弘扬是把承接下来的传统发扬光大，因此弘扬与继承既联系又区别，继承是前提，弘扬是在继承基础上的发扬，往往指在实践中自觉地予以宣传、予以贯彻、予以提倡、发挥传统。近年来我们一直提倡弘扬优秀传统，发扬民族精神，都是自觉地对中华优秀文化加以发扬的积极实践。因此，真正的继承不是简单的承接，而是联系着弘扬，弘扬是更为自觉地继承传统的积极态度。继承意味着肯定，继承和弘扬的方针反映了现实的需要，继承与弘扬，正像继承与其他范畴的关系一样，不是割裂的，弘扬也是一种继承，发展也是一种继承，继承和弘扬发展是互相包含、关联一体的文化实践。

二、挖掘与阐发

如何继承和弘扬优秀传统文化，这还涉及挖掘和阐发。我们今天一般所说的继承弘扬优秀传统文化多是指古代流传下来、体现为文字的经典文本，特别是其中的价值观念、价值语句、思想主张、文化命题。

继承是就既定的遗产之承接而言，一般多理解为自然性的，这里的自然是与自觉推动相对的。汲取与自然地继承有所不同，是一种主动、积极的态度。古代的继承多是自然历史过程，今天我们倡导继承，更多是自觉、积极、主动的文化实践。可以说，真正的继承并不是自然地可以完成的，需要认真地对对象加以汲取。汲取本身是能动的，汲取的过程也是升华的过程，使一切现成的文本形式和内容升华为我们可以利用的当代价值。汲取即是努力地予以吸收，汲取又联系着挖掘和阐释。古代文化中的一个语句或命题有没有价值，有什么样的价值值得汲取，往往需要经过挖掘和阐释。有的时候，语句的意义不直接明朗，需要经过人的解释和阐明，才能赋予、开显其现代人觉得重要的价值含义，如天人合一。近代以来的许多批判性解释往往是把古代文化的资源歪曲了，或封闭了，我们所提倡的挖掘和阐发就是去除那些望文生义的曲解，并使之向当代文化开放，从而，深入挖掘既指要在古代浩瀚的书卷中寻觅出有价值的文本语料，也指对相对熟悉的历史资料的当代意义的深入理解。

关于挖掘和阐发，更突出强调的是中华优秀文化的时代价值。因为，优秀传统文化与时代的关系，有的并不直接，需要从新的视野来考察分析，去挖掘阐发，才能显现出其时代意义，才能建立起古代文本与现代社会的关联与连接。有的古代文化的命题横看成岭侧成峰，从不同视角看有不同的意义，挖掘和阐发就是要从当代的政治、经济、科学、社会、文化生活的需要去看，使古代文化的意义能与现时代联结起来。古代文化的任何一个单元都是多层次、立体的，关键是我们用什么视角去挖掘、理解、阐发它们。所以挖掘和阐发，是实践主体和文化客体之间主客互动的关系，意义不是一成不变的固定的客体，而是随着观察视野的变化呈现的。在挖掘和阐发上，我们有过经验教训，历史上曾经有一个时期，我们对古代文化的继承只强调阶级分析，忽略了文本本来具有的多方面含义，忽略了通过文字形成的语句所包含的普遍性意义，而执着于具体的历史性因素；忽略了文化传承实践自身具有的能动的普遍化能力和普遍属性，正是这种普遍属性使得文本的意义随着历史上的不断诠释得到不断的丰富，并能满足当代社会文化的需要。

而且，阐释的能动性还表现在，在文化传习过程中，阐释不是停留在古代文本的表面意义上，或停留在作者的原意上，而是建构性地把古代文化中原有语句或命题解释为另一种积极意义，扩大了原语句的意义及其适用范围，以适合当代的需要。挖掘和阐释还有一个面向，就是不以某一个特定文本或语句为对象来挖掘，而是通过大量考察各种文献，加以提升、提炼、总结、归纳，揭示出文化的精神、民族的精神，这也绝不是由直接、自然地继承所能完成和实现的。

中华传统文化源远流长、博大精深，其中最核心的内容已经成为中华民族最基本的文化基因。传承和弘扬中华优秀传统文化就是把中华文化中跨越时空、超越国度、富有永恒魅力、具有当代价值的文化精神和思想理念弘扬起来。挖掘和阐释就是要以这样的文化观为基础。

习近平同志指出，要讲清楚中华优秀传统文化的历史渊源、发展脉络、基本走向，讲清楚中华文化的独特创造、价值理念、鲜明特色，要努力用中华民族的一切精神财富以文化人、以文育人，增强文化自信和文化自觉。

挖掘和阐发应在以下几个方面下功夫：要大力弘扬中华优秀文化的价值观，使中华文化讲仁爱、重民本、守诚信、崇正义、尚和合、求大同的价值观成为涵养社会主义核心价值观的基础和源泉。要深入挖掘中华优秀文化治国理政的经验，如民为邦本、政者正也、德主刑辅、礼法合治、居安思危等智慧，作为今天的启示和镜鉴，以利于国家治理体系的改进和完善。要努力传承和弘扬中华传统美德，中华传统美德是中华文化精髓，蕴含着丰富的思想道德资源，如孝悌忠信、礼义廉耻，自强不息、厚德载物，仁者爱人、与人为善，努力促进中华传统美德的创造性转化、创新性发展。要充分继承和发扬中华文化中有利于调理社会关系、鼓励人们向上向善的思想文化内容，引导人们树立和坚持正确的历史观、民族观、国家观、文化观，增强做中国人的骨气和底气，培育文明风尚和社会氛围。

三、协调与适应

习近平提出，要使中华文化的文化基因与当代文化相适应，与现代社会相协调。这就表示，在文化传习的实践中必须与今天现实生活的需要相结合。古代文化的许多原则、精神是值得继承的，但其方法方式须结合现时代加以改变，以适应当代社会。如，古代重视孝敬父母，其原则和精神应该继承，但孝敬父母的方式方法要和当代社会生活相适应。

又如，古代文化强调个人道德，而没有发展出一套适合现代公共生活的准则体系，这就需要把古代的个人道德修养和遵守当代社会的公德协调起来。又如，古代文化重视以德治国，这一原则在现代社会仍有意义，但必须与现代社会依法治国的要求结合起来。再如，中国古代形成了根深蒂固的民本思想，这与现代民主在精神上是相通的，但古代的以民为本的价值观也需要在现代社会落实、转进为一套民主制度的建设和社会意识。所以，当代文化指的是社会主义市场经济、民主制度、先进文化、社会治理等。传统文化需要与之协调适应，才能为今天的社会服务。现代社会的生产及消费在主导性质上主要是工商社会，传统文化如何在工商社会、在商业化的时代找到自己的定位，发挥其应有的功能，都需要从协调和适应这个角度去处理。但是，传统文化与当代社会的关系除了协调和适应的一面，还有继承弘扬优秀传统文化对现代社会的范导的一面；不能仅仅理解为传统文化向现代社会靠拢，要传统文化无条件地与现代社会的一切妥协，以至于对现代社会的弊病视而不见。而是说，还要注重在现代社会文化环境中发挥优秀传统文化的价值引导功能，现代社会的碎片化倾向、当代文化的商业化、现代价值的个体化，都需要用优秀传统文化与社会主义文化一起来加以矫正，所以，我们说传统文化仍有现代价值，正是指传统文化的传习有助于治当代社会的弊病，促进社会文化健康发展。

当然，百年来中国社会变化很大，如农村社会从解放前到解放后，从改革前到改革后，从城市化前到城市化后，社会变迁与变动的速度很快。城市的原有社会关系在城市改造建设的发展过程中也转型变化。总之，人与人的关系及其关系形式都发生了巨大变化，这使得原来适用于旧的人际关系及其形式的规范在新的社会结构条件下不再适用。如，现代社会公私企事业的人际关系主要是"同事"，这种社会关系就是古代社会所很少有的。市场经济焕发了人们实现个人价值的动力并为之提供了制度环境，但也强化了追求个人私利的动机，与传统文化的主流价值观背道而驰。如何在新的社会关系结构中发挥传统文化的教化功能，还需要探索。可见，这些问题的解决，都不只是传统文化消极地调整自己去适应现代社会那么简单，而是包含着如何在变化的社会中积极地发挥传统文化对于社会调治的作用，与满足个人安身立命的功能。

四、创造性转化和发展

习近平指出："不忘本来才能开辟未来，善于继承才能更好创新。"传承和发展永远是联系在一起的。古人说"承百代之流，而会乎当今之变"，就是指任何对历史遗产和传统的继承，都是在当代的条件下的一种活动，而与当代的事变无可摆脱地汇合为一体，从而是自觉或不自觉地根据当今之变来从事继承的活动。因而，这种继承不能不包含着改造、转化、发展、创新。当然，在历史上的不同阶段这种发展转化的程度不同。而今天我们所提倡的继承，是从自然到自觉，自觉推动文化继承向着我们的理想方向发展、转化、创新。从前一个时期我们讲"古为今用，推陈出新"，其实，古为今用就是文化传承要注重当代的需要，结合当代的视界；推陈出新并不是与传统文化彻底决裂，而是顺着中华传统文化的方向谋求新的发展。我们的古人常说"承先启后"，承先就是继承，启后不仅是把承接的东西延续到后世，还要对新的发展有所开启。古人常说的"继往开来"也是一样。在这个意义上，更好的表达应当是"承陈出新"，既有继承、又有创新，在继承中创新，创新以继承为基础。这样所了解的"传承创新"或"传承发展"，才能辩证地处理继承问题上的各种关系。

对"创造性转化"有一种理解："创造性转化，就是按照时代特点和要求，对那些至今仍有借鉴价值的内涵和陈旧的表现形式加以改造，赋予其新的时代内涵和表现形式，激活其生命力。"其实，不能笼统地说创造性转化在表现形式上完全弃旧图新，不能笼统地说在文本的表现形式上要改造旧形式。因为在文化传承中很多都是"旧瓶装新酒"，如"天下兴亡匹夫有责"，其文字语句的形式是可以传承的，但可赋予新的意义内涵、新的理解。对于"创新性发展"，也有一种理解："创新性发展，就是按照时代的新进步新进展，对中华优秀传统文化的内涵加以补充、拓展、完善，增强其影响力和感召力。"如果说在创造性转化的问题上不必特别强调形式的更新，而在这里恰恰应该提到形式的创新。创新性发展中很重要的一点是创新普及传播传统文化的形式，所以应该加一句，"发展其现代表达形式，增强其影响力和感召力"。

转化和发展在对象上有什么区别呢？这可以从道德史上的"常"与"变"来说明。认为道德有随历史而变的，有不随历史而变的，这在古代儒家早有析论，如《礼记·大传》所说："立权度量，考文章，改正朔，易服色，殊徽号，异器械，别衣服，此其所得与民变革者也。其不可得变革者则有矣：亲亲也，尊尊也，长长也，男女有别，此其不可得与民变革者也。"这是强调具体的制度规定是可变的，贯穿于制度的精神原则是不可变的。就近代历史而言，至少自梁启超《新民说》以来，道德的可变是流行的主张，而道德有不可变者，反而常被人们所忽略了。因此，对道德遗产，可分为"不可变者"和"可变者"。不可变者即跨越时空、超越国度、有永恒魅力的道德理念，其不变的内容要继承、发展，其可变的内容则要转化。在这一点上，可以说，转化主要是对道德遗产之中随时代变化可变的部分而言的。

从诠释学的角度看，继承就是对历史文本意义的一种态度与活动，是对文本意义的一种理解方式；继承不是对古代文本作者的意旨或作品文本的意义的复制，而是在后世即后来时代的语境中放宽文本语句的一般意义以容纳新时代的个别对象。因而继承不是对文本语句作者意向的重述、体验，而是寻求一种使广大读者共通共感、可分享的思想文化内容。因为，在内容上，作品意指的东西本来就远比作者之意更多，后来时代的解释就是把其中包含的更多的东西展开来，结合时代之所需，故文本语句作者的原意在这里并不重要。由文字固定下来的文本语句是开放给理解者的，从而文化的继承就是要通过每一时代自己的理解赋予或揭示其中适于今天的意义。继承的本质在于，真正的真理是文本的过去意义与今天的理解的结合。因此在继承上，要尽力不去执着文本语句的具体历史性，而着力阐明其中的普遍意义、普遍真理性。对诠释学而言，文本意义的开放性和解释者的创造性是最重要的。每一时代的人们都面临着自己新的问题，由此不断更新对文本意义的理解，这才是继承。从而，继承是创造性的继承，创造性应是诠释的本质，也是继承的本质。故在诠释学的立场上，继承必然是创造性的继承，而不是还原性的复制。

在文本理论上，诠释学认为，文本作为书写的语言形式，已脱离了时代具体性，文本成为独立于、超出于讲述者各种具体限定的存在。文本的重点是文本本身所说的东西，而不是作者意图，人们可以根据自己时代的理解对文本的意义加以创造性的诠释，以满足实践的需求。这既是创造性的诠释，也是创造性的继承。哲学诠释学所面对的是作为文化资源的文本，是致力于文本的传承、诠释、活用，力求张大文本的一般性以包含解释需要的意义，并加以创造性继承与转化。同时，诠释学认为对文本的理解和继承，不是复制还原，而是应用实践，照伽达默尔所说，诠释学自古就是使文本的意义和真理运用于当下具体境况。诠释就是把文本的形式意义扩张，创造性地用于当下时代的需要，用创造性诠释结合当下时代的实践需要，就是创造性转化。创造性诠释包括了改造及转化，如20世纪50年代有关文化继承问题讨论的参加者都一致认为，不管如何继承，继承的过程必然包括"改造"这一要件，所谓改造就是可以加以新的诠释，使其以往不彰的意义豁显出来。故诠释学理解的传承一定是过去和今天的融合，传承必定包含新理解、新解释，不是原封不动，这里所谓的"新"即是理解者的创造性。

总之，文化传承是继承和发展的统一，只有通过创造地继承和有继承地创造，才能在文化的发展中使文化连续性和创新性得到统一。文化的传承创新应当注重以下几个方面：一、重视文化发展的连续性，继续倡导继承、弘扬中华文化。二、重视对古代文化进行辩证的分析和选择，取其精华、去其糟粕，要科学地确立标准。三、重视典籍文本的开放性和解释者的创造性，古为今用、推陈出新。历史传承的文本在每一时代都面临新的问题、新的理解，而不断需要更新其意义，当代的文化继承，不能停留在文本的训诂层次，而是使文本积极地向新时代开放，把文本的思想和我们自己的思想融合在一起，成为过去与现在的视界融合。当代的文化传承，不是把古代文本的意义视作固定的、单一的，而是使今人与历史文本进行创造性对话，对典籍文本作创造性诠释，对传统文本的普遍性内涵进行新的诠释和改造，以适应当代社会文化的需求。

"两创"的实践领域非常广泛。从实践来说，创造性转化和创新性发展，主导的方向是现实问题的解决。"两创"的研究要发扬理论联系实际的学风，使"两创"的实践更多指向解决今天中国的问题，回应时代的需求挑战，转化为民族复兴、国家富强、人民幸福的精神财富；使"两创"的成果有利于解决现实问题，有利于助推社会发展，有利于弘扬民族精神和时代精神的文化。

传承和弘扬中华文化绝不意味着封闭自大、不看世界，中华文化的传承弘扬并不是当代中国文化发展的全部，当代中国文化的发展还包括广泛借鉴吸收世界文明的有益经验、成果、财富等多方面。在历史上，中华民族一向兼收并蓄、海纳百川，不断学习吸收他人的好东西，把他人的好东西化成自己的东西，成为自己文化的一部分。文明因交流而多彩，因互鉴而丰富，对世界人民创造的优秀文明成果，我们必须要认真学习借鉴，在不断汲取各种文明养分中丰富和发展中华文化。

《光明日报》2017 年 3 月 20 日

中华文化的当代价值与意义

　　近代历史学家就中国历史文化的三大特征问了三个问题：第一，地域辽阔，人口繁盛，先民何以开拓至此？第二，民族同化，世界少有，何以融合至此？第三，历史长久，连绵不断，何以延续至此？历史学家说，从这三个特征来看，中华民族的历史发展，必然有一伟大的力量寓于其中。这个力量是什么？近代历史文化学者并没有给出答案。今天我们可以明确回答：这个力量就是我们的中华文化和它所滋养的中华民族的民族精神。它赋予了中华民族伟大的生命力和凝聚力，我们今天的一个重要任务，就是大力传承发展中华文化，担当起中华民族生命发展的重大责任。

一、中华文化对于中华民族的意义

　　文化是一个民族的灵魂。五千年中华文化体现的中华民族的精神追求，已经成为中华民族区别于其他民族的精神标识，其中的核心观念构成了中国人的精神世界，其基本价值已积淀为中华民族的文化基因，在漫长的历史发展中成为中华民族的精神命脉。传承中华文化就是维系中华民族的精神命脉。中华民族与中华文化互为一体，离开了中华民族就不会有中华文化，同样，离开了中华文化也就谈不到中华民族。中国人之所以为中国人的特性，中华民族之所以为中华民族的特性，不是生理的，而是文化的、精神的；没有中华文化，中国人就不成其为中国人，中华民族就不成其为中华民族。中华文化的精神品格与价值追求，支撑了几千年来中华民族的生生不息和薪火相传，今天仍然是而且未来必将也是我们发展壮大的强大精神力量。中华文化的精神特质就是我们今天要大力弘扬的"中国精神"，弘扬中国精神，是凝聚中国力量、走稳中国道路的关键。没有中华文化的繁荣昌盛，就没有中华民族的伟大复兴，我们必须深入认识中华文化的重要性。

放到世界文明史中来看，中华民族创造的源远流长的中华文化具有独特的文化传统，独特的价值体系，独特的民族色彩，独特的历史行程。其长期演化的过程造就了我们的文化认同，赋予了我们生命力和创造力，也决定了我们独特的发展路径。同时，中华文明的文化内涵又包含了超越时空、跨越国度的价值，对人类文明进步和人类共同价值做出了重大贡献。今天，我们身上担当着对于中华民族发展的责任，就必须保全它的生命营养，发扬它的精神信念。弘扬中华文化是持守文化发展的民族性、延续民族精神血脉的根本途径，只有牢牢站稳中华民族永续发展的立场，才能从根本上认识中华文化的价值和意义。

二、中华文化对于当代中国的价值

中华文明的悠久传承，是中国道路的深厚历史渊源和现实基础。弘扬中华文化，来自中国特色社会主义实践的需要。党的十八大以来习近平同志系列讲话中，明确肯定了中华文化是中国特色社会主义的沃土，中国特色社会主义要植根在中华文化之中，中华文化是中国特色社会主义的历史渊源。以土与根、源与流来说明中华文化对于当代中国特色社会主义的基础意义，把中国特色社会主义作为中华文化发展长河的内在延伸。因此，中国特色不是外在于中华文化历史发展的东西，而是中华文化自身发展的产物，中国特色社会主义与中华文化有着内在的承接关系。建设中国特色社会主义必须自觉地理解这种关系，自觉地以中华文化为其历史源头。中华文化的源头活水为中国特色社会主义提供了充沛的资源养分，充分吸收中华文化的营养，中国特色社会主义才能更好地成长发展，这是弘扬中华文化的直接现实意义。

中国特色社会主义实践，是一个全方位的社会建设过程，对于中华文化有着多方面的需求。首要的一点是中华民族凝聚力的建设与巩固。今天在中华民族伟大复兴的大业中，中华文化成为全中国十四亿人民凝聚力的根本来源。博大精深的中华文化为全国人民提供了共同的文化，共同的价值观，共同的思想、情感和精神，有了这些共同的文化价值才形成了对中华民族的归属感，形成了对祖国文化的认同，才有了民族凝聚力量的基础。中华文化一贯倡导爱国主义的精神和群体高于个人的价值观，倡导人民以国家和民族的利益目标为目标，中华民族才能团结一体，实现民族复兴的宏伟大业。第二是社会的道德建设和价值观建设。中国文化强调以德治国，以德化人，在历史上形成了一套道德文化的完整体系。中国在历史上号称礼仪之邦，高度成熟的道德文化是中国文化的突出特征和重要组成部分，致力稳定和谐的社会关系，是中华文化的重要特点。传承发展这一道德文化体系是当代精神文明建设的核心和主体。中华文化的优良道德传统是社会主义核心价值观的源泉和根系，不继承弘扬中华文化的传统美德，社会主义核心价值观的建立就没有基础，就不能形成当代中国的共同价值观。第三是吸取历史上治国理政的经验智慧。中国历史悠久，记载历史的典籍非常丰富，其中不乏总结历史经验的史学著作。中华文化的人文主义世界观，使得它重视现实世界及其历史的发展，重视从历史成败中总结经验教训，以形成正确的治国理念。中华民族历史发展至今，其中一个原因就是不断总结吸取历史的经验教训，作为治国理政的借鉴。今天我们面临的治国理政的实际要比历史上任何时代都更复杂，但中华文化积累的经验之谈在许多基本方面对今天仍有重要的启示。特别是，中华文化中提出的许多思想理念，如以民为本、天下为公，都可以与现代概念相衔接，而且仍然富有引领的意义。

总之，对中华文化的自觉传承发展不仅是我们对中华民族发展所应承担的天然使命，也同时是基于当代中国社会建设的实际需要。这里对中华文化对于社会主义核心价值体系建设的意义多说两句。伴随着改革开放以来中国社会的现代化转型、市场经济的活跃发展，同时也出现了社会价值观严重迷失，道德水平下降、腐败问题突出等现象，重建社会价值观道德观的任务刻不容缓。中华文化在几千年的发展中，以仁孝诚信、礼义廉耻、忠恕中和为中心稳定形成了一套价值体系，支配和影响了中国政治、法律、经济、制度与政策施行，支撑了中国社会的伦理关系，主导了人民的行为活动和价值观念，促进了社会的稳定、心灵的向善向上。这一套体系是中华民族刚健不息、厚德载物精神的价值基础和根源，亦即中华民族民族精神的价值内涵。中华民族几千年来不息奋斗的发展和这一套中华文化的核心价值体系密切相关，这些价值也构成了中国人之为中国人的基本属性，中华民族之为中华民族、中华民族特有的生命力，无不来自这些价值及其实践，鸦片战争以来近代中国志士仁人的奋斗都是这些价值的充分体现。这些价值是社会主义核心价值体系的源泉。

在社会主义市场经济条件下，社会的核心价值体系要求，既与古代社会有相同的一面，也有不同的一面。这就需要我们在进行思想文化传

18

承的时候注意创新，以适合时代的变化和要求。社会秩序和伦理价值的建立不能割断历史，也离不开传统道德文化。在稳定人心方面，传统文化所提供的生活规范、德行价值以及文化归属感，起着其他文化要素所不能替代的作用；几千年以人为本的传统文化，在心灵稳定、精神向上、社会和谐方面发挥了重要而积极的作用。但是，在现代社会生活中，传统的价值有些可以直接应用，有些则必须加以改造，并因应时代问题和需要，重新加以整理、概括，使之成为新的时代的核心价值。

三、中华文化对世界面临难题的启示

中华文化的当代意义不仅在于对中华民族生命发展具有的重要性，对当代中国社会建设有重要性，从人类生活面临的矛盾冲突也可以进一步了解中华文化的价值所在和当代意义。当代人类生活面临着五大冲突急需解决，即人与自然、人与社会、人与他人、人与自我（心灵）以及文明与文明的矛盾冲突，这些矛盾冲突有史以来一直不同程度地存在，但现代性的展开加剧了这些矛盾，冲突日趋紧张，已经成为世界的难题。人们已经越来越认识到，仅仅靠西方现代性的价值是不可能解决这些矛盾、化解这些冲突的。有识之士把眼光转向包括中华文明在内的其他文明。中华文化的"天人合一"，关注人与自然的和谐，有利于化解人与自然的紧张；"忠恕之道"秉承己所不欲勿施于人的精神，有利于处理人与人的矛盾冲突；"和而不同"的态度有利于处理不同文明之间的关系；"群己合一"之道有利于解决个人与社会的矛盾。中华文化中有许多思想理念对当代人类面临的冲突解决提供了有益的启示。

因此，推动中华文化的传承发展，一个重要的目的是围绕当今世界发展面临的重大问题，着力提出能够体现中国立场、中国智慧及中国价值的理念、主张、方案，让中华文明与世界文明一起为人类提供所需要的精神指引。什么是体现"中国"的方案？很明显，就是用中华文化的理念智慧，结合中国的实践，从而提出既合乎中国的具体实际又具有普遍意义的理念。从文明的角度说，中华文明作为世界主要文明体系之一，数千年连续发展，博大精深，它支撑了中华民族在广大的地域上的众多人口，以高度成熟的文明发育，可持续地在亚洲大地发展壮大，并深刻影响了整个东亚地区。它的文明积累与智慧不仅在过去为世界人类文明发展做出了重大贡献，也必能为当今世界做出自己的贡献。像孔子在两千五百年前提出的"己所不欲，勿施于人""和而不同"，不仅是人类处理相互关系的普遍原理，也深刻体现了中华文明处理人类难题的智慧，20世纪50年代"和平共处五项原则"的提出，就是这样的"中国方案"。因此，我们只有全面总结中国历史发展的丰富经验，深入探寻中华文明的实践智慧，认真体会中华文化的世界观和价值观，具有文明的自觉，才有可能真正提出面对人类难题的"中国"方案。这里的"中国"是以中华五千年文明的文化积累为依托，离开了对中华五千年文明的传承发展，就不可能提出这样的中国方案。所谓文化的软实力，最根本的就是来自中华文明赋予我们的世界观和以此处理复杂事变的能力，这是支撑一个大文明数千年发展的内在力量。传承发展伟大的中华文明，用中华文明的智慧去和世界人民一起面对时代的挑战，才能获得世界人民的尊重，也正是在这个意义上，我们说要坚守中华文化立场，传承中华文化基因，展现中华文化智慧，让中国对人类做出较大的贡献。

20世纪的中国哲学家冯友兰曾经说："解放以后，我时常想，在世界上中国是文明古国之一，其他古国现在大部分都衰微了，中国还继续存在。不但继续存在，而且还进入了社会主义社会。中国是古而又新的国家。《诗经》上有句诗说，'周虽旧邦，其命维新'，旧邦新命，是现代中国的特点，我要把这个特点发扬起来。""旧邦"就是有古老文化历史的国家，"新命"就是其生命不断更新发展。让我们不忘本来、吸收外来、面向未来，不断增强中华优秀传统文化的生命力和影响力，不断创造中华文化的新辉煌。

《人民日报》2017 年 2 月 17 日

中华民族爱国主义观念的历史形成

　　与世界上其他古文明在较小地理范围内展开不同，中华民族与其文明一开始就是在黄河—长江两大流域为主的广大地域中经过不断融合而形成、发展起来的。中华民族几千年前就已积聚起了以华夏族为主体的巨大人口规模，又经过不断吸收、壮大，早已成为人口繁盛、多元一体、自在的民族实体。地域广大与人口众多这两大特点赋予了中华文明巨大的稳定、吸纳和整合的力量。中华民族所创造的中华文明有古有今，它在先秦时代就已达到高度繁荣，又经历秦以后两千多年的不断丰富发展，是世界上唯一不曾中断的、生生不息的连续性伟大文明。中华民族不仅几千年来文化传承连续不断，而且中华民族赖以生存的政治实体在不断扩大的同时基本保持了稳定统一。英国著名历史学家汤因比说："就中国人来说，几千年来，比世界上任何民族都成功地把几亿民众，从政治文化上团结起来。他们显示出这种在政治、文化上统一的本领，具有无与伦比的成功经验。"

　　今天，弘扬民族精神，就是要把那些在历史上促进中华民族发展壮大，体现和促进中华民族的生命力、凝聚力、创造力的优秀精神文化发扬起来，把中华优秀文化的价值观念弘扬起来，并加以新时代的创新发展，以加速实现中华民族和中华文化的伟大复兴。

一、中华民族爱国主义精神的历史形成

中华民族的爱国主义精神源远流长，内容十分丰富，其发展过程大致可分为几个阶段。

第一阶段：先秦。

中华民族爱国主义精神的起源可推至国家形成前的氏族部落联盟，而中国早期国家的形成，又是直接脱胎于氏族组织的结构，故中国早期国家亦带有氏族集团的某些特性。西周时期的国家是一血缘宗法共同体，通过血缘关系把众多家族联结一起，而适合这一社会关系的是祖先崇拜信仰和宗法规范体系（礼），于是尊祖敬宗成为社会根本价值，以维系社会团结和秩序。由于从氏族社会到早期国家，整个社会是被亲族宗法关系所联结的，这个时期国家社会的政治凝聚力，在主要特征上，是以宗族、族姓的宗法原理来实现的，从而，古代出现的"保族宜家"（《左传》襄公十三年）及"同姓从宗合族属"（《礼记·大传》）的观念可谓是通用于这一时期宗族共同体团结的伦理观念。同时，由于宗法封建制国家具有家国同构、家国一体的性质，产生了家国一体的意识观念，故"邦"与"家"往往不分而统称"家邦"，《诗经》中的"保其家邦"（《小雅》）也有代表性地体现了这一时期保卫政治共同体整体的要求。因此，可以说，"保族""合族""保其家邦"是中华民族爱国主义精神起源时期的观念表达。

从西周到春秋，尽管宗法共同体内有其维系整体的力量，但各个分封单位与国家的利益并不完全一致，卿、大夫、士各级的直接利益与诸侯国的国家利益也不完全一致，而国君以下各级封君与贵族官员都会面临国家整体利益的要求。换言之，国家必然要求各级贵族对于国家的忠诚，服从国家的利益。春秋中后期，诸侯国内部冲突和外部冲突加剧，战国时代兼并战争流行，国家对个人产生了更多的道德要求，也强化了人民对各自国家的认同。

春秋战国时期，国家意识已经确立，如"用励相我国家"（《周书·立政》），"国家之立也，本大而末小，是以能固"（《左传·桓公二年》），"经国家，定社稷，序民人，利后嗣"（《左传·隐公十一年》），"德，国家之基也"（《左传·襄公二十四年》）。这里的国家指诸侯国，作为社会共同体最大的政治单位的国家意识已经明确确立。《中庸》以"天下""国家"连用，提出"凡为天下国家有九经"，孟子时天下国家的观念更普遍了，"人有恒言，皆曰天下国家。天下之本在国，国之本在家"，把周王朝和诸侯国看成一体。这个时期，比较突出的是"忠"的道德明确指向对国家的忠诚，成为古代爱国意识的一种主要表达形式，如春秋时代已提出"临患不忘国，忠也"。"图国忘死，贞也"（《左传·昭公六年》），"将死不忘卫社稷，可不谓忠乎"（《左传·襄公十四年》），这里的忠、贞观念都表达了一种忠心为国、至死不渝的爱国精神。这个时期"社稷"也常常被作为国家的同义词，如"谋不失利，以卫社稷"（《左传·宣公十五年》），孔子曰"能执干戈以卫社稷"（《左传·哀公十一年》），"保其社稷，而和其民人"（《孝经》），"以安社稷为悦"（《孟子》），都体现了这个时期保卫国家的爱国意识。在这方面更突出的是子产"苟利社稷，死生以之"（《左传·昭公四年》）的思想，此后儒家也强调"苟利国家，不求富贵"（《礼记·儒行》），只要对国家有利，可以牺牲个人利益乃至生命，这一思想一直影响到后世如林则徐等。"利国"的观念在春秋后期已出现了，如《国语》"利国之谓仁"，晏婴"利于国者爱之，害于国者恶之"（《晏子春秋》）。《墨子》书中更多次提出"利国"的观念。为国奉献的思想也很流行，如"尽瘁事国"（《诗经·小雅》）、"竭力尽能以立功于国"（《礼记·燕义》）。战国时还流行"强国"的观念，如商鞅的"苟可以强国，不法其故；苟可以利民，不循其礼"（《商君书·更法》）。这些观念都表达了同样的为国胸怀。孔子还最早表达了对"祖国"的认知与感情："夫鲁，坟墓所处，父母之国，国危如此，二三子何为莫出？"（《史记》）以上这些思想观念以及这一时期在这些观念支配下发生的众多爱国行为事例都是中华民族爱国主义精神的早期体现，标志着中华民族爱国主义精神的初步形成。近代以来有学者主张古代中国人始终没有国家观念，只有天下意识，这是不符合历史事实的。

同样重要的是，春秋末期到战国中期，先秦儒家思想积极倡导"舍生取义""自任以天下之重"以及重视"气节"的道德理想，为个人在理念和实践上发扬爱国主义精神奠立了坚实的道德基础。

第二阶段：汉至唐。

中国上古文化积淀在"六经"，汉代以国家的力量确认"五经"为经典，后世把与"五经"相关联的其他文献一并收入而为"十三经"。由于这些古代经典反映的是先秦时代的历史文化，其中没有提到"爱国"的语词，这使得近代很多人士认为中国人不重视爱国，中国缺乏爱国主义的文化资源。其实，理论上说，爱国主义的文化资源并不限于"爱国"语词的出现与否；而在事实上，自汉代开始"爱国"的语词在史籍中早已大量出现。所以，应该肯定，在爱国主义精神的表达方面，中华文化中确有丰厚的资源。

汉代爱国思想与先秦相比，最大的变化是，"国"不再是诸侯国的国，而成为统一的中国。秦汉是中国国家体制变化的重大转折时期，汉承秦制，建立了统一的中央集权的郡县制国家。两周的诸侯国不再存在，天子不再是名义上的天下共主，而被称为皇帝，成为统一国家的真正君主。汉以后人们所说的国或国家不再是小的诸侯国，而是大一统的以华夏族为主体的多民族融合的国家。儒家的"大一统"的维护统一的思想亦与之相伴而生，在此后的历史上发挥了重大作用，成为爱国主义思想重要的根据。也正是在这个时期，"爱国"的观念开始大量出现，标志了中华民族爱国主义的确定形成。汉代荀悦开始提出"亲民如子，爱国如家"（《汉纪》）的思想，晋代葛洪也说："烈士之爱国也如家，仁人之视人也如己。"南北朝的《十六国春秋》说："古之圣王爱国如家。"《晋书》说"上下一心，爱国如家""抚下犹子，爱国如家"等。虽然这一时期的"爱国如家"观念主要是对统治阶级和官员讲的，但这一命题本身含有普遍的意义。晋代袁宏作《后汉纪》，提出"忠贞爱国"作为一种政治道德，明确把先秦的忠贞思想与"爱国"结合在一起，显示出"爱国"的观念已深入人心。这一时期体现爱国主义精神的人物和行为也很多。近代以来有人说中国古代只知道忠君，不知道爱国，这也是不符合历史事实的。

汉代开始，"报国"的观念也开始流行。汉代的《忠经》提出"报国之道"有四，"一曰贡贤，二曰献猷，三曰立功，四曰兴利"。献猷就是献谋。《后汉纪》提出"竭忠报国""以死报国"，这些报答报效国家的观念对后世影响很大。尤其是，唐代诗歌文学中"报国"的主题十分突出，如陈子昂"感时思报国，拔剑起蒿莱"，李白"报国有长策""行忧报国心"，刘禹锡"感时江海思，报国松筠心"等，显现出在汉代唐代国家富足强大时人们用报效国家、建功立业表达爱国精神的积极心态。这一报国的观念也深深影响了宋代以后的人们，如范纯仁"丹心报国冰雪洁，白首还家里社荣"，范仲淹"竭诚报国"，陆游"报国寸心坚似铁""老去终怀报国心"，岳飞《乞出师札》"空怀捐躯报国、复仇雪耻之心"，以及背刺"尽忠报国"等，表达出他们在国家多难时一心报国的深深忠诚。

第三阶段：宋至清。

宋辽夏金时期的中国同时存在几个政权而未能统一，宋朝承认西夏、辽、金为对等政权，但西夏辽金与宋的冲突不断。在西夏辽金不断侵迫之下，宋最终退守江南。与唐代相比，这一时期的民族冲突大大激发了宋代人们反抗民族压迫的爱国情感和意识，爱国也越来越成为对一般人的更高的道德要求。如，汉晋人讲"爱国如家"，宋代人则越来越强调把爱国置于身、家之上，宋代陈东提出："爱国而忘其家，爱君而忘其身，爱义而忘其死，大节清风，昭白史籍，贯彻日月，君子之事于是乎毕。"陆游诗："平生铁石心，忘家思报国。"这个时期表达出来的爱国情怀更激昂也更深沉，出现了一大批爱国主义的代表人物。

同时，较为突出的是，这一时期"爱国"与"忠君"密切关联，成为爱国主义精神在特定时期的一种表达方式。如，宋代陈次升说的"为臣者，忠君爱国之情不能自已"，陈傅良撰文表彰司马光"有爱君爱国之心"，朱熹赞扬屈原"皆出于忠君爱国之诚心"，亦称赞司马光"见其忠君爱国而相勉以正之意"，文天祥赞诸葛亮"所以忠君爱国之心"，这些足以看出"忠君爱国"思想在当时的广泛影响。宋代李焘称刘安世"意在爱国尊君，明至公大义于天下后世而已"，也说明这一时期爱国忠君已经成为"天下至公大义"。宋代罗从彦说过这样的话："立朝之士，当爱君如爱父、爱国如爱家、爱民如爱子，然三者未尝不相赖也。凡人爱君必爱国，爱国必爱民，未有以君为心而不以民为心者。故范希文谓庙堂之上则忧其民，处之江湖之远则忧其君。"在古代，君主是国家的代表和象征，故忠君的观念和行为在特定时代、在一定范围也是爱国主义精神的表现，发挥了凝聚和团结社会的功能，在民族矛盾突出的时期尤其是如此。此外，在观念上，爱国与爱民的密切关联也成为古代爱国主义的一个特点。

宋至清是爱国主义精神的成熟和发展期。爱国的观念在明代以后持久不变，其特点是爱国意识向社会基层不断扩大。如，于谦说"一寸丹心图报国"，陈献章说"士不居官终爱国"，即爱国不仅是在朝官员的义务，一个不做官的读书人也要爱国。明末朱之瑜认为："申孝悌之义，忠君爱国，而移风易俗，何歉焉？"就是说爱国不仅是做官者和读书人的事，也是社会价值和社会风俗的应有之义。明代中期以后以忠义为主题，以忠君爱国为内容的文学作品流行一时，其结果使得爱国意识通过文艺形式日益深入人心。清代依然如此，曹元弼提出爱国与治国的关系，"其爱国也至，故其谋国也审"，还有人把理学的观念和爱国结合起来，如魏象枢说居官应"本天理良心，爱国爱君"，把爱国作为天理良心的重要内容。晚清曾国藩、胡林翼、张之洞等都坚持倡导"爱国"。

以上是有关历史上"爱国"观念发展的简略介绍。其实历史上表达了中华民族爱国主义精神的观念语词有很多。除了上面提到的"报国"外，如"忠国"，古代的爱国观念往往也用"忠国"来表达，如南北朝时便已经有"孝家忠国，扬名显亲"，宋明时代常用"忠国爱民"。又如"利国"，汉代董仲舒提出"安社稷、利国家"，宋代包拯说"宽民利国之心"，朱熹说"古人做事，苟利国家，虽杀身为之而不辞"，明清时代讲"利国利民"就更多了。林则徐"苟利国家生死以，岂因祸福避趋之"，正是发扬了先秦以来的利国思想。又如"忧国"，先秦韩非已经说过"忠主忧国以争社稷之利害"，屈原即是当时以身践行的典型例子。《汉书》中说"同心忧国""与国同忧""忠直忧国"，《后汉书》"忧国奉公"，《晋书》"言不及私，惟忧国家之事"，显示出汉晋时代"忧国"的德行要求已经十分普遍了。唐代韩愈"赤心事上，忧国如家"，宋代陆游"位卑未敢忘忧国"是千古传诵的名句，宋以后"忧国忧民"的讲法更加普遍，使之早已成为中国文化爱国主义传统的特色表达了。又如"为国"，唐代以来"为国尽忠"（《贞观政要》）、"为国为民"（朱熹《语类》）、"为国效力"（于谦《忠肃集》）、"为国捐躯"（万斯同《明史》）成为常见的说法，直至今日仍可以看到其深远影响。再如"体国"，南北朝已经提出"体国忠贞"，体国就是体念国家的需要，宋代范纯仁讲"精忠体国"，明清时代更流行以"公忠体国"作为官员的基本道德，直到晚清的张之洞、近代的蔡元培都是如此。

在中国古代，在与"国"连用的语词之外，还有大量文化资源成为人们表达爱国为国情怀的寄托，如诸葛亮著名的"鞠躬尽瘁，死而后已"在古代和现代都一直被作为尽忠报国的典范，范仲淹的"先天下之忧而忧"也是如此，史可法祠的对联"数点梅花亡国泪，二分明月故臣心"，都很能激发人民的民族气节。以上只是略举一些例子，这些类似观念在中国古代史籍中极为丰富，这些中国传统文化中常用的观念语词都是中华民族爱国主义精神所表现、所寄寓的文化形式，激励了历代仁人志士的爱国行为。总体来看，古代爱国主义精神的体现，一方面在民族矛盾冲突时表现最为激昂，另一方面更大量表现在对国家内政事务的尽瘁和奉献，表现在一心为国、忧国忧民的责任意识与情怀。

第四阶段：晚清近代。

近代爱国主义精神的发扬，既传承了古代爱国主义的精神，也体现了鲜明的时代特征。这一时期的爱国主义精神的表现更多体现为强调"兴国""强国""救国""自强"的呼吁与实践。同时，这个时期对"国"的理解也接近于近代对于民族国家的理解，即领土、人民、主权的复合，维护主权统一和领土完整成为爱国主义的明确内容。这是中国人民在同帝国主义殖民列强的斗争中所加深的对国家的理解。近代出现了大量爱国诗文歌词，具有巨大的鼓舞、感动的力量，超过历史上任何时期；而与宋代等时期不同，晚清的爱国精神明确使用强国、兴国、爱国的观念直接表达时代的爱国主题，已较少用"忠君"的观念去表达了。而"亡国"成为对这一时期中国人的最大刺激、侮辱，从反面激发了人民无比强烈的爱国主义。

近代爱国主义继承了中华民族以往的爱国传统，随着时代主题深化了对国家、民族的理解。鸦片战争以来，西方列强以坚船利炮打破中国的大门，中华民族国土丧失，主权沦丧，被迫签订一系列不平等条约，中华民族不仅沦为半殖民地状态，而且处于亡国的边缘。中华民族和中华文化遭遇前所未有的巨大冲击，爱国主义在这个时代的主题是反抗列强、维护主权、救亡图强。至清末康有为成立"保全国地、国民、国教"为宗旨的保国会，孙中山成立复兴中华的兴中会，都是为了实现国家独立与民族复兴，"振兴中华"成了近代中国人民共同的根本追求。中国人民为了独立、解放、富强，进行了艰苦卓绝、可歌可泣的斗争，尤其是中国人民的抗日战争使中华民族的爱国主义精神得到了极大的发扬和光大。近代以来爱国主义精神进入了一个崭新的时期，以独立自强、民族复兴为主题，迎来了中华民族爱国主义精神发扬、升华的新的历史时代。特别是 19 世纪末 20 世纪初，梁启超、孙中山等先贤提出了"中华民族"的概念，代表了中华民族作为一个整体的自觉的出现。1902 年梁启超首次提出"中华民族"一词，1903 年梁启超又提出"大民族主义"，他说，"大民族主义者何？合国内本部属部之诸族以外对于国外之诸族是也。……合汉合满合蒙合回合苗合藏，成一大民族"。他这里所谓"大民族"，就是统合汉、满、蒙、回、藏等在内的"中华民族"。经由清末的"五族大同"、民初孙中山的"五族共和"，以及抗日战争时期的"中华民族是一个"，中华民族的集体自觉渐渐成为全体中国人民的共识。"中华民族"的团结一体成为全体中国人民的明确共识和共同要求，形成了现代爱国主义的深厚基础。

中国共产党独立登上历史舞台并成为各族人民领导力量之后，中国人民的爱国主义发展到崭新的历史阶段。1949 年以后，自力更生、艰苦奋斗，改革开放，探索社会主义建设的道路，成为这一时期爱国主义的主要特征。在现阶段，爱国主义主要表现为献身于中国特色社会主义现代化建设事业，实现"两个一百年"的奋斗目标和实现中华民族伟大复兴的中国梦。

鸦片战争以来的近代史表明，爱国主义已经成为中华民族民族精神的核心。从古代强调为国、报国、爱国，到近代强调兴国、强国、救国，其历史演变既反映出不同的时代环境和主题，又贯穿着共同的精神追求。中华民族的民族精神是中华民族的内在追求和总体表征，历史上的爱国观念与行为是具体多样的，但其中都体现着中华民族的爱国主义精神和民族精神。民族精神是指中华民族绵延发展的深层动力和精神气质，中华民族精神是在长期历史实践中形成的。民族精神是客观存在的，但人们对它的认识与自觉随着历史的发展而深化。近代以来人们对它的把握和提炼，无不着力突显其作为中华民族精神特质，比起一个民族的世界观、价值观所具有的更为凝练、高度普遍的一般性格。20 世纪 80 年代初期，学术界以张岱年先生为代表，提出中华民族的民族精神即是"自强不息、厚德载物"，自强不息包括勤劳勇敢、奋发向上，厚德载物包括团结统一、民族融合。中华爱国主义精神既体现了自强不息的动力作用，也体现了厚德载物的纽带作用，故爱国主义的实践是民族精神的集中体现。近代以来中华民族的奋斗史表明，爱国主义为中华民族既提供了凝聚力量，又提供了自强力量，爱国主义精神已经成为民族精神表达最为集中的地方，成为民族精神的核心。

二、中华民族爱国主义精神的内容特点

在我国历史发展的长河中，爱国主义的具体内容、表现形式、范围与规模，推动爱国主义前进的社会力量，都随着社会历史条件和历史阶段的变化而发展。但就总体而言，中华民族爱国主义的表现也具有共同的基本内容和特点，概括起来，有以下几个方面：

（一）维护统一

中国是一个多民族的国家，中华民族的历史是一部以汉族为主体，

各兄弟民族团结合作、互相支持、共同创造、携手发展的历史。"和为贵""四海之内皆兄弟",中国人民自古以来处理人际关系的基本价值取向,也体现在处理对内对外的民族关系上,凝结成了"民族和睦、四海一家"的民族精神和传统美德。维护统一、反对分裂是民族团结的基础,也是中华民族爱国主义传统的重要内容。促进民族融合是中华民族在历史上不断扩大爱国主义影响的重要基础,信仰兼容并蓄是中华民族历史上爱国主义不断发展的重要条件。在中国,不仅汉族和中原地区的人民向往统一,周边地区和少数民族也不希望分裂。各民族人民在长期的社会实践中深感国家的统一乃是民族生存和发展的重要条件。国家的统一是中华民族共同利益的根本保证,在中国发展的数千年历史中,统一是发展的主线和大势,是中国各族人民的共同心愿。即使是在短暂的分裂时期,在中国建立的各种政权包括各民族建立的政权,也大都认同中国,把民族冲突看成各种政治力量对中央政权的争夺,是为了实现新的统一。在近代救亡图存的革命斗争中,国家统一、主权完整、民族独立和人民解放,成为维护中华民族共同利益的时代要求。继承和弘扬中华民族维护统一、反对分裂的优良传统,对于我们今天推进中国特色社会主义建设事业,实现国家的富强和民族的振兴,意义十分重大。

(二) 反抗外侮

爱国主义精神是凝聚中华民族反抗外来侵略的伟大旗帜。爱国主义作为一种内心信念,始终激励人们把祖国的兴亡与自身联结在一起,每当发生对祖国的侵害行为时,就会表现出坚强卫国的精神。卫青、霍去病抗击外敌,出生入死、国而忘家;名将马援以"马革裹尸"自誓,并予以实践;班超投笔从戎,终于平定西域。"捐躯赴国难,视死忽如归",抗暴御侮是中华民族爱国主义精神的重要方面,突出表现在中国人民不甘忍受外来压迫,勇敢抗击外族入侵,抵御外来侵略。明代爱国志士等英勇抗击倭寇，使得沿海人民得以安居乐业。17 世纪西方殖民者侵占台湾，郑成功收复台湾，驱除荷兰殖民军，使台湾重回祖国怀抱。19 世纪中叶以来，中国人民面对西方列强和日本的殖民侵略，英勇不屈，坚持反抗，林则徐虎门销烟，三元里人民英勇抗英，左宗棠英勇抗俄，邓世昌甲午抗日殉国，特别是抗日战争时期全体中华儿女对日本军国主义侵略的顽强抵抗，都表现了中华民族反抗外侮的爱国主义精神，至今仍为人们所赞颂。在国家受到外来侵略和威胁时，挺身而出，保卫家国，"邦国之难，有死无二""拼将十万头颅血，须把乾坤力挽回"，前赴后继、不屈不挠，在历史上留下了无数可歌可泣的事迹。就国家、民族、政权与外部的矛盾冲突而言，古代的爱国主义突出表现为反对民族压迫、维护国家统一，近代的爱国主义突出表现为反对列强的帝国主义侵略。历史上的爱国主义者，尽管受到时代和阶级的局限，但他们的爱国思想和行动，都不同程度地顺应历史发展的潮流，他们都为祖国的富强和人民的幸福做出了自己的贡献。

（三）忧国忧民

忠心为国、忧国忧民是爱国主义的重要内容，也是中华民族的传统美德。中华儿女对于祖国的强烈感情，经常表现为对国家民族命运的深沉承担之上。忧国忧民的意识和情怀植根于对国家和人民无比的热爱，是个人对祖国和人民的自觉负责感，是把一己同国家、民族紧密联系起来的表现。忧国忧民即是对国家前途和命运的无比关心，对人民生存境况的无比体恤与同情。孟子提倡要"忧以天下，乐以天下"，唐代韩愈"赤心事上，忧国如家"，宋代陆游"位卑未敢忘忧国"是千古传诵的名句。宋以后"忧国忧民"的讲法更加普遍，使之早已成为中国文化爱国主义传统的特色表达了，都是强调为国家、群体的利益奉献自己，自觉承担对国家、社会的责任和义务。正如梁启超说"以国事为己事，以国权为己权，以国耻为己耻，以国荣为己荣"（梁启超《饮冰室合集》文集之三《爱国论》）。把自己的命运与国家前途紧密联系在一起，为民族的兴盛而奉献一身。他们忧国忧民的襟怀已积淀为中华民族的优秀传统，至今仍深深影响着亿万人民，砥砺着后人积极参与国家富强、民族兴旺的建设事业，为国家振兴、民族腾飞贡献自己的力量。

（四）崇尚民族气节

作为多元一体的中华民族既有海纳百川的博大胸怀，又崇尚刚正不屈的浩然之气。中华民族自古褒扬民族气节，民族气节被视为人生的最大气节。孔子早就提出"临大节而不可夺也"，古人说"功名一时，气节千载"。汉苏武出使匈奴，坚决不降，正气凛然，被拘长达十九年，保持了高尚气节，受到后人的普遍尊敬。民族气节突出表现在坚持民族大义面前的生死抉择，孔子说"志士仁人，无求生以害仁，有杀身以成仁"，孟子说"生，亦我所欲也；义，亦我所欲也，二者不可得兼，舍生而取义者也"，这种"杀身成仁""舍生取义"思想，为道义理想而不惜牺牲自我，体现出一种最大的献身精神，这种精神千百年来培育和鼓舞了无数中华民族的志士仁人为坚持爱国理念而宁死不屈。文天祥在宋亡之后坚持抵抗被俘，在威胁利诱之下，坚贞不屈，在狱中作《正气歌》"人生自古谁无死，留取丹心照汗青"，在就义前说"孔曰成仁，孟曰取义，惟其义尽，所以仁至。读圣贤书，所学何事？而今而后，庶几无愧"，中华文化崇尚道义的思想为爱国主义气节和行为提供了坚固的基础。

（五）守护中华文化

中华民族爱国主义精神在历史上的一个重要表现是对自己的历史文

34

化的珍视。由于长期以来华夏族是中华民族的主体，华夏文化是中华文化的核心，发展和守卫华夏文化成为古代志士仁人的崇高理想。孔子赞美管仲说："微管仲，吾其被发左衽矣！"高度肯定管仲保卫华夏文化的功绩，孔子这一思想历来被认为是爱国主义的重要源头。明清之际的顾炎武强调"国"与"天下"之分，认为"天下"代表中华文化及其价值观体系，守护这一文化—价值体系，使之传承久远而不亡失，匹夫有责，这一思想一直影响到近代。近代列强的殖民侵略，使得中国曾一度陷入国将不国的危机境地，20世纪初梁启超等从爱国的立场上提出"国学"，强调"国以有学而存，学以有国而昌"，"夫自国之人，无不自爱其学"，"知爱其国者无不知爱其学"（邓实：《国学讲习记》），力图通过保卫国学来救亡报国，都是中华民族爱国主义精神的体现。今天，热爱和守护中华文化已经成为两岸四地、海外华人的最大公约数，对中华文化的认同与热爱是古今爱国主义精神传承的一个重要内容和特点。

（六）爱乡恋土敬祖

爱国主义最初源于人们对生育自己的故土、故乡的爱，对故乡的爱也是爱祖国的一种具体表现。王粲《登楼赋》说"人情同于怀土兮，岂穷达而异心"，热爱祖国大好河山，钟情不忘生养自己的故乡故土，是中华民族表达自己归属感的基本感情，也是中华民族爱国主义精神的经久不变的主题之一。"遥望中原怀故土，静观落叶总归根"，是怀恋故乡、寄情故国的爱国深情的体现；报效桑梓、眷顾家族是爱祖国的具体方式；爱乡恋土的文化是无数炎黄子孙魂牵梦绕、落叶归根乡愁的深厚根基。爱乡恋土是热爱祖国思想的感情基础，热爱祖国是对爱乡恋土的理性升华。今天，寄居海外的炎黄子孙传承着这种美德，关心祖国家乡建设，出资出力，表达了对故国故乡的深情，寄托了他们爱乡爱土的热心。在汉字中，"祖"的意思既是祖先，也是祖庙即敬拜始祖的处所，而祖国的最初意思就是祖先的国家，是列祖列宗生存繁衍的地方。敬拜祖先是中华民族文化的一个悠久传统，从海外华侨寻根祭祖的坚执可以明确看到这一传统的深远影响。它与爱乡恋土一起，千百年来发挥了团结、凝聚乡族子孙的纽带功能，成为历史上中华民族涵养对祖国感情的一种具体形式，深入人心。

中华民族的爱国主义传统除了以上所说的内容外，还有几个特点。第一，中华民族的爱国主义有一个总基调，即爱好和平、开放包容，而不是狭隘的、封闭的，这是中华民族爱国主义精神的一贯特征。第二，崇尚爱国主义精神是中华文化的核心价值观。自古以来，中国人民最钦佩和敬重的是那些赤胆忠心、鞠躬尽瘁、慷慨就义的爱国者；最痛恨的是那些丧失国格人格、卖国求荣的民族败类。为祖国和民族的利益英勇献身或立下丰功伟绩的人，都会名垂青史，为世代所崇敬和歌颂，成为传颂后世的民族英雄。反之，那些背叛祖国、出卖民族和人民利益的人，总是要受到人民的唾弃，乃至遗臭万年。第三，中华民族的爱国主义在不同时期有其不同特点，古代爱国主义的历史特点之一是"爱国"往往与"爱家""爱民""忠君"相连接，体现了中国传统文化的特色以及一定的历史局限。第四，近代以来的爱国主义的特点，最根本的一条是对国家的理解是基于统一的"中华民族"概念，明确维护多民族国家的统一，以团结起来反抗帝国主义者侵略。1902年梁启超首次提出"中华民族"一词，1903年梁启超又提出"大民族主义"，他说："吾中国言民族者，当于小民族主义之外，更提倡大民族主义。小民族主义者何？汉族对于国内他族是也。大民族主义者何？合国内本部属部之诸族以外对于国外之诸族是也。……合汉合满合蒙合回合苗合藏，成

36

一大民族。"他这里所谓"大民族"，就是统合汉、满、蒙、回、藏在内的"中华民族"。顾颉刚 1937 年发表《中华民族的团结》一文，强调指出："虽然中国境内存在许多种族，但我们确实认定，在中国的版图里只有一个中华民族。"1939 年他又发表《中华民族是一个》一文重申了这一点。当时傅斯年在《中华民族是整个的》一文也指出："中华民族自古有一种美德，便是无歧视小民族的偏见，而有四海一家之风度。'中华民族是整个的'一句话，是历史的事实，更是现在的事实。"

第五，应当指出，中华文化中爱国主义的文化资源很丰富，其中的内容和形式多是针对着古代士大夫阶层的，士大夫阶层对爱国主义文化的传承发扬起了重要的积极作用。同时，在古代的历史条件局限之下，特别是由于古代教育普及的限制，使得普通民众往往没有机会直接接受这些爱国主义诗文的教育熏陶，这也是近代的思想家批评中国人爱国心不强，呼吁新民，倡导对人民大众进行爱国主义教育的主要原因。近代以来的历史表明，爱国主义实践的主体力量是人民，使爱国主义成为全体人民每一成员的明确义务和美德，培养全体公民的国家意识和情感认同，是近代国家建设的一项根本要务，爱国主义教育绝不能轻视和松懈。

历史表明，爱国主义是鼓舞中华民族团结一致的奋斗旗帜，是推动中华民族历史前进的强大力量，爱国主义是中华民族最深厚的民族感情，也是中华文化的基本价值。在价值核心上，它体现了国家利益高于个人利益、族群利益的价值选择，要求个人把国家或中华民族的利益放在首要地位，从而有利于建立起个人对国家民族的责任感、使命感、忠诚与承诺。爱国主义在表现对象上，包括对祖国山川风物、人民同胞、历史文化、国家政权的感情热爱和理性认同；爱国主义在个体内心体现为民族自尊心、民族自信心、民族自豪感和民族感情；在行为上则体现在促进统一、保卫国家、报效国家、振兴祖国的忘我奉献与奋斗。中华民族悠久历史中的爱国主义精神传统是当代社会主义核心价值的源泉和基础。

2015 年 7 月 27 日

中国文明的哲学背景

　　中华文明的哲学基础是什么？这个问题在中华文明当代复兴并走向世界的时代，是我们必须回答的问题，本文即是对这一问题给以回答的尝试。"哲学基础"或"哲学背景"的含义可以包含较广，而我主张从两个方面加以回答，一个是哲学思维与宇宙观的方面，一个是价值观和世界观的方面。本文专就前一个方面即思维与宇宙观的方面来论述。

　　以黄河流域和长江流域为中心，农业在华北和华中两地最先发展，成为中国文明的基础。在新石器时代后期，不同文化区域的多元发展，如陕西、山西、河南、山东、湖北、长江中下游等区域文化，逐渐形成了以中原为核心，以黄河长江文化为主体，联结周围区域文化的格局。故中国文明的起源与形成是由多元的区系文明不断融合而成，其整合的模式是以中原华夏地区和华夏族的文明为核心，核心与周边互相吸收、互相融合而形成多元一体的文明格局。商代的文明已经是多元一体的格局，已形成华夏文明中心的结构，并显示出文化的中国性。从夏商周三代文明来看，中国文明地域的广阔和整体规模的巨大，是与其他古文明很不相同的一个特色。在这个过程中，民族的融合也达到了很高的程度，黄河流域的居民形成了华夏族，与四方的夷狄蛮戎集团不断融合，到秦代时已达到六千万人口而成为汉族。[①] 中国文明的连续与扩大来自

---

　　① 参看袁行霈、严文明主编：《中华文明史》第一卷，北京大学出版社，2006年，4—5页。

多种原因，其中也来自不少内部的文化因素，如祖先崇拜，宗族、国家的同构等。

已有汉学家指出，要了解中国文明，就必须理解这一文明的思想根基。[①] 他们的做法是追溯到中国文明形成之初，以寻找当时建立的思维和观念对后世中国文明发展的重要影响，从而呈现中国文明的核心要素。在这些核心要素中，被认为最重要的，是理解中国人的宇宙观和世界观，了解中国人对时间、空间、因果性、人性的最基础的假定。这些世界观被认为与中国文明历史的各个方面都密切相关。

这种重视中国文明形成初期基本观念的看法，隐含着对于中国文明整体长久连续性的肯定，因为，如果这个文明是断裂的、异变的，仅仅关注文明形成初期就没有意义了。史华慈（Benjamin Schwartz）指出，过分重视早期文明时代往往受到批评，因为轴心时代以后到近代中国之间，中国历史发展中各领域都一直发生着重大变化，然而他强调，中国历史的那些变化确实需要置于一种文明框架来看待，因为中国文明的框架并没有出现过西方式的全盘的质的决裂。[②] 也就是说，中国文明的总体框架是持久的连续的。这里所说的文明框架不仅包括外在的制度文化形式，也包含制度文化形式背后的观念特性。那么显然，这意味着作为中国文明的根基，其基本思维观念也是长久稳定和连续的。不过也应当指出，西方汉学追溯到中国文明形成之初，去寻找当时建立的思维和观念对后世中国文明发展的重要影响，这个做法并不全面，因为文明的特色不仅要看其早期的形成初期，还要看轴心时代，更要看这一文明成熟期的综合完整特色，成熟期文明更能彰显其全部内涵和特色。

很明显，与西方近代以来的机械论的宇宙观相比，古典中国文明的

---

① 牟复礼：《中国思想之渊源》序言，北京大学出版社，2009 年，1 页。
② 史华慈：《古代中国的思想世界》导言，江苏人民出版社，2004 年，2 页。

哲学宇宙观是强调连续、动态、关联、关系、整体的观点，而不是重视静止、孤立、实体、主客二分的自我中心的哲学。从这种有机整体主义出发，宇宙的一切都是相互依存、相互联系的，每一事物都是在与他者的关系中显现自己的存在和价值，故人与自然、人与人、文化与文化应当建立共生和谐的关系。以下我们将从几个方面略加呈现。

一、关联宇宙

法国社会人类学家葛兰言（Marcel Granet）20 世纪 30 年代曾在《中国的思维》中提出中国人的思维把各种事物看成关联性的存在，并认为这是中国人思维的主要特性。[1] 70 年代美国汉学家牟复礼（Frederick Mote）则从另一个方向表达他对中国人世界观的揭示，他认为，欧美民族认为宇宙和人类是外在的造物主创造的产物，世界大多数民族也都如此主张，然而只有中国文明早期形成期没有创世神话，"这在所有民族中，不论是古代的还是现代的，原始的还是开化的，中国人是唯一的"[2]。这意味着，中国是唯一没有创世神话的文明，中国人认为世界和人类不是出自造物主之手，而是自生自化的。与此相对，牟复礼提出，中国的宇宙生成论主张的是一个有机的过程，宇宙各个部分都从属于一个有机的整体，它们都参与到这个自生的生命过程的相互作用之中。[3] 这也就是说，有机主义的自生论宇宙观和思维方式可以用来说明中国早期文明为何没有产生创世神话。这种相互作用有机整体的说法和葛兰言关联思维的说法是相通的。不过这个关联宇宙论形成于战国后期至汉代，并不能用来说明文明初期创世神话何以未出现，神话的发生应

---

[1] 参看安乐哲：《和而不同》，北京大学出版社，2009 年版，202 页。
[2] 牟复礼：《中国思想之渊源》序言，北京大学出版社，2009 年，19 页。
[3] 同上，21 页。

当早于哲学的宇宙观。牟复礼还认为，西方的创造的上帝来自"因果性"观念，而中国的有机的大化流行的观念是对"同时性"的重视，这是两种对世界和事物关系的不同解释。① 因此，"上古中国人构想的宇宙运行机制只须用内在的和谐与世界有机部分平衡来解释就够了"②，不需要创世的上帝。他承认，中国与西方的这种分别，李约瑟（Joseph Needham）也曾以另外形式指出过，用李约瑟的话来说，中国思想如同怀特海（whitehead）式的对于网状关系的偏好、对过程的偏好，而受牛顿（Newton）影响的西方偏好个别和因果链；前者把宇宙过程描述为相互交织的事件之网，后者把宇宙构想为一系列事件串成的因果之链。③

与此不同，史华慈认为，中国宇宙论多以出生、繁殖隐喻起源，而不采取创造（创世）的隐喻，这可能与农业文明的表达有关，但更可能是祖先崇拜的影响。④ 就是说，他认为中国早期文明没有创世神话，却有很多繁殖隐喻，这不是由于关联思维，而是由于祖先崇拜。其实史华慈用祖先崇拜只能说明与农业文明的作物生殖有关，还不能否定关联思维的作用。与此相联系，史华慈不认为关联思维对中国文明初期有作用，他认为关联性宇宙论出现较晚，到战国阴阳家的思想理论才表达了这一宇宙论；而甲骨文、金文以及五经典籍都不能提供有力证据说明此前曾存在关联性宇宙论。先秦古书中只有成书较晚的《左传》中才能找到这种思维的早期证据，即人类实践被看作与天体运行相关。他认为，老子思想中出现了整体主义的世界观，但这种整体主义的基本发展走向与关联性宇宙论截然不同。⑤ 所以史华慈不太强调关联思维的重要

---

① 牟复礼：《中国思想之渊源》序言，北京大学出版社，2009 年，23 页。
② 同上，26 页。
③ 同上，31 页。
④ 史华慈：《古代中国的思想世界》，江苏人民出版社，2004 年，25 页。
⑤ 同上，367 页。

性，他所理解的关联性思维专指事物相互感应的一类，似乎较为狭窄，这是需要指出的。

针对牟复礼的中国文明没有创世神话的论断，杜维明展开了他的"存有的连续"的讨论，他承认，一般来说中国人的宇宙论是一个有机体过程的理论，即，整个宇宙中的万物是一个整体，其组成部分既相互作用，又同时参与同一个生命过程的自我产生和发展。杜维明指出，中国并非没有创世神话，只是中国思维更执着于存有的连续和自然的和谐；中国人的宇宙是动态的有机体，宇宙的实体是生命力——气，气是空间连续的物质力量，也是生命力量。杜维明强调连续性、动态性、整体性是把握中国宇宙观的三个要点，这是非常正确的。但杜维明肯定中国宇宙论可以承认宇宙起源于太虚，则存有的连续性本身就仍无法回应牟复礼有关中国缺少创世神话的疑问。[①] 与史华慈立场相近，杜维明也没有提及关联性宇宙观的重要性。其实，既然杜维明承认中国宇宙观是有机体过程的宇宙观，而有机性与关联性相通，则注重关联性应成为中国宇宙论的第四个要点。

就关联性思维（correlative thinking）而言，李约瑟无疑是此说的主要提倡者，他认为至少在汉代，阴阳、五行、天人感应这些思想不是迷信，也不是原始思维，而是中国文明的某种特性即有机主义。所谓有机主义，是指这样的看法，事物各部分相互关联、协调，而具有不可分的统一性。汉代思维的特点是，象征的相互联系或对应组成了一个巨大模式，事物的运行并不必然是由于其他在先的事物的推动，而是事物在永恒运动循环的宇宙中被赋予了内在运动本性，运动对于它们自己是不可避免的。另一方面，所有事物都是有赖于整个世界有机体而存在的一部

---

① 杜维明：《试谈中国哲学中的三个基调》，《杜维明文集》卷五，郭齐勇、郑文龙编，武汉出版社，2002年，4页。

分，它们间的相互作用不是由于机械的推动或机械式作用，毋宁说是由于一种自然的共鸣。① 李约瑟认为这是一种特有的思想方式，在这种协调的思维中，各种概念不是相互对立、分别，而是相互影响、作用，这种相互的影响、作用不是由于机械的原因，而是由于相互的感应。在这样一种世界观里，和谐被认为是自发的世界秩序的基本原则，他所想象的宇宙整体是一个没有外来主宰者的各种意志的有序和谐。全宇宙各个组成部分都自发而协调地合作，没有任何机械的强制。所以在这种世界观中线性相继的观念从属于相互依赖的观念。② 李约瑟的说法是对葛兰言的阐释，既然线性相继的观念不重要，创造神话自然不发达。葛瑞汉（A. C. Graham）算是哲学家中最重视李约瑟这一思想的人，只是他把关联宇宙论看成主要是汉代的思想，而忽略了先秦时期的关联思想。

把欧洲汉学和美国汉学加以比较，我们似乎可以说，欧洲的汉学家强调关联性思维的意义（安乐哲曾在英国学习，故其思想追随葛瑞汉），而美国汉学家更注重社会文化（如孝与祖先崇拜）的意义。在宇宙论上，李约瑟强调存在的动态性、整体性，而杜维明强调存在的连续性。我们则认为中国的宇宙论思维既强调连续性、动态性，又强调整体性、关联性。

就文明初期的文化形式而言，卡西尔（Ernst Cassier）注重的是神话思维，他强调神话表达的是一种"生命一体化"的信念，生命的一体化沟通了各种各样的个别生命形式，使所有生命形式都具有亲族关系。③ 生命的一体性与不间断的统一性，这个原则适用于同时性秩序也适用于连续性秩序，一代代的人形成一不间断的链条，上一阶段的生命

---

① 李约瑟：《中国科学技术史》，第二卷，科学出版社、上海古籍出版社，1990 年，305 页。

② 同上，304、308、531 页。

③ 卡西尔：《人论》，上海译文出版社，1986 年，105 页。

被新的说明所保存，现在、过去、未来没有明确的分界线。原始神话的交感联系是从情感方面，希腊多神论开始用理性来研究人，成为"伦理交感"的形式，它战胜了"生命—体化的原始感情"。① 可见，关联性有两种，一种是神话思维的原始的关联性，包括巫术式的联想。另一种是哲学思维的关联性，它是更高一级的关联性，我们关注的正是这种哲学的关联性思维。在中国，与历史的维新路径相似，中国的思维发展也包含了这个方面，即思维的发展不是一个战胜一个，而是原始的生命的一体化的原则被保存在轴心时代以后思想的发展中成为其一部分；但生命交感升华为伦理交感，宗教或神话的交感转变为哲学的感通，在更高的层次上持久地保留了交感互动的特性。因此，神话思维中的生命—体化的母题，在一定条件之下，可以在文明的后续发展中，在更高的文化形式中得以保留，而成为一种哲学的宇宙观。② 汉代的关联性宇宙建构，在思维上正是承继了神话时代的生命—体化的思维而在更高层次的发展，成为中国宇宙观的一个特色。

二、一气充塞

中国哲学思维发展甚早，连续二千多年不曾间断，就其对宇宙、世界的总体理解及其所反映的思维方式而言，具有一些突出的特色，这是没有疑问的。其中最突出的是，中国宇宙论的结构特色与"气"的观念密不可分。

关于存在世界的把握，在中国哲学中，气论是一个基本的形态。气的哲学是中国古代存在论的主要形态。由于气在本源的意义上是物质性

① 卡西尔：《人论》，上海译文出版社，1986年，130页。
② 关联思维在其他文明中也存在过，但在中国的战国后期把神话时代的关联思维发展为哲学的关联性宇宙建构，这是不同于其他文明的。

的元素，宇宙论的气论代表了中国哲学从物质性的范畴解释世界构成的努力。在中国哲学中，"物"指个体的实物，"质"指具有固定形体的东西，有固定形体的"质"是由"气"构成的。未成形的"气"则是构成物体的材料。① 中国哲学中所说的"气"，是指最微细而且流动的存在物。西方哲学的原子论认为一切事物都是由微小固体组成的，原子是一种最后的不可分割的物质微粒；中国哲学的气论则认为一切物体都是气的聚结与消散。气论与原子论的一个基本不同是，原子论必须假设在原子外另有虚空，虚空中没有原子而给原子提供了运动的可能。而气论反对有空无的虚空，认为任何虚空都充满了气。中国思想的气论与西方思想的原子论，成为一种有意义的对照。在这个问题上，张岱年先生指出："中国古代哲学中讲气，强调气的运动变化，肯定气的连续性存在，肯定气与虚空的统一，这些都是与西方物质观念的不同。"②

中国古代的"气"概念来源于烟气、蒸气、雾气、云气等，如东汉的《说文解字》称："气，云气也。"气的观念是在对那些具体物气加以一般化后所得到的一个自然哲学概念，就自然哲学的意义而言，它仍然与平常所谓空气、大气的意义相近。把中国气论和西方原子论对照的一个明显结论，就是原子论表达的是物质的不连续的性质，而气论所反映的是物质的连续性的性质。应当说，注重气的连续性，从哲学上反映了中国文明对事物连续性的重视，这与中国文明被称之为"连续性文明"的特点也有密切的关系。考古人类学家张光直也正是在这个意义上强调：中国古代文明之所以是一个连续性的文明与中国文明中重视"存有的连续"有关，也与早期文明的整体性宇宙观有关。③

① 参看张岱年：《中国古代元气学说》序，湖北人民出版社，1986 年，1 页。
② 张岱年：《开展中国哲学固有概念范畴的研究》，载《中国哲学史研究》，1982 年 1 期。
③ 张光直：《连续与破裂——一个文明起源新说的草稿》，载《中国青铜时代》，生活·读书·新知三联书店，1999 年。

气作为一种连续性的存在，在中国哲学中有许多表达，如，荀子说"充盈大宇而不窕"①，意即云气充满宇宙而无间断，指示出气是连续的存在；宋代张载说"太虚不能无气""知太虚即气则无无"，② 强调虚空充满气，或虚空是气的一种存在形式；王廷相说"天地未判，元气混涵，清虚无间，造化之元机也"③。这里虽然是就天地未分化时而言，而"无间"即是表达连续、无间断之意。方以智说"气无间隙"④，王夫之更明确说明"阴阳二气充满太虚，此外更无它物，亦无间隙"⑤。这些都是对古代关于气是连续性存在的观念的继续发展。事实上，朱子也说过"此气流行充塞"，他常常说此气"充塞周遍" "充塞天地" "充塞宇宙，无一息之间断，无一毫之空阙"，主张天地之间一气流行充塞，这种连续性是强调气的空间的连续充满和时间的连续不断。⑥

由于气是连续的存在，而不是原子式的独立个体，因而中国哲学的主流世界观倾向是强调对于气的存在要从整体上来把握；不是强调还原到原子式的个体，而是注重整体的存在、系统的存在。因此中国哲学中常常有所谓"一气流行""一气未分"的说法，"一气"既表示未分化，也表示整体性，而"流行"则表示气的存在总是处在一种流动的状态之中。朱子言："一气之周乎天地之间，万物散殊虽或不同，而未始离乎气之一。"⑦ 罗钦顺说："盖通天地，亘古今，无非一气而已。气本一也，而一动一静，一往一来，一阖一辟，一升一降，循环不已。"⑧ 刘

---

① 《荀子·赋篇》。
② 张载：《正蒙·太和》。
③ 王廷相：《慎言·道体》。
④ 方以智：《物理小识·光论》。
⑤ 王夫之：《正蒙注·太和》。
⑥ 见朱子《文集·答吕子约》等。
⑦ 朱熹：《朱子语类》卷二七。
⑧ 罗钦顺：《困知记》。

宗周说:"盈天地间,一气而已。"① 黄宗羲说:"天地之间,只有一气充周,生人生物。"② 一气即整个世界为一连续、整全、流动之实在。这种宇宙论在中国哲学史的发展上为儒家、道家等各派哲学所共有,也成为中国哲学宇宙观的基本立场。存在的整体,即是人与世界的统一,即是人与宇宙的统一,近代哲学的二元分裂破坏了这种原始的统一性,在现代之后的时代,人类应当返回作为人与宇宙统一性的存在整体。同时,在中国文化中,个人不是原子,是社会关系连续体中的关联性存在一方,这种理解得到了气论哲学的有力支持。③

三、阴阳互补

阴阳的观念比气的观念出现得更早,阴与阳的观念在西周初年已经出现,最初是指日光照射的向背,向日为阳,背日为阴。《易经》中则把阴阳作为整个世界中的两种基本势力或事物之中对立的两个方面。

最著名的古代阴阳论的论断见于《易传》之《系辞》,《系辞上》说"一阴一阳之谓道",指阴阳的对立分别与交互作用,是宇宙存在变化的普遍法则。《说卦》把阴阳普遍化,"立天之道曰阴与阳,立地之道曰柔与刚,立人之道曰仁与义",认为阴阳的对立和互补是天道,地道和人道也都是受此原理所支配。《庄子》中已经有阴阳生成论:"至阴肃肃,至阳赫赫。肃肃出乎天,赫赫发乎地,二者交通成和,而万物生焉。"④

---

① 刘宗周:《刘宗周全集·语录》。

② 黄宗羲:《孟子师说》。

③ 黄俊杰有《传统中国的思维方式及其价值观》论述了联系性思维方式,载黄俊杰编:《传统中华文化与现代价值的激荡与调适》,喜马拉雅研究发展基金会,2002 年。

④ 《庄子·田子方》。

在西周末期，不仅以阴阳为宇宙的两种普遍的基本对立，也已把阴阳的观念和气的观念结合起来。战国时代如庄子说"阴阳者，气之大者也"①，把阴作为阴气，阳作为阳气。这样就产生了"二气"的观念。《易传》中发挥了这一思想，不仅提出气分为阴阳，也同时强调二气相感。如，《彖传》说："二气感应以相与，……天地感而万物化生。"②荀子也这样认为："天地合而万物生，阴阳接而变化起。"③ 阴阳二气作为宇宙最基本的构成性要素，不仅相互对立，而且相互作用，相互感应，阴阳二者的相互配合使万物得以生成，使变化成为可能。阴阳的对立互补是世界存在与变化的根源。用关联的语言来说，阴阳是最基本的关联要素。

汉代以后，阴阳的观念成为中国哲学根深蒂固的基本特征，董仲舒说："天地之气，合而为一；分为阴阳，判为四时，列为五行。"④ 在汉代思想当中，阴阳、五行、四时都是天地之气的不同分化形式形态，同时阴阳与五行、四时、五方、五色、五味等有高度的关联性，由此发展出一套关联宇宙图式的建构。除了阴阳之间的相互作用和相互补充外，五行之间也被理解为相生相克，既相互促进又相互制约。宋代周敦颐依然如此主张："分阴分阳，两仪立焉，阳变阴合，而生金木水火土""二气五行，化生万物；五殊二实，二本则一"。⑤ 宋代以来，没有一个哲学家不受阴阳观念所影响，新儒学哲学家尤依赖于《易传》的阴阳哲学而不断发展阴阳的世界观。如，邵雍言："动之始，则阳生焉，动之极，则阴生焉。一阴一阳交，而天之用见之矣。"又说："阳下交于

---

① 《庄子·则阳》。
② 《周易·咸卦象辞》。
③ 《荀子·礼论》。
④ 董仲舒：《春秋繁露·五行相生》。
⑤ 周敦颐：《太极图说》。

阴，阴上交于阳，四象生焉。阳交于阴，阴交于阳，而生天之四象。"①
无论阴阳的"接"，或阴阳的"交"，哲学上都是指阴阳的相互作用，
这种作用不是冲突对立，而是感合、相互吸引和配合。当然，就阴阳二
者的本来规定而言，一般来说阳居主动，阴居被动，但"二气"哲学
的宇宙生成论中并不强调这种差别。如，朱子论阴阳二气云："天地只
是一气，便自分阴阳，缘有阴阳二气相感，化生万物，故万物未尝无
对。"② 张载的名言："一物两体，气也。一故神，两故化。"③ 一物两
体即是说一气之中包含阴阳两个方面。一故神是说阴阳结合为整体才能
实现运动的妙用；两故化，是说一气中包含阴阳互动所以气有化生的功
能。清代的戴震说："一阴一阳，流行不已，夫是之谓道。"④ 这干脆把
"道"理解为阴阳二气流行不已的过程。

在先秦《管子》中早有对阴阳作用的认识："春夏秋冬，阴阳之推
移也；时之短长，阴阳之利用也；日夜之易，阴阳之化也。"⑤ 把阴阳
看作自然世界各种现象变化推移的动力和根源。张载说"气有阴阳，推
行有渐为化，合一不测为神"，他还说"阴阳之气，则循环迭至，聚散
相荡，升降相求，氤氲相揉，盖相兼相制，欲一之而不能。此所以屈伸
无方，运行不息，莫或使之一"⑥。朱子云："阳中有阴，阴中有阳；阳
极生阴，阴极生阳，所以神化无穷。"⑦ 所以，阴阳的相互联结、相互
作用、相互渗透、相互转化，由此构成的动态的整体变化，是中国人宇
宙观的普遍意识，影响到中国文明的各个方面。如中医是最充分地运用

---

① 邵雍：《观物内篇》。
② 朱熹：《朱子语类》卷五三。
③ 张载：《正蒙》。
④ 戴震：《孟子字义疏证》。
⑤ 《管子·乘马第五》。
⑥ 张载：《正蒙·参两》。
⑦ 朱熹：《朱子语类》卷九八。

阴阳五行学说构建人体生命和疾病的理论说明，明代中医张景岳指出："盖阳不独立，必得阴而后成。……阴不自专，必得阳而后行。……此于对待之中，而复有互藏之道。"① 阴阳互相包含，相互作用，阴阳的平衡构成整体的健康。中医是整体主义和关联思维集中体现的代表。

宇宙是各种物体相互联系的总体，更简单地说，是包含阴阳互补互动的整体，阴阳彼此为对方提供存在条件，阴阳的相互结合构成了世界及其运动。葛瑞汉指出："正如人们早已知道的那样，中国人倾向于把对立双方看成互补的，而西方人则强调二者的冲突。"② 人类世界的一切问题都根源于如何处理各种对立面的关系，中国文明的古老阴阳平衡思维不仅是古代中国的基本思维方式，在现代仍然有其普遍的意义。

张载在谈到对立面关系时指出："有象斯有对，对必反其为，有反斯有仇，仇必和而解。"对立、冲突甚至斗争的结果，最终必定是相反相成、协调配合，走向和解，对立中求统一，化冲突为和谐，使整个世界不断焕发蓬勃的生机。

四、变化生生

与西方机械论宇宙观的另一最大不同，中国哲学的宇宙观是强调"生生"的宇宙观，以《易经》为代表的宇宙观始终把宇宙看成一个生生不息的运动过程。

把宇宙看成一个变易不息的大流，对此孔子已经予以揭示：

逝者如斯夫，不舍昼夜！③

逝逝不已就是运动变化不已，我们所在的世界是一个如同大河奔流

---

① 张景岳：《类经》阴阳类。

② 葛瑞汉：《论道者》，中国社会科学出版社，2003 年，379 页。

③ 《论语·子罕》。

一般的运动总体。这也就是说，一切都在流动变化之中，流动、变化是普遍的。庄子也说："物之生也，若骤若驰，无动而不变，无时而不移。"① 又说："万物化作，萌区有状，盛衰之杀，变化之道也。"②

解释《易经》的《易传》十翼，以《系辞传》最为突出，《系辞传》全力强调变易的意义：

易穷则变，变则通，通则久。

为道也屡迁，变动不居，周流六虚，上下无常，刚柔相易，不可为典要，唯变所适。③

世界不断变化、转化，永不静止，对于这样一个变动不已的宇宙，人不可以定立死板的公式去对待它，一切必须随变化而适应。《易经》为中国文明确立了这样的宇宙观：整个世界，从最小的东西到最大的东西，都处于永恒的产生和转化之中，处于不断的流动变易之中，处于无休止的运动和变化之中。整个世界，特别是自然界被看作在永恒的流动和循环中变动着。在这种总观点下，世界绝对不变的见解是不可理解的。事物不是常住不变的，变易是存在的基本方式，存在就是流动和变化。正是这种变易的哲学支持着中国文明不断"与时俱进"地发展，与时俱进就是适应变化、与变化俱进。

在中国哲学思维中，以《周易》的宇宙观为代表，越来越强调，变化是绝对的，而变化包含有确定的倾向，《易传》的哲学主张，变化不是没有内容的，变化的重要内容是"生生"。换言之，在宇宙的大化

① 《庄子·秋水》。
② 《庄子·天道》。
③ 《系辞下》。

流行中，不断有新的东西生成，这是变易的本质，而不是单纯的无所方向的变化。宇宙不是死一般的寂静，而是充满着创造的活力。

这一点《系辞》说得最清楚：

> 天地之大德曰生。

> 富有之谓大业，日新之谓盛德，生生之谓易。

因此，变化包含创新，永久的变易包含永远的革新，日新就是不断地创新，生生赋予了变易以更深刻的东西，变易是生命的不断充实、成长、更新和展开。"天行健"是生生不已之大易流行，这种宇宙观为中国文化精神"自强不息"提供了世界观的基础。

生生的观念同样渗透在宋以后的新儒家思想中，如周敦颐说："二气交感，化生万物，万物生生而变化无穷焉。"[1] 程颢说："生生之谓易，是天之所以为道也。天只是以生为道。"[2] 这是以生生为宇宙最根本的法则，以生生为天道、天理的内容。程颐也重视生生，他说"天地之化，自然生生不穷"[3]，把生生化育看作自然的、无休止的过程。

可见在中国哲学中，变化之流即是生命之流，而这一生命之流是以气的连续统一为其载体的。宋明理学的宇宙观特别重视"大化流行"，大化流行也往往说成"气化流行"，如戴震说："一阴一阳，其生生乎！"[4] 又说："在天地则气化流行，生生不息，是谓道。"[5] 气本身就

---

① 周敦颐：《太极图说》。
② 《二程遗书》二上。
③ 《二程遗书》十五。
④ 戴震：《原善》。
⑤ 戴震：《孟子字义疏证》。

是能动的流体，气的运行过程就是道。大化流行是一完整的连续体的活动，而万物是此连续体不可分割的组成部分。

在这里，显示出中国哲学宇宙观的生成论特征。按照《周易》系统的哲学，天地万物是在时间的进程中逐渐生成的，并变易着，它可能是从某种混沌中产生出来的东西，是某种发展起来的东西，某种逐渐生成的东西，生成就是 becoming。所以，不是 being 而是 becoming 才是中国哲学的基本问题意识，《周易》的哲学才是中国文明自己的哲学之根。从这个观点来看，生成是自己的生成，阴阳、五行的相互作用就是生成的基本机制，而不是由自然界之外的主宰者的创造或外来推动力一下子造成的东西。绝对不变的实体是不存在的。从这里，我们才能更深刻地理解牟复礼提出的中国文明缺少创世神话的问题，确实在本质上是一个关乎思维方式的问题。只不过，缺少创世神话的原因主要还不是像杜维明所说的存在的连续的问题，而是生成论思维主导的问题。没有创世神话表示不重视外在力量，表示更重视生成、生化和它的内在动因。世界是它自己的根源，自生自化的生成论成为中国世界观的主流，《周易》的原理本身就包含了这一倾向。正如安乐哲（Roger Ames）所指出的，希腊更偏重静止，所以需要借助因果关系解释变化；中国则主张世界本来自然地就是过程和变化，自然地生成，因而它就不需要外在原则去解释变化。[①]"天行健，君子以自强不息"，如果《周易·象传》的这句话是中国文化精神的体现，那么生生日新的宇宙观正是这个精神的哲学写照。

五、自然天理

牟复礼所说中国直到进入文明初期，没有出现过创世神话，以此作

---

① 安乐哲：《和而不同》，北京大学出版社，2002年，45页。

为中国文明思维方式的一个路径依赖，其实，尽管他指出中国缺少创世神话这一点是对的，但这并不意味着中国没有宇宙发生说，也不意味着中国古代思维认为宇宙是一永恒的存在。用中国哲学的话来说，天地万物如何产生、存在，也是古代中国哲学家思考的问题，屈原的《天问》最明显地表达出中国古代哲学思维对宇宙起源、构成的兴趣：

遂古之初，谁传道之？
上下未形，何由考之？
冥昭瞢暗，谁能极之？
冯翼惟像，何以识之？
明明暗暗，惟时何为？
阴阳三合，何本何化？
圜则九重，孰营度之？
惟兹何功，孰初作之？

当然，中国哲学的主流看法虽然认为天地万物不是永恒存在着的，而是有其发生历史的，但天地万物的发生不是由一个外在于宇宙的人格力量所创造的，在中国哲学家看来，天地万物如果有一个开始，这个开始也是自生、自然的。的确，在中国思想中，一般来说，不认为天地是被创造出来的，不认为人是被创造出来的，不认为宇宙时空是被创造出来的，尤其不认为存在着外在于宇宙的创造者——上帝。

主张天地不是被创造出来的，不等于主张天地是永恒的，例如在汉代道家的宇宙论中并不认为天地是永恒存在的，而是从虚空中逐渐生成气，又由气的凝聚而生成天地。所以我们所在的这个世界，不是被创造出来的，而是化生出来的。

那么存在着宇宙之内的主宰者吗？回答不是否定的。商周时代都承认帝或天为宇宙之内的至上神，但早期中国文明中的"上帝"不是创造宇宙和人的神，而是在宇宙之内的主宰者，中国上古的"上帝"和"天"也没有被赋予创造宇宙的能力。不管是原因还是结果，西周以人为中心的立场的兴起必然也削弱了发明创世神话的冲动。所以早期中国文明的"帝"不是宇宙之外的创造之神，而是宇宙之内的事物主宰。就人不是上帝所创造这一点来说，这使得在中国文明中"人"的地位必然高于基督教文明中"人"的地位，"人受天地之中以生"的古老观念，① 表示在气论的背景之下，人可以获得高于宇宙内其他一切事物和生命形式的地位，"人最为天下贵"②。至少，如中国哲学中易学哲学所主张的，人是与天、地并立的"三才"之一。天人相感、天人相通，所有中国哲学中"天—人"的说法，都是指人的理性、人性、价值使得他超出万物，而可以与天构成一对关系。中国哲学本来就有"与天地参"的传统，人能参与天地化育、参与大化流行，故"参与"论是十分中国的。人既能参与天的生成，又能与天相感相通，这在西方人看来是多么奇特的思想啊。

在理学中，也出现了一种主张，如邵雍和朱熹，他们认为我们所在的这个宇宙或天地不是永恒的，它在消灭之后会有一个新的宇宙或天地来代替它；同样，在它之前也曾经有一个旧的宇宙或天地存在，而被它代替了。这意味着，一切生成的东西，都会走向消亡。这种生成与消亡借助"气"的聚散来说明，是非常自然的。古人所说的天地可以是今天所说的太阳系或宇宙，它是按照自然的途径生成的，而在它消亡之后，也一定会有另一个天地按照自然的途径再生成出来，这个循环是没有穷尽的。在这里也不需要造物主的概念。

---

① 人受天地之中以生，见于《左传·成公十三年》刘康公所说。
② 《荀子·王制》。

56

在这个意义上，李约瑟称中国的世界观和宇宙模式是"没有主宰却和谐有序"，既是有理由的，却又是不准确的。从新儒学的观点来看，首先，主宰是有的，但主宰是宇宙内的主宰，但不是创造宇宙的主宰。对于宇宙来说，主宰不是超越的，而是内在的。其次，这个主宰，商周时为"帝"为"天"，但宋代以来，宇宙内的主宰已经被理性化，这就是"理"或"天理"，这一对"理"的推尊成为一千年来成熟的中国文明的主导性观念，理是宇宙、社会的普适原理和法则。

众所周知，朱熹是肯定这一"理"的最有代表性的哲学家。朱熹说过："所谓主宰者，即是理也。"① 与朱熹一样，元代的吴澄也是以太极为"道"、为"至极之理"。他说："太极与此气非有两物，只是主宰此气者便是，非别有一物在气中而主宰之也。"② 吴澄仍然用"主宰"一词界定理，这一方面是由于理气论与人性论的牵连，另一方面也是理学形上学词汇的误用。无论如何，这种主宰说只是功能意义上的，而已经没有任何实体的意义了。明代罗钦顺指出朱熹理气观有严重失误，断言理并不是形而上的实体，而是气之运动的条理，他说："理只是气之理，当于气之转折处观之，往而来，来而往，便是转折处也。夫往而不能不来，来而不能不往，有莫知其所以然而然，若有一物主宰乎其间而使之然者，此理之所以名也。"③ 罗钦顺认为，气是不断变化运动的，气之所以往复变易，乃有其内在的根据。从程颐到朱熹都认为，理对于气的作用正像一个做往复运动物体的操纵者，支配着气的往而复、复而往的变化运行。罗钦顺提出，从功能上看，理虽然支配着气的运动，但理并不是神，也不是气之中的另一实体。更重要的是，他提出"若有一物主宰乎其间"，即理的这种支配作用类似主宰的作用，而其实，并非

---

① 朱熹：《朱子语类》卷一。
② 吴澄：《吴文正集》卷二。
③ 罗钦顺：《困知记》。

真的有一主宰者。

所以，在成熟的中国文明时期，哲学已经越来越显示出一种立场，即宇宙虽然不是由外在主宰者创生的，是无始无终的，所谓"动静无端、阴阳无始"。但宇宙之中受到一种主宰性力量所引导和制约，这是宇宙之内的主宰，但此主宰不是神，而是道或理。李约瑟认为中国的宇宙观是"没有主宰的秩序"，并不确切。在宋明新儒家的哲学中，宇宙之外没有主宰，宇宙之内也没有人格主宰，但"道"或"理"被理解为宇宙之内的一种主宰、调控力量，天地万物、人类社会的存在和运动都受到理的支配。因为理不仅是天地的本源，事物的规律，也是最高的价值。这种类似自然法的普遍性理论使得理学能够成为近古时代中国社会文明价值的有力支撑。同时，这种物理普遍存在于事物之中的观念以及在此基础上发展的格物穷理思想也是中国科技文明得以在近代以前长期发达的理性基础。

理的作用是关系的调控，因此理不是实体，毋宁说是关系的体现。中国哲学的特点之一是注重关系，而不注重实体。实体思维倾向于把宇宙万物还原为某种原初状态，还原为某种最小实体单位，注重结果的既定实体状态，而不关注生成化育的过程；或者追求一个永无变化的实体，一个与其他事物没有关系的绝对实体。关系思维则把事物理解为动态的关系，而每一具体的存在都被规定为处在一种不可分离的关系之中，每一个存在都以与其发生关系的他者为根据。在理学中，天理即天道，天道的生生之理以"感通"为其实现方式，《周易·咸卦象辞》"天地感而万物化生"，感通是万物相互关系的状态。感通是比感应更为哲学化的概念，感应可以是此感彼应，没有直接的相互作用，而感通是直接的相互作用。因此，在社会伦理上，注重关系的立场必然不是个人本位的立场。它主张在个人与其他对象结成的关系中，个人与他方构成关系时，不是以自我为中心，而是以自我为出发点，互以对方为重。

从这种有机整体主义出发，宇宙的一切都是相互依存、相互联系的，每一事物都是在与他者的关系中显现自己的存在和价值，故人与自然、人与人、文化与文化应当建立共生和谐的关系。

六、天人合一

天人合一的观念认为天与人不是仅仅对待的，一方面天与人有分别，有对待；另一方面，从更高的观点来看，天与人构成了统一的整体，二者息息相关，二者之间没有间隔，这就是"天人合一"。这种天人合一的思想虽然可以看作神话时代生命一体化思维的哲学升华，但更具有排除主体—客体对立的意义。

从道的角度看，天是人道的根源，人伦人道出于天与天道，人性来自天命的赋予，这个意义上的天人贯通一致的关系称作"天人相通"。天人相通是广义的天人合一的一种表达方式。张载是最重视天人合一思想的，他说："天人异用，不足以言诚。天人异知，不足以尽明。所谓诚明者，性与天道不见乎大小之别也。"① 这是说天之用与人之用没有差异，只有认识到这一点才能言"诚"。诚就是宇宙的真实。天之知与人之知也没有分别，不了解这一点就不能发挥"明"。明就是人的理性。所以他主张人性与天道没有大小的差别，是一致的。又说："性者万物之一源。"他进一步说："儒者则因明致诚，因诚致明，故天人合一，致学而可以成圣，得天而未始遗人。"②

天道与人道的同一性、天道与人性的同一性，这就是张载阐发的天人合一思想。这种思想在北宋已经十分普遍，二程兄弟也都分享了这样

---

① 张载：《正蒙·诚明》。
② 同上。

的思想，如程明道说：

"人与天地一物也，而人特自小之，何耶？"① "天人本无二，不必言合。"②

程伊川也说："道未始有天人之别。" "天地人只一道也，才通其一，则余皆通。"③ 这些都是强调天人合一、天人相通。如程颢所见，天与人是直接统一的，如果说人不能认识这一点，那主要是由于人在天地的面前降低了自己的地位。

这种哲学与绝对二分的形上学不同，人与自然、天道的一致，表达了统一整体的智慧，在这种智慧中，天地万物共同构成一个不可分割的统一的整体。同时，在这种思想支配下，哲学不认为本体和现象世界是割裂的，不认为本体和生活世界是割裂的，本体即在现象中显现，不离开生活现象。

张载的《西铭》主张，天地的交合生成了世界，赋予了人的身体和本性，所有人都是天地生育的子女；不仅如此，万物和人类一样，也是天地所生。因此，他人都是自己的同胞，万物都是自己的朋友，人与人，人与万物，人与自然，应成为共生和谐的整体。古代思想认为事实和价值不是对立的，而是一致的。

这又涉及"万物一体"的思想。张载认为，人和物都是由气构成的，宇宙中的一切都与自己有直接的关系，故从个人的角度来看，天地就是我的父母，民众即是我的同胞兄弟姐妹，万物都是我的朋友，等等。这种思想以气为基础的高度的关联性论证了儒家伦理，尊敬高年长者，抚育孤幼弱小，都是自己对这个宇宙大家庭和这个家庭的亲属的义务。《西铭》的这种思想可以说就是"万物一体"的思想。在古代思想

---

① 《二程遗书》十一。
② 《二程遗书》卷六。
③ 《二程遗书》十八。

中可以明显看到，一定的宇宙观倾向于一定的价值观，或者一定的宇宙观基于一定的价值观，二者往往是相互联系的。关联性宇宙观和关联性价值正是这样的关系。

程颢的一段语录把这个意思说得更简明，而且把它与仁结合起来："医书言手足痿痹为不仁，此言最善名状。仁者以天地万物为一体，莫非己也。认得为己，何所不至？若不有诸己，自不与己相干，如手足不仁，气已不贯，皆不属己。……如是观仁，可以得仁之体。"① 这是要说明什么是"仁"，照程颢的看法，仁就是一种精神境界，是一种以万物为一体的精神境界；不仅是一体，而且是以"己"为基点，要把天地万物都看成与"己"息息相通的，正如人能感受手、足是属于"己"的一部分一样。"万物一体"的思想是宇宙关联性的最高的伦理的体现，它既指示出个人对关联整体的义务，也指示出追求整体的和谐是人的根本目标。

这种仁的一体境界与纯粹的存在论的万物一体观不同，在于此种境界并非指示一种实在，而指向的是一种慈悯的情怀，即亲亲、仁民、爱物，以此境界实现人的社会义务。但程颢的这个境界思想与其存在论和宇宙论仍有密切关系，他说："万物之生意最可观，此元者善之长也，斯所谓仁也。"② 这表示，宇宙观的"生生"是他的一体境界和人格精神的基础。

这种对一体和谐的追求在古代宇宙论中就已经表达出来，如西周的史伯说："夫和实生物，同则不继，以他平他谓之和，故能丰长而物归之。"③ 不同事物的调和、融合才能生成繁盛的、新的事物。差别性、多样性、他性的存在是事物生长的前提，多样性的调和是生生的根本条

---

① 《二程遗书》二上。
② 《宋元学案·明道学案上》。
③ 《国语·郑语》。

件。《系辞》"阴阳合德"的说法包含了阴阳的融合。《庄子》说阴阳"两者交通成和,而万物生焉",以和为生成的根本。荀子说"阴阳大化,风雨博施,万物各得其和以生","和"被认为是事物生成的必要条件,他又说"天地合而万物生,阴阳接而变化起",其意亦即"阴阳和而万物生"。阴阳的调和是古代宇宙论最普遍的理想。

　　以上所说的这些哲学的思维渗透在中国文化的各个方面,对中国文明的整体也起到了支撑的作用,可谓是中国文明的哲学背景。在本文结束的时候,我想就关联思维到关联价值再说几句。关联思维即普遍联系的思维,其特点就是对一般人只看到分别、分立、无关的事物能看到其相互联系,特别是把天、地、人、万事万物看成关联的整体。而关联是互动、和谐的基础,互动、和谐是关联的本质要求。葛瑞汉认为关联思维是汉代思维的突出特色,而认为后来宋代理学兴起后,中国哲学的宇宙观发生了巨大的范式转换。这个转换就是,对天地万物的观察和思考,用性理的主宰决定代替了元气的自然感通。其实,汉代和宋代的思想不是对立的,汉代的关联宇宙论建构作为统一的宇宙观,具有支持天下政治统一的意义;宋代的理学是在新的佛教挑战面前和隋唐以来新的制度变革下强化儒家思想的体系,它的理性化体系使中华文明在更成熟的高度上获得了一体化的统一。应当说,尽管以"天人感应"为特色的关联宇宙建构的高峰是在汉代,但关注事物的普遍联系,关注事物的相互依存、相互关系、相互作用、相互影响、相互感通,关注整体与部分间的相互包含,早已成为中国思维的重要特性。因此,虽然汉代的元气论后来被宋明的理气论所取代,但中国人注重关联性的思维并没有改变,改变的只是关联性表达的理论形态和关联性所体现的领域和形式。而且注重关联性不仅是中国文明的思维方式,也反映了中国文明的价值取向，轴心时代以后中国文明的基本价值，可以说都是以此种宇宙观为基础发展起来的。今天，面对西方现代性的问题，我们提倡东西方思想的多元互补，提倡对交互伦理、关联社群、合作政治、共生和谐的追求，必须珍视多元文明的价值，扩大人类解决困境的选择。① 就这个意义上来说，重温中国文明的世界观应当是有益的。

---

① 强调关联性价值，并不是要整体替代近代建立的个人主义、权利意识，而是发扬关联性价值，与个人主义和权利意识形成良性的互补。

中华文明的价值观与世界观[①]

无论是北方还是南方，中国早在距今七八千年前的新石器中期，已经形成了较为稳定的农业经济。七八千年前的中国黄河、长江流域的史前农业已经不是所谓刀耕火种的原始农业，由于黄土自肥的特点和作物耐旱的特性，在中原和北方，在主要使用石制农具、不依赖大河灌溉的情况下，已发展出集约化农业。因此，与美索不达米亚和埃及相比，中国早期文明虽然也发生在黄河和长江两大流域的中下游地区，但中国农业经济的特点决定了中国的早期文明不属于大河灌溉的文明，中国农业缓慢、稳步地积累的成长道路，也影响到它的文明的整个发展。考古学家认为，中国文明是"万年前的文明起步，从五千年前后氏族国家到国家的发展，再到早期古国发展为多个方国，最终发展为多源一统的帝国"[②]。

一、早期中国文明的精神气质

在世界上有过宗族性的血缘组织的民族不乏其例，但像中国早期文

---

① 本文内容是韩国学术协会（KARC）与大宇基金会（DWF）在首尔主办的 2012 年度系列讲演中的报告。

② 苏秉琦：《中国文明起源新探》，商务印书馆（香港），1997 年，142 页。

明社会中所见的宗族组织与政治权利同构的情形，却属罕见。古代中国文明中，宗庙所在地成为聚落的中心，政治身份的世袭和宗主身份的传递相合，成为商周文明社会国家的突出特点。政治身份与宗法身份的合一，或政治身份依赖于宗法身份，发展出一种治家与治国融为一体的政治形态和传统。在文化上，礼乐文化成为这一时代的总体特征。

中国古代从西周到春秋的社会，其基本特点就是宗法性社会。这里所说的"宗法性社会"是一个描述性的概念，并无褒贬之义，乃是指以亲属关系为其结构、以亲属关系的原理和准则调节社会的一种社会类型。宗法社会是这样一种社会，在这个社会中，一切社会关系都家族化了，宗法关系即是政治关系，政治关系即是宗法关系。故政治关系以及其他社会关系，都依照宗法的亲属关系来规范和调节。这样一种社会，在性质上，近于梁漱溟所说的"伦理本位的社会"。伦理关系的特点是在伦理关系中有等差，有秩序，同时有情义，有情分。因此，在这种关系的社会中，主导的原则不是法律而是情义，重义务而不重权利。梁漱溟认为中国伦理本位的社会是脱胎于古宗法社会而来，是不错的。① 春秋后期以降，政治领域的宗法关系已经解体，但社会层面的宗法关系依然存在，宗法社会养育的文明气质和文化精神被复制下来。

从早期中国文化的演进来看，夏、商、周的文化模式有所差别，但三代以来也发展着一种连续性的气质，这种气质以黄河中下游文化为总体背景，在历史进程中经由王朝对周边方国的统合力增强而逐渐形成。而这种气质在西周文化开始定型，经过轴心时代的发展，演成为中国文化的基本气质。这种文化气质在周代集中表现为重孝、亲人、贵民、崇德。重孝不仅体现为殷商繁盛的祖先祭祀，在周代礼乐文化中更强烈表现出对宗族成员的亲和情感，对人间生活和人际关系的热爱，对家族家

---

① 梁漱溟的说法见其《中国文化要义》，台北里仁，1982 年，81 页。

65

庭的义务和依赖。这种强调家族向心性而被人类学家称为亲族联带的表现，都体现出古代中国人对自己和所处世界的一种价值态度。从而，这种气质与那些重视来生和神界，视人世与人生为纯粹幻觉，追求超自然的满足的取向有很大不同，更倾向于积极的、社会性的、热忱而人道的价值取向。中国人谋求建立积极的人际关系及其内在的需要和取向，与印度文化寻求与神建立积极关系及其内在需要和取向；中国文化对民和民的需要的重视，与印度文化对神的赞美和对与超自然的同一的追求，二者间确有很大不同。另一方面，印度教虽然对人的一生中的家庭祭很重视，在成年礼等一些方面甚至可与西周的礼仪相比，但印度教徒死者通常没有坟墓，在印度所有地方，与祖先崇拜相联系的现象极少见。中国殷周文化对死去亲属的葬礼、祭祀礼的发达，与印度对葬祭的这种轻视恰成对比。这不只是宗教观念的不同，而且也体现出价值取向的不同。

早期中国文化体现的另一特点是对德的重视。近代以来已有学者提出中国文化是一种伦理类型的文化，就其主导的精神气质而言，中华文明最突出的成就与最明显的局限都与它的作为主导倾向的伦理品格有关。在中国上古时代已经显露出文化的这种偏好，正是基于这种偏好而发展为文化精神。中国文化在西周时期已形成"德感"的基因，在大传统的形态上，对事物的道德评价格外重视，显示出德感文化的醒目色彩。而早期德感的表现，常常集中在政治领域的"民"的问题上，民意即人民的要求被规定为一切政治的终极合法性，对民意的关注极大影响了西周的天命观，使得民意成了西周人的"天"的主要内涵。西周文化所造就的中国文化的精神气质是后来儒家思想得以产生的源泉和基体。

深度理解夏商周三代的文化发展历程，我们将会得到一种相当明晰的印象，这就是，在孔子和早期儒家思想中所发展的那些内容，不是与西周文化及其发展方向对抗、断裂而产生的，在孔子与早期儒家的思想和文化气质方面，与西周文化及其走向有着一脉相承的连续性关系。没有周公就不会有传世的礼乐文明，没有周公就没有儒家的历史渊源，①孔子对周公的倾心敬仰，荀子以周公为第一代大儒，都早已明确指明儒家思想的根源。可以说，西周礼乐文化是儒家产生的土壤，西周思想为孔子和早期儒家提供了重要的世界观、政治哲学、伦理德行的基础。同时，西周文化又是三代文化漫长演进的产物，经历了巫觋文化、祭祀文化而发展为礼乐文化，从原始宗教到自然宗教，又发展为伦理宗教，形成了孔子和早期儒家思想产生的深厚根基。更向前溯，从龙山文化以降，经历了中原不同区域文化的融合发展，在政治文化、宗教信仰、道德情感等不同领域逐渐地发展出，并在西周开始定型成比较稳定的精神气质，这种气质体现为崇德贵民的政治文化、孝悌和亲的伦理文化、文质彬彬的礼乐文化、天民合一的存在信仰、远神近人的人本取向。因此，儒家思想及其人文精神是中国文明时代初期以来文化自身连续发展的产物，体现了三代传衍的传统及其养育的精神气质，儒家思想与中国古代文化发展的进程具有一种内在的联系。儒家的价值观也成为中华文明价值体系的主流。②

二、轴心时代开启的中国文明的基本价值观

一个既定文明的认知的、存在的方面属于世界观，而一个既定文化的道德的价值的评价原理则代表他们生活的基本方式和文化气质，表现了对他们自己和他们所处世界的根本态度。如果我们要阐述中国文明的哲学基础，将侧重于认知的、存在的方面，尤其是突出宇宙观的特性。这是因为，人对自己所在世界的总看法，一般来说是通过宇宙观来表现

① 参看杨向奎：《宗周制度与礼乐文明》，人民出版社，1992年，136页。
② 陈来：《古代宗教与伦理》导言，生活·读书·新知三联书店，1996年，7—8页。

的。它主要体现在认识宇宙、世界是怎样存在、运动的，宇宙、世界是怎样构成的这些方面。也就是说，一般所说的世界观主要是指对世界的认识。但是世界观也同样还包含或表现为另一个方面，那就是人对世界所抱持的态度。人对世界的认识和人对世界的态度，两者不是不相关联的，而是相互联系的，相互贯通的。对世界的认识往往反映或影响了对世界的态度，或者造成了一定的态度；反过来也是一样，人对世界的态度来源于对世界的认识，或影响了他们对世界的认识。在这次讲演中我们集中在中国文明对所处世界的态度，突出中国文明的价值观态度作为中国文明世界观的意义。我们将从几个方面来论述，一是人对他人、社群的态度；二是中国对外部世界或世界的其他部分的态度；三是中国文明对世界秩序的追求。态度也就是价值，因此本讲演更多陈述有关中国文明的价值追求。

中国文明的价值偏好是与其宇宙观相联系的。古典中国文明的哲学宇宙观是强调连续、动态、关联、关系、整体的观点，而不是重视静止、孤立、实体、主客二分的自我中心的哲学。从这种有机整体主义出发，宇宙的一切都是相互依存、相互联系的，每一事物都是在与他者的关系中显现自己的存在和价值，故人与自然、人与人、文化与文化应当建立共生和谐的关系。另一方面，中国文明的价值偏好又与中国文明的历史路径相关。许多历史学家都认为，中国古代是在基本上没有改变氏族结构的情况下进入文明社会的，因此政治社会制度架构保留了氏族社会的许多特点，三代以来一脉相传。这就是说，文明的政治和文化发展是连续性的，这是中国文明之成为"连续性文明"的历史基础。这种进入文明社会的转变方式有人称为古代的维新制度，维新不是断裂式的革命，而是包容性的改良、连续性的变化和发展。① 根据这种立场，中

---

① 参看侯外庐：《中国思想通史》第一卷，人民出版社，1992年，8—9页。

国文明初期的氏族及宗法社会的文化与价值在中国文明连续性传承中延续、升华到了后来的思想世界。

从这个角度来看，轴心时代的中国文明延续了早期文明与西周人文思潮的发展，系统提出了文明的价值、德行，其中最主要的价值与德行都是针对人与他人、人与社群的关系而言。就其偏好而言，轴心时代中国文明，以儒家为突出代表，显示出对仁爱、礼教、责任、社群价值的重视，这些价值经过后世哲学的阐发更显示出普遍的意义。

首先是仁爱。众所周知，轴心时代的中国儒家思想，最重要的道德观念是"仁"。仁是自我对于他人的态度，对他人的关怀爱护，或对他人施以恩惠，故《国语》有所谓"言仁必及人"①。从文字来说，中国东汉时期的字典《说文解字》解释仁字说："仁，亲也。从人二。"说明仁的基本字义是亲爱。清代学者阮元特别强调，仁字左边是人，右边是二，表示二人之间的亲爱关系，所以一定有两个以上的人才能谈到仁，一个人独居闭户，是谈不到仁的，仁是人与人之间的相互关系。阮元的这一讲法是对仁的交互性特质的阐明。② 从文献来说，"仁"的概念在孔子以前指对双亲的亲爱，所谓"爱亲之谓仁"③。孔子以仁为最高的道德观念，孔子和孟子都强调仁者爱人，仁渐渐变为普遍的仁爱，不再专指对双亲的亲爱或对某些人的亲爱。孔颖达解释《中庸》言："仁谓仁爱相亲偶也。"当然，仁是爱，但爱不必是仁，因为爱如果是偏私的，则不是仁，仁爱是普遍的、公正无私的博爱。事实上，孟子更把仁扩大为"亲亲——仁民——爱物"④，仁爱的对象已经从社会伦理进一步扩展到人对自然的爱护。中国的儒学，始终把仁德置于道德体系

---

① 《国语·周语下》。

② 见阮元：《揅经室集·一集》卷八，《论语论仁论》。

③ 《国语·晋语一》。

④ 见《孟子·尽心上》。

和价值体系的首位。有些学者认为，仁的提出是对血缘关系和氏族民主的自觉转化，是中国文明连续性的一个体现。①

从另一个方面来看，仁的原始精神是要求双方皆以对方为重而互相礼敬关爱，即相互以待人之道来互相对待，以待人接物所应有的礼貌和情感来表达敬意和亲爱之情，展现了"仁"字中所包含的古老的人道主义观念。儒家则将之扩大为博爱仁慈的人道伦理，但"仁"并不主张单方面主观地表达自己的感受，而必须尊重对方。现代新儒家的代表梁漱溟，把中国文化的伦理概括为"互以对方为重"，正是发挥了儒家传统仁学伦理的精神。②

因而，仁的实践有其推广原则，解决如何推己及人，这就是忠恕之道，特别是恕。恕即是孔子所说的"己所不欲，勿施于人"（《论语·卫灵公》），它可以保证因尊重对方而不会把自己的爱、好强加于他人，这在当今时代已经成为全球伦理的普遍原则。

第二为礼教。古代中国文明被称为"礼乐文明"，礼在古代在儒家文化中占有重要的地位。孔子强调，礼的实践是行仁的基本方式。儒家思想是东亚轴心文明的代表，而轴心时代的儒家思想可以说与"礼"的文明有极为密切的关系。西周的礼乐文明是儒家思想的母体，轴心时代的儒家以重视"礼"为其特色，充满了礼性的精神。礼性就是对礼教的本性、精神、价值的理性肯定。

在儒家看来，道德是在人与人交往的具体行为中实现的，这些行为的共同模式则为礼。礼是相互尊重的表达，也是人际关系的人性化形式。当然，古代历史文化的"礼"包含多种意义，古代礼书所载，更多的是属于士以上贵族社会的生活礼仪，规定着贵族生活与交往关系的

---

① 最早提出这一点的是李泽厚，见《中国古代思想史论》，人民出版社，1985年，22、25页。

② 《梁漱溟全集》第五卷，山东人民出版社，1990年，706页。

形式，具有极为发达的形式表现和形式仪节。"礼尚往来"的古语正是指明古礼从祭祀仪式脱胎而发展为西周的交往关系的形式化规范体系。比较而言，古老的《仪礼》体系更多属于古代贵族生活的庆典、节日、人生旅程、人际交往的仪式与行为的规定。而后来的《礼记》则强调"礼义之始，在于正容貌，齐颜色，顺辞令"（《礼记·冠义》），把礼作为行为规范体系，强调容貌辞气的规范和修饰是这一规范体系的基础，也是礼仪训练的初始入手处。古礼包含大量行为细节的规定，礼仪举止的规定，人在一定场景下的进退揖让、语词应答、程式次序、手足举措皆须按礼仪举止的规定而行，显示出发达的行为形式化的特色。这些规定在一个人孩提时起开始学习，养成为一种自律的艺术，而这种行为的艺术在那个时代是一种文明和教养。子夏甚至说："君子敬而无失，与人恭而有礼，四海之内，皆兄弟也。"（《论语·颜渊》）做到了恭敬有礼，才能四海之内皆兄弟，达到人际关系的和谐。

历史表明，礼之"文"作为形式节目，是可变的，随时代环境而改变；礼之"体"则是不变的基本精神原则。可以说，几千年来，中国文化培养了一种"礼教精神"，它起源于祭祀礼仪，而渐渐从宗教实践中独立出来成为人世的社会交往之礼；它通过包括上古以来各个时代的各种礼俗表达，但又是超越了那些具体仪节的普遍精神，这是一种人文主义的礼性精神。礼的文化包括三个层面，礼的精神、礼的态度、礼的规定。我们可以说，中华文明的"礼"是以"敬让他人"为其精神，以"温良恭俭让"为其态度，以对行为举止的全面礼仪化修饰与约束为其节目的文明体系。无论如何，礼不仅对个人修身有其意义，对社会更有提升社会精神文明移风易俗的作用。在国与国的关系上，"好礼"则体现了尊重其他国家和人民的行为方式。

第三为责任。古代儒家的德行论非常发达，在春秋战国时代已形成完整的体系。其中忠信仁义孝惠让敬，都是个人与他人、社会直接关联的德行，这些社会性德行的价值取向，都是要人承担对于他人、对于社会的责任，如孝是突出对父母的责任，忠是突出尽己为人的责任，信是突出对朋友的责任等。责任是相对权利而言，责任取向的德行不是声张个人的权利，而是努力实现对他人的义务、履行自己身上所负的责任。中国古代的道德概念"义"往往包含着责任的要求。由于在儒家思想看来个人与他人、与群体是一个连续的而不是断裂的关联，人在这种关系之中必须积极承担自己对对方的责任，以自觉承担对对方的责任为美德，以此来维护和巩固这种关系。责任之心是儒家文化养成的人的普遍心理意识。

在中国文化中，个人不是原子，是社会关系连续体中的关联性存在一方，因此，注重关系的立场必然不是个人本位的立场。它主张在个人与其他对象结成的关系中，人不是以权利之心与对象结成关系，而是以责任之心与对象结成关系。个人与他方构成关系时，不是以自我为中心，而是以自我为出发点，以对方为重，个人的利益要服从责任的要求。人常常为责任的实现而忘我，忘记其个人，责任往往成为个人的社会实践的重要动力。这样的立场就是在人际关系之中的责任本位的立场。由于个人是在社会关系网中的个人，个人与多种对象结成各种关系，因此个人的责任是多重的，而不是单一的，个人有多少角色，就相应地有多少责任。儒家思想始终表达了担当责任的严肃性。

第四是社群。人在世界上的生存不是个体的独立生存，一定是在群体之中的生存生活。人的道德的实现也一定要在社群生活中实现。社群的超出个人的最基本单位是家庭，扩大而为家族，社区以及各级行政范围，如乡县府省，直至国家。中国文明特别重视家庭价值，家庭是第一个走出个人向社会发展的层级。[①] 显然中国文化的主流思想不强调个人

---

① 参看金耀基：《个人与社会》《金耀基自选集》，上海教育出版社，2002年，157页。

性的权利或利益，认为个人价值不能高于社群价值，社会远比个人重要，而强调个人与群体的交融，个人对群体的义务，强调社群整体的利益的重要性。虽然，中国思想在古代并没有抽象地讨论社群，更多地用"家""国""社稷""天下"等概念具体地表达社群的意义和价值，其所有论述，如"能群""保家""报国"等等都明确体现了社群安宁、和谐与繁荣的重要性，强调个人对社群团体和社会的义务，强调社群和社会对个人的优先性和重要性。后世"以天下为己任""天下兴亡匹夫有责""苟利国家生死以"，都是中国文化中常见的士大夫责任语言，并深入影响到社会民间。在表现形式上，对社会优先的强调还往往通过"公—私"的对立而加以突出，"公"是超出私人的、指向更大社群的利益的价值。如：个人是私，家庭是公；家庭是私，国家是公，等等。社群的公、国家社稷的公是更大的公，最大的公是天下的公道公平公益，故说"天下为公"。

总之，儒家伦理不是个人本位的，而是在一个向着社群开放的、连续的同心圆结构中展现的，即个人—家庭—国家—世界—自然，从内向外不断拓展，从而使得儒家伦理包含多个向度，确认了人对不同层级的社群所负有的责任。应该指出，中华文明的价值观的结构是多元的，道家、佛教都提供了他们的价值观，成为中华文明价值观的组成部分。但儒家的价值观构成了中华文明价值观的主流，这是无疑的。同时，由于我们的视野关注在全球化时代的东西文化关系上，集中于政治和道德价值，这也是我们在这里的讨论往往以儒家为代表而不及其他的理由。

三、中国文明的价值偏好与现代西方价值的差异与互补

轴心时代中国文明形成的基本价值成为主导中国文明后来发展的核心价值。经过轴心时代以后二千年的发展，中国文明确定地形成了自己

的价值偏好，举其大者有五：责任先于权利，义务先于自由，社群高于个人，和谐高于冲突，以及天人合一高于主客二分。

中国文明的价值与现代西方价值有很大差异。如现代西方自由主义的道德的中心原则是个人的权利优先，人人有权根据自己的价值观从事活动，认为把一种共同的善的观念要求所有的公民，将违背基本的个人自由。而儒家和世界各大宗教伦理则都强调社会共同的善、社会责任、有益公益的美德。"社群"与"个人"、"责任"与"权利"是两种不同的伦理学语言，反映着两种不同的伦理学立场，适用于不同的价值领域。伦理学的社群—责任中心的立场必须明确自己的态度，即它应当在表明赞同自由、人权的同时，不含糊地申明它不赞成权利话语和个人优先的伦理立场。

在中国文化经历近代、现代的发展走到今天，面对现代化的社会转型和世界的变化趋势，毫无疑问，我们应当坚持和守护人权宣言中的所有要求，并努力使之实现。但是，这不意味着自由人权是最重要的价值或伦理仅仅是为个人人权提供支持。应当指出，在伦理问题上，权利话语和权利思维是有局限的，是远远不够的，权利中心的思维的泛化甚至是当今众多问题的根源之一。权利话语又往往联系着个人主义。个人主义的权利优先态度，其基本假定和把个人权利放在第一位，认为个人权利必须优先于集体目标和社会共善。在这样的立场上，个人的义务、责任、美德都很难建立起来。权利优先类型的主张只是强调保障人的消极的自由，而不能促进个人对社会公益的重视，不能正视社会公益与个人利益的冲突。社群和责任立场要推进的是建设有积极意义的价值态度。20世纪的中国新儒家梁漱溟以中国文化的代表自任，以"互以对方为重"的责任立场反对以个人主义和权利观念作为人生根本态度，这在本质上也可以说是反对以自由主义作为人生的根本态度和根本的伦理原则。他所主张的是一种儒家的态度，可视为现代中国文明价值观对于权利伦理的一种态度。梁漱溟"以对方为重"的伦理观，或者说由梁漱溟所阐释的儒家伦理，确实具有与突出主体的意识不同，也与"交互主体性"观念不同的意义，是一种以"他者"优先为特征的伦理。在这种伦理中，不仅突出了对他者的承认，也强调了对他者的情谊、义务和尊重，这种尊重不是交换意义上的，而是不讲前提条件的"以对方为重"。

在西方文化的主流理解中，人权是个人面对国家而要求的一种权利。它是每个人都需要的、对其政府提出的道德的和政治的要求。在这里，个人的权利要求即是政府的责任和义务，故人权观念只涉及了政府的责任和应当，却无法界定个人对社会、家庭、他人的义务和责任。这样的权利观念是西方近代以来的自由主义哲学的核心，是近代市场经济和政治民主进程的产物。但由于把焦点集中在个人对社会的要求，往往忽视个人对社会的责任，集中在个人对自己权利的保护，而忽视了个人也具有尊重他人权利的责任。

作为中国文明的核心，儒家伦理的价值，在现代社会有不同的表达形式。例如，在现代东亚世界，新加坡"亚洲价值"的说法即是其中之一。新加坡亚洲价值的提法虽然可能受到有关亚洲文化包括西亚、南亚文化的质疑，不过，按李光耀的解释，他所谓亚洲价值主要是指东亚受儒家文化影响的价值体现。这些"亚洲价值"是东亚传统性与现代性的视界融合中所发展出来的价值态度和原则。这些原则根于东亚文化、宗教和精神传统的历史发展，这些原则又是亚洲在现代化过程中因应世界的挑战，除传统不合理的要素，适应亚洲现代性经验所形成的。他所说的亚洲价值被概括为五大原则：一、社会、国家比个人重要；二、国家之本在于家庭；三、国家要尊重个人；四、和谐比冲突有利于维持秩序；五、宗教间应互补、和平共处。①

---

① 引自吕元礼：《亚洲价值观：新加坡政治的诠释》，江西人民出版社，2002年，59页。

这五项原则中不仅有东亚的传统价值，也有百年来吸收西方文明和建立市场经济、民主政治过程中生长起来的新的价值，如尊重个人。因此，所谓"亚洲价值"并不是说它的价值体系中的所有要素只有亚洲性。现代亚洲的价值与现代西方的价值的不同，不是所有的价值要素都不同，而是价值的结构、序列不同，价值的重心不同。质言之，这是一套非个人主义优先的价值观，是新加坡版本亚洲现代性的价值观，也是新加坡版的现代儒家文明的价值观。其核心是，不是个人的自由权利优先，而是族群、社会的利益优先；不是关联各方冲突优先，而是关联各方和谐优先。这种社群利益优先的价值态度，不能用来作压制人权的借口，它要靠民主制度和尊重个人的价值实现人权的保护。而与现代西方价值的不同在于，这种价值态度要求个人具有对他人、社群的义务与责任心，这种义务与责任心与社群的基本共识和共享价值是一致的。当然，新加坡的伦理还不是现代儒家伦理的全部，如现代儒家伦理除了强调社群价值和责任之外，还注重要求人保持传统的美德，认为这种美德既是人性的体现，又是社会普遍利益的升华。这种价值致力于社会和谐之外，也致力于人与人、人与社会、文化与文化、人与自然的共生和谐等。更重要的，即使是社会价值，现代儒家仍必须以仁为首位，这是与李光耀作为当政者的视角所不同的。

仁爱原则、礼教精神、责任意识、社群本位都是与个人主义相反的价值立场。由此发展的协同社群、礼教文化、合作政治、王道世界，是当今世界的需要。协同社群突出社群的意义，以对治个人主义；礼教文化突出道德意识，以区别律法主义；合作政治突出合作的政治沟通，以有异于冲突的政治；最后，王道世界是一种与帝国主义强力霸权不同的天下秩序。这四点都以仁为核心，仁是以相互关联、共生和谐为内容的基本原理，是与西方近代主流价值不同的普遍性文化原理。在当今社会它可以与西方现代性价值形成互补。

数年前，我提出了关于价值的"多元普遍性"的问题。我认为，我们必须尝试建立起"多元的普遍性"的观念。美国社会学家罗伯森（Roland Robertson）在其《全球化：社会理论和全球文化》中提出，"普遍主义的特殊化"和"特殊主义的普遍化"是全球化的互补性的双重进程。① 普遍主义的特殊化，其普遍主义指的是西方首先发展起来的现代经济、政治体制、管理体系和基本价值，这又可称为"全球地方化"。"特殊主义的普遍化"则是指对特殊性的价值和认同越来越具有全球普遍性，只要各民族群体或本土群体放弃各种特殊形式的本质主义，开放地融入全球化过程，其族群文化或地方性知识同样可以获得全球化的普遍意义，这是"地方全球化"。罗伯森的这一说法很有意义，但这种说法对东方文明价值的普遍性意义肯定不足。在我们看来，西方较早地把自己的实现为普遍的，东方则尚处在把自己的地方性实现为普遍性的开始，而精神价值的内在普遍性并不决定于外在实现的程度。东西方精神文明与价值都内在地具有普遍性，这可称为"内在的普遍性"，而内在的普遍性能否实现出来，需要很多外在的、历史的条件，实现出来的则可称为"实现的普遍性"。因此，真正说来，在精神、价值层面，必须承认东西方各文明都具有普遍性，都是普遍主义，只是它们之间互有差别，在不同历史时代实现的程度不同，这就是多元的普遍性。正义、自由、权利、理性、个性是普遍主义的价值，仁爱、礼教、责任、社群、内心安宁也是普遍主义的价值。梁漱溟早期的《东西文化及其哲学》所致力揭示的正是这个道理。今天，只有建立全球化中的多元普遍性观念，才能使全球所有文化形态都相对化，并使他们平等化。在这个意义上，如果说，在全球化的第一阶段，文化的变迁具有西方化

———————

① 参看程光泉主编：《全球化理论谱系》，湖南人民出版社，2002 年，126页。

77

的特征，那么在其第二阶段，则可能是使西方回到西方，使西方文化回到与东方文化相同的相对化地位。在此意义上，相对于西方多元主义立场注重的"承认的政治"（the politics of recognition），在全球化文化关系上我们则强调"承认的文化"，这就是承认文化与文明的多元普遍性，用这样的原则处理不同文化和不同文明的关系。这样的立场自然是世界性的文化多元主义的立场，主张全球文化关系的去中心化和多中心化即世界性的多元文化主义。

四、中国文明的世界观：对外部世界的认知与态度

中国文明对世界的态度不仅是个人对他人、对身之所在的社群的伦理态度，还包括对于外部世界的文化—政治态度，其中"中华""天下""王道""怀柔"都是其中典型的观念或话语。其中体现的基本观念是，文化高于种族，天下高于国家，大同是世界理想。

在古代中国，"中华"作为一个观念，不是一个国家或一个地域的名称，也不是就族裔血缘而言。"中华"之名指向一文化的集团，因此中国可以退化为夷狄，夷狄可以进化为中国。西周时期，周之同姓鲁国是中华，异姓的齐国也是中华，是以华夏文化之礼乐文化为标准。此后几千年，南北各种族集团混合华夏族，皆成为中华。所以"中华"的意义是文化的，不是种族的。这表现出，在中国文明中，一般来说，文化的价值远远高于种族意识。

至于"天下"一词，在历史上的使用包含三种意义。理论上，天下是"普天之下"的地理空间，没有界限，天下即今天所讲的世界，这是第一种。而在实际上，"天下"一词的使用往往有其界限，如在中国人的使用中，亦常见用来指古代中国天子实际统治、支配的范围，这个意义上的天下即指中国，这是第二种。最后，天下也用来指以中国为

中心的同心圆世界与其结构体系，这是第三种。① 第一种可见于儒家经典的文献，表达中国人对世界的认知与理想；第二种多见于中国政治的文献，用以处理中国内部的政治管理；第三种多见于中国涉及外部世界的文献，包含了中国关于世界结构秩序的想象。

就第二种而言，天下即中国本部，其地理范围即"九州"，这个意义的天下近于近代的国家。就第三种而言，天下是九州—四海—四荒的结构空间，九州是中心，四海是周边国家所居，四荒是更为辽远的远方世界，这个意义的天下近于世界的秩序。古代的中国，以文明中心自居，认为中心、四海、四荒的文明程度依次递减，而构想并实践了这样一种差序的世界秩序格局。② 以明清时代的朝贡体系为例，在这种格局中，中国和周边世界的关系不是对等的，但中国对周边国家只实行"册封的统治"和"朝贡的规则"，而不干涉当地自主统治者的世系，也不要求直接统治其人民，其人民对中国皇帝没有租税的义务。在这种关系中，中国对周边世界，礼制的形式要求是最重要的，而中国天子不会贪图其土地财富。③

近代中国遭受帝国主义压迫，知识分子有感而发，有人说中国人只知有天下，不知有国家，认为中国人只有世界意识而没有国家意识，希望用这种说法促进人们的国家意识，以建立近代民族国家。还有的说中国人一贯以为在中国之外没有世界，中国即是世界，世界即是中国，认为中国人只有中国意识而没有世界意识。这些说法都不确切，早在中国转型为近代国家以前很久，已经建立了自己的国家认同，只不过这种国

---

① 参看渡边信一郎：《中国古代的王权与天下秩序》，中华书局，2008年，2—9页。

② 见高明士：《天下秩序与文化圈的探索》，上海古籍出版社，2008年，23页。

③ 见高明士：《天下秩序与文化圈的探索》中所引唐太宗语，26页。

家认同与近代民族的国家认同形式有区别。就历史而言，秦汉以来，中国人清楚了解自己的边界是有限的，《史记》中就已经多处以"中国"和"外国"对举，汉代的人们已清楚认识到中国只是世界之中的一个国家。①

中国文明对外部世界秩序的政治想象和处置态度是以礼治—德治为中心的，这是从其本部事务"道之以德，齐之以礼"延伸出来的。儒家思想指导的对外政策，一般不主张扩土拓边，是以安边为本，和睦邻为贵。② 因而其对外部世界的态度，与近代意识形态取向的，或帝国主义的暴力的、反人道的霸权主义国际政策不同，总体上其宗旨不是武力取向的，而是和睦取向的，这与近代帝国主义以武力占领土地、侵夺财富是根本不同的。自然，在经验事实上，中国历史上也有个别皇帝曾经违背了儒家思想的指导，采取过武力攻伐周边国家的行为，但这是不符合中华文明的主流价值观的，在中国内部也受到批判和反省。

这种世界想象和政策的不同，直接来源于儒家文化对远人世界的态度。《论语·季氏》言："丘也闻有国有家者，不患寡而患不均，不患贫而患不安。盖均无贫，和无寡，安无倾。夫如是，故远人不服，则修文德以来之。既来之，则安之。"就是用道德文明和文化吸引远人，并加以安抚。《礼记·中庸》："送往迎来，嘉善而矜不能，所以柔远人也。继绝世，举废国，治乱持危，朝聘以时，厚往以薄来，所以怀诸侯也。"还说："凡为天下国家有九经，曰：修身也，尊贤也，亲亲也，敬大臣也，体群臣也，子庶民也，来百工也，柔远人也，怀诸侯也。修身则道立，尊贤则不惑，亲亲则诸父昆弟不怨，敬大臣则不眩，体群臣

---

① 姚大力：《变化中的国家认同：对中国国家观念史的研究述评》，载《读史的智慧》，复旦大学出版社，2010年，260页。

② 虞云国：《古代中国人的周边国族观》，《中华文史论丛》2009年1期，239页。

则士之报礼重，子庶民则百姓劝，来百工则财用足，柔远人则四方归之，怀诸侯则天下畏之。"怀柔就是用德教的方式对待远人，吸引他们来归服。

事实上中国文明在西周时代已经奉行这一态度。《左传·襄公十一年》："夫乐以安德，义以处之，礼以行之，信以守之，仁以厉之，而后可以殿邦国，同福禄，来远人，所谓乐也。"《周礼·春官宗伯》："以和邦国，以谐万民，以安宾客，以说远人。"这种"宣德化以柔远人"的对外观念在中国文明中是根深蒂固的。古代的中国文明虽然在当时是先进而强势的文明，而傲慢从来不是中国文明崇尚的德行。富而不骄，强而好礼，是中国文明崇尚的德行；强不胁弱，强不犯弱，强而行礼是中国人看重的文明，"强而无义无礼"则不是文明，是不及于文明。

如果把天下作为世界的观念，对于这样一个世界秩序的合理性思考，可见于孟子阐发的有关"王道"世界的思想。孟子对"王道"和"霸道"的区分是："以力假仁者霸，霸必有大国；以德行仁者王，王不待大。"（《孟子·公孙丑上》）"以力服人者，非心服也，力不赡也；以德服人者，中心悦而诚服也。"（《孟子·公孙丑上》）在这样的思想指导之下，"王天下"的仁政和"天下为公""天下大同"的理想打开了在政治—地理结构之外的"天下"的道德向度。

关于中国人的世界意识，需要指出的是，在秦以前，天下作为周王朝的代名词，是高于诸侯国之国的概念，"天下"也代表比"国"更高一级的统一性价值。两周的诸侯国虽然各自为政，但都承认周为封建天下的共主，也都以周文化为共同文化的典范。春秋五霸迭兴，周所代表的超越诸侯国的更大领域的政治边界仍是各国政治意识的重要部分。尽管春秋末期至战国时代周的那种高于"国"的一统性已经渐渐流为形式上的一统性，但这种高于"国"的"天下"观念仍影响着这个时代

81

以及后世的政治想象，如孔子时代礼崩乐坏，但孔子仍坚持"礼乐征伐自天子出"，即应自周天子出；孟子的时代，士的政治视野始终并不限止在诸侯国内，而以王天下为政治目标，"天下"即超越各诸侯国的更大世界。《大学》所代表的观念，也是在"治国"之上还有"平天下"的追求。秦汉时代的中国实行郡县制，在政治体制上天下即国家，国与天下合一，不会追求超过中国的更大政治一统性。但是，由于在事实上中国之外还有外国，特别是在儒家经典中"天下"大于、高于"国家"，使得人们的政治意识不会终止于"国家"。国家并不是最高的概念，这已经成为中国人的天下观或世界观。① 在这个意义上，"天下"表达了中国人的世界意识，《礼记·礼运》说"以天下为一家，以中国为一人"，大同的世界是互助友爱、安居乐业、社会平等、国际和平的世界。天下大同的理想即世界大同的理想依然是儒家的理想。

五、中国文明的普遍性理想：追求多样性的和谐

《国语·郑语》记载春秋时代史伯的话："夫和实生物，同则不继。以他平他谓之和，故能丰长而物归之；若以同裨同，尽乃弃矣。故先王以土与金木水火杂，以成百物。是以和五味以调口，刚四支以卫体，和六律以聪耳，正七体以役心，平八索以成人，建九纪以立纯德，合十数以训百体。……夫如是，和之至也。于是乎先王聘后于异姓，求则于有方，择臣取谏工而讲以多物，务和同也。声一无听，物一无文，味一无果，物一不讲。"这种思想认为，不同事物的调和是事物得以产生的根本，相同的事物的单纯重复或相加却不能生成。在这个意义上，他者的存在是生成新事物的前提，如五行被认为是五种最基本的元素或材料，

---

① 参看赵汀阳：《天下体系》，江苏教育出版社，2005 年，44 页。

五种不同的元素或材料相互结合而生成一切事物，其道理就在于此，这就是"和而不同"的原理。这种反对单一性，认为多元性是繁盛发展的根本的思想，是一种真正的智慧。这种观点强调多元要素的配合、调和、均衡、和谐远远优越于单一性，认为单一性只能阻遏生成发展。《左传·昭公二十年》也记载了春秋后期晏婴关于"和"的思想："若以水济水，谁能食之？若琴瑟之专一，谁能听之？同之不可也如是。""和如羹焉，水火醯醢盐梅以烹鱼肉，燀之以薪。宰夫和之，齐之以味，济其不及，以泄其过。"不同事物的调和、互补、融合才能生成繁盛的、新的事物。差别性、多样性、他性的存在是事物生长的前提，差别的多样性的调和才是生生的根本条件。这种辩证的思维在孔子以前已经发展，成为中国哲学固有的崇尚多样性的思想资源，应用于政治、社会、宇宙生成等领域。

至于"和"所具有的和谐的意义，更在中国文明早期便开始发展。《尚书·舜典》记载，帝舜命其乐官要通过诗歌音乐，达到"八音克谐，无相夺伦，神人以和"。这说明古人已了解音乐的和谐作用，并期望歌乐的和谐能使人与神达到一种和谐的关系。春秋时代的人继承了这种思想，也主张通过各种乐声之"和"，扩大到了超越人间的"和"，即"以和神人"（《国语·周语下》），体现了早期智者对宇宙和谐的向往。古代中国人反复地以声乐之和比喻世界各种事物之间的和谐，从而成为一种普遍的追求，又如《左传·襄公十一年》载晋侯曰："子教寡人和诸戎狄以正诸华，八年之中，九合诸侯，如乐之和，无所不谐。"中国古人将音乐的和谐作为处理人与人、人与社会、族群与族群、人与天地等关系的模型，对"和"的追求也成为中国文化思想的普遍理想，塑造了中华文明的思维方式、价值取向、审美追求。

这一思想对孔子也产生了重要影响，孔子延续了西周文化对乐的重视，他也主张乐的功能在于"和"，认为乐所体现的和谐精神可促进礼的实践和补充礼的作用。孔门弟子所作的《礼记·乐记》说："乐者，天地之和也；礼者，天地之序也。和故百物皆化，序故群物皆别。"这清楚地显示，人类的和谐在根本上来源于天地的和谐，即自然的和谐。和谐是一切事物的生成原理，没有和谐就没有万物化生，和谐的实现有着深刻的宇宙论的根源。孔子的孙子子思在《礼记·中庸》中提出："中也者，天下之大本也；和也者，天下之达道也。致中和，天地位焉，万物育焉。"中是中道平衡原理，和是和谐原理，平衡与和谐不仅仅具有人类的意义，更是宇宙普遍的法则，人必须与宇宙一致，奉行平衡与和谐的原则，其结果将不仅是人类社会的繁荣，也必将促进宇宙的发育和秩序。这正是一种所谓关联思维的体现。而人与自然的和谐统一，汉代以后被表达为"天人合一"，成为中国文明一种内在的价值理想。

从战国时代到汉代到宋以后，天人合一的观念一直很发达。所谓天人合一就是注重人与自然的和谐合一，注重人道（人类社会的法则）和天道（宇宙的普遍规律）的一致，不主张把天和人割裂开来。天人合一思想不是强调征服自然、改造自然，不主张天和人的对立，主张天和人的协调。根据这种思想人不能违背自然，而应当在顺从自然规律的前提下，以人的行为与自然相协调。古代的天人合一思想，一方面注重人是自然的一部分，注重人在自己身上体现自然的本性，致力于人与自然的统一并与自然融合一体。另一方面也主张人主动配合天地的生生变化，在与自然相协调的同时，协助并促进宇宙的和谐与发展。这种追求人与自然普遍和谐的思想对纠正那种无限制地征服自然，不顾及环境与生态的平衡，寻求全面、协调的社会经济发展，有其合理的现实意义。

把追求永久和谐作为对待外部世界的态度，在中国文明中也是源远流长的。《尚书·尧典》提出："克明俊德，以亲九族。九族既睦，平章百姓。百姓昭明，协和万邦。"以后"协和万邦"便成为中国文明世界观的典范。类似的说法还有"以和邦国，以统百官，以谐万民"

（《周礼·天官冢宰》）。孔子早就用"和"作为对外部世界的交往原则，"'柔远能迩，以定我王'，平之以和也"（《左传·昭公二十年》）。《周易·乾卦彖辞》说："首出庶物，万国咸宁。"这也是与协和万邦思想一致的，一个和平共处的世界，是中国文明几千年来持久不断的理想。

　　汉代以前，受交往的限制，中国还不能明确提出一个无中心的、多文明的、共同体世界的概念。由于魏晋以后印度文明与中国文明的交流，特别是佛教从印度的东传，使得中国文化不仅吸收了佛教文化，而且在意识中明确了解到在中国文明之外存在着其他高级文明，这种文明在一些地方甚至高于中国文明。这使得中国人开辟了多元的文明视野，而且中国文明与印度文明的交流始终是和平的。由于佛教的传入和发展，各个王朝大都同时支持三教，在中国后来的思想界也流行所谓"三教合一"的口号，表明不同宗教有可能互相融合，从而使宗教战争在中国与外部世界之间不可能发生。这样一个不同文明、多元宗教融合的传统，是古代中国"和而不同"观念的文化实践，也是中国文明至少自唐代以来的重要的处理宗教文化的资源。这都表明，中国文化所追求的和谐是以多样性共存互补为前提的和谐观。

　　全球化已经使全世界在经济、技术和市场、金融、贸易各个方面密切了相互关联，世界比以往任何时候都更增加了各个领域的相互联系，而人类的处境却并没有因此变得更为美好。冷战结束以后局部的战争并没有停止，巴尔干、非洲、伊拉克、阿富汗，在西方的介入下，战争与混乱交织。全球化潮流所往，南北的差距并没有缩小，发展中国家在全球化中得到的不仅是机会，还有灾难。全球的或地域的共同体建构，虽然迫切，但困难重重。美国的金融海啸显示出市场资本主义的内在危机，而欧洲的财政危机愈演愈烈，使得这一危机更加深重。面对这些问题，使我们相信，仅仅依靠西方现代性价值——自由、民主、法律、权利、市场、个人主义去解决，是不可能的。我们必须开放各种探求，包括重新发掘东亚文明的价值观和世界观，发挥关联性、交互性伦理，发挥道德和礼教意识，使当今这个令人不满意的世界得以改善。

传统文化与核心价值

　　非常感谢中华书局邀请我参加这次读书日的活动。首先来跟大家分享一下我对这个主题的一些认识。

　　我们这个活动的背板做得很好，上面引用了习近平总书记的一段话，就是我们有自己独特的精神世界和价值观。所以我今天谈的核心价值不是就我们社会主义核心价值观的二十四个字来讲，而是讲我们中华传统文化的价值观。

　　因为时间的关系，我想分四个方面来讲。

　　刚才小朋友演节目的时候发给我们一个节目单，这个节目单对我的演讲很有帮助，有帮助在什么地方呢？因为它已经分了三个层次：国家的、社会的、个人的。它引用了很多古代诗文中的名句，正好我在讲这三个层面的时候就可以比较少地直接引用这些段落了，因为我的演讲也正好是从这三个层面来展开的。党的十八大正式提出社会主义核心价值观二十四字以后，很多学者也都明确肯定，这二十四个字是分成三组的，这三组实际对应三个层面：国家层面、社会层面和个人层面。所以核心价值的内涵跟它适用的层次是有所不同的。为了对应这个社会主义核心价值的层面，我们在讲中华传统文化价值观的时候也分成这三个层次。

国家层面的价值观

第一就是国家的层次，也就是所谓治国理政的层次。从治国理政的角度，我想提这么几个命题来表达中国传统文化在这方面的价值观。

第一是"以人为本"。最近十多年来，党和政府一直把"以人为本"看作我们整体工作的一个指针，这个指针反映了一种价值观。事实上，"以人为本"应该说是中国传统文化的重要特点，也是它的价值观的特点。我们知道，"以人为本"在《管子》里已经提出来了，古代提出的"以人为本"有什么特点、有什么针对性，这是我们首先要知道的。

在全世界所有古代文明国家里面，都是奉行"以神为本"的，中国古代在周代以前，或者说在商代末期以前，也是奉行"以神为本"的，到了西周的前期，我们的文化开始有了不同的变化，这个变化就是人的地位越来越高。所以在全世界的历史上，应该说中国是最早从"以神为本"的文化转向"以人为本"的文化的。当然，在那个时代不可能提出无神论，那时"以人为本"的基本观点是说，人事比神事更重要。所以大家都知道孔子有一句名言叫"敬鬼神而远之"。鬼神也不能说没有，我们对它要有一定的尊敬，但最重要的是人事。这是从西周开始的人文主义文化发展的特征，也可以说是中国历史文化的特征。

这样一个观点在古代有很多种表达，比如说"天地之性，人为贵"，这样的说法就出现了。这个思想直到近代以来，对我们共产党人也还是有直接影响的。在座的年轻人可能不知道，年纪大一点的、读过《毛主席语录》的都知道，毛主席有这么一段话："世间一切事物中，人是第一可宝贵的。"这个就是发挥了我们古代"以人为本"的价值文化，所以第一点我们讲的是"以人为本"的思想。以人为本的命题不仅与以神为本相反，也与以物为本、以 GDP 为本相反。

第二是"以德为本"。事实上，古代文献中明确提出"以德为本"四个字命题的很少，但是这一思想无疑是很明确的。"以人为本"是针对"以神为本"的观念的，而"以德为本"在古代针对的是以刑罚为本的治国理念。西周以前，我们政治文化主要还是重刑罚、轻教化，因为还没有认识到教化的意义。但是从孔子开始已经明确提出"道之以政，齐之以刑"，这不是理想的治国方法，只有"道之以德，齐之以礼，有耻且格"，才是理想的社会。因此从孔子开始，儒家提出了"以德为本"的治国理念，也形成了在治国方面的重要价值观，这个在先秦以后，对中国文化产生了重大的影响。虽然中国文化里还有其他各家，比如道家黄老、法家等，但是汉代以后占主流地位的治国理念仍是儒家的价值观，强调"以德为本"就是其中最重要的一条。

所谓"以德为本"，就是主张以德治国，强调道德重于法律，仅仅用刑罚来管理社会远远不够，这是从治国理念一方面来讲的。如果我们把它放得更大一点，那么这个价值观在中国历史上叫"德力之辩"，"德"就是道德，"力"是强力。在《孟子》中已经讲了这个道理，就是我们管理社会也好，跟人打交道也好，从政治的基本原则来讲，有两个原则是互相对立的，一个是"以德服人"，一个是"以力服人"。用刑罚来管理社会，其实也是用强力管制社会的一个思路、一个具体的表现。更广地来看，人类社会里处理人与人的关系，处理民族与民族、国家与国家的关系，就有一个"以德服人"还是"以力服人"的问题在。孟子把"以德服人"叫"王道"，"以力服人"叫"霸道"。这个问题的讨论都可以归到我刚才讲的"以德为本"与否的命题上来。这就是我们讲的第二点。

第三是"以民为本"。我刚才讲了，中国古代的政治思想内容很丰富，道家、法家之类的学派就不是奉行"以民为本"，但是"以民为本"也不仅仅是儒家的思想，在儒家以前，三代时就已经酝酿了这样的观点。《尚书》里有"民为邦本"的观念，"邦"就是国，这个观念甚至可以反映在某种宗教的意识形态上，就是刚才小朋友念的"天视自我民视，天听自我民听"，"天"代表最高的神，但是这个神没有自己的意志，他以人民的意志为他的意志，以人民的视听为他的视听。这样的思想发展到了孟子的时代，孟子就讲了"民为贵，社稷次之，君为轻"，我们以前习惯把它叫作"民本思想"，"民本思想"就是"以民为本"。尤其是在孟子思想里，很明显地强调了人民尊于君主、重于君主、高于君主。

第四点，从国家的层面、大的层面来讲，叫"以合为上"，或者"以合为本"。这个"合"不是和谐的和，是合作的合、合一的合，因为在处理民族、国家这种大的集团之间的事务的时候，在中国的历史文化里，是强调合一要高于分立的，所以我们讲的"合"是和"分"相对的，我们讲的是"合而不分"的价值观，它在我们中国历史政治文化里，在管理国家、解决国家内部事务时是很重要的价值观，从上到下大家都以合为高、为尊、为贵，不赞成分立。所以在国家的层面，我们讲了四个方面，就是"以人为本""以德为本""以民为本""以合为上"。

这些命题是用古典的形式来呈现的，比如说"以人为本"，在《管子》里就出现了，的确是个古老的命题。如果我们换成今天的价值观的表达，我们可以说，"以人为本"就是强调人高于万物，"以德为本"强调道德重于法律，"以民为本"强调人民重于君主，"以合为上"强调合一高于分立。这样的表达有什么特点呢？我们今天讲什么是价值观，价值观就是表达人对不同事物的一种选择和偏好，表达了我们的一种价值偏好，所以价值观是有对比的，往往是在对比中强调某一个方面高于、先于、重于它的另一个方面，因此我们下面更多地，把这两种表达方式结合起来。

第一个层面，国家也就是治国理念层面，我们讲了人高于万物、道德重于法律、人民重于君主、合一高于分立。

社会层面的价值观

第二个层面是社会层面。社会层面我们也从四个方面来讲，这四个方面第一点叫作责任先于自由；第二点叫作义务先于权利；第三点叫作群体高于个人；第四点就是"和谐高于冲突"。"和谐高于冲突"，我们古代也有表达，就是"以和为贵"。

第一是责任先于自由。其他三个方面不见得能找到那么恰当的古典表达方式，不过我们总结中国人的价值观，我觉得确实是这样，比如责任先于自由，但是这个责任一定是对更大的社群单位而言的，不仅仅是对一个人的责任，而是对于更大单位的责任。刚才我们小朋友在那儿念诗的时候也讲了，叫"以天下为己任"。"以天下为己任"，这个任也就是责任的担当。从孟子开始，"士"的责任就是以天下为己任。到了汉代、宋代有很多大家熟知的例子，所以在中国古代的文化里，特别是我们"士"的文化里非常强调责任的意识。我们不是强调人的自由，而是更多地强调人对整个家、国、天下所负的责任。这种责任意识成为我们近代以来，无数仁人义士争取国家民族独立的光荣传统。

第二是义务先于权利。我们知道近代的西方是很讲究权利的，特别是个人的权利。我们现在总结的这四点，应该说也是把近代西方的主流价值观做一个对照，做一个参照，来看中国古代的价值观在社会层面有什么特点，就是跟西方有什么不一样的地方。有的可能是我们有他们也有，我们就不说了，就只讲比较有特点的地方，比如义务先于权利。这个命题，如果从古代来讲，我们可能不一定能找到那么合适的表达方式，但是很多前辈学者都把这个看作中国文化的重要特点——价值观特点，比如梁漱溟先生。梁漱溟先生是现代新儒家的大家，他曾经写过一本书，叫《中国文化要义》，其实这个观点他从 20 世纪 30 年代以来一直讲。梁漱溟先生本来是北京人，是个学生出身，可是从 20 世纪 20 年代初期，就开始投入乡村建设的活动——乡治实践，经过 30 年代，总结他所接触的中国社会，包括农村社会，他说中国人社会里最讲义务，义务是先于权利的；近代西方人是到处都主张个人的权利是优先的。梁漱溟先生说中国社会更多的是伦理社会，比如父母和子女，只能说父母有养育子女的义务，不能子女要求父母有养育子女的权利。因此，梁漱溟先生就反复强调，说中国古代社会最重要的伦理性格，就是义务重于权利，义务先于权利。所以我们说，这是大家在生活里都能体会到的，特别是梁先生生活的那个时代，更接近中国的传统文化。

第三点就是群体高于个人。应该说古代也有很多类似的论述，古代当然有群的概念，群是在《荀子》里很明显出现过的概念，但更多的是表达群体对于个人的不同层次的关系。中国文化是在一些具体的群体单位表达上表现出这种价值观的，就是家、国、社稷、天下，用这种概念来凸显整体利益高于个人利益、群体利益高于个人利益的这样一种价值观。所以说，这样的故事在中国古代应该处处都是，我们也就不详细列举了。

总而言之，中国传统文化里，处理群体和个人关系的时候，一定是群体本位立场。这里我们再补充一下关于个人的问题。因为前面我们讲"以人为本"，说中国是最早在古代文明里，从"以神为本"转向"以人为本"的社会。在西方，一直到了 16 世纪以后，文艺复兴、宗教改革、启蒙运动，"以神为本"才开始被取代了，强调"以人为本"。但是西方近代强调的"以人为本"，主体上来讲还是强调"以个人为本"。因此，如果说近代以来，西方也有一种"以人为本"，这跟中国古代的

"以人为本"是不一样的，中国古代的"以人为本"，在群体和个人的关系上，是强调"群体为本"，而不是强调"个人为本"。比如前面讲的责任先于自由，这个自由在西方是个人自由，权利也是个人权利，这都可以看到在社会层面的价值观。另外，中国古代的群体虽然有不同的层次，但是它可以无限地放大。那么最直接，从个人能够推出去的就是家庭和家族、宗族；再更大，我们说有社稷、有国家、有天下；所以中国人的群体概念是开放的。在古代，比如像《礼记》，有"天下为一家，中国为一人"这样的观念，可以看出它的群体范围观念非常大，也就是因为有这样的观念，很早就可以提出来"天下大同"，不是一个家族、一个社区甚至一个国家，可以是"天下大同"，所以它的群体意识含有很丰富的内容。

第四是和谐高于冲突。我们自己固有的表达就是"以和为贵"。应该说儒家、道家都是崇尚和谐的，早在中国上古文化里就已经有了。春秋时代就提出"和实生物，同则不济"，就是和而不同，这是我们老祖宗很古老的思想，比如说这两天纪念万隆会议，这就是和而不同的智慧在现代外交的运用。另外，《尚书》里很早就提出"协和万邦"、世界和平的观念。应该说，从古代开始，就确立了这样的思想和价值观念，这就是我们对社会、对更大范围内的人群的和谐，都已经提出了很好的观念。而且像在《左传》里提出"和"和"谐"组合的概念，《左传》里讲"如乐之和，无所不谐"。就像乐器演奏音乐那种和谐一样，要达到天下的"无所不谐"，所以和谐的观念应该说在我们历史上出现得很早，中国文化里很早就把乐的和谐作为一个模式和典范，把它推广为人际间的和谐，甚至推广为宇宙的和谐。春秋时代讲"神人以和"，神和人的和谐就是整个宇宙的和谐。

所以我们讲第二个层面——社会层面，讲了四点，就是责任先于自由；义务先于权利；群体高于个人；和谐高于冲突。

个人层面的价值观

第三个是个人的层面。第一点我们叫作重义轻利，或者说先义后利。因为孔子已经提出"义以为上"，到了荀子明确提出，就是先义而后利，说"先义而后利者荣，先利而后义者辱"。这是荣辱观，荣辱观就是价值观。我记得早些年我们特别讲"八荣八耻"，意思一样。当然《孟子》也是个典型，《孟子》开篇就是"何必曰利"，这个都是"重义轻利，先义后利"这样一种思想。这样的思想应该说在中国历史上非常常见，我们几乎用不着再举什么例子了。这是第一点，重义轻利。

第二点，我们叫作以理制欲。理就是道理的理，欲就是欲望的欲。这个思想应该说在先秦已经提出来，《荀子》里讲叫"以道制欲"，道和理是相通的，不能任性由欲望自己发展，一定要有一个主宰，有个统帅，这个统帅一定是理性，一定是道理，道理应该说就是道德法则、道德原则。

如果我们还原到刚才的那个价值表达，那么重义轻利就是说道义高于功利。一直到董仲舒，大家知道特别强调这样的思想，就是功利的地位是比较低的，道义的地位是比较高的。所以道义高于功利，我们把它叫作重义轻利。以理制欲，我们叫作理性高于欲望，因为理性要去宰制这个欲望，欲望不能没有，但是要有一个比欲望更高的东西领导它，那就是理性，所以以理制欲，就是说理性要高于欲望。

第三个我想个人的层面，在中国古代其实还有一个需要讲的，就是以前宋明理学里也讲，什么是义利？说义利就是公私。我们讲人不能有私心，人要出以公心，就是公心要胜于私心。当然从《尚书》里就已经有以公去私的讲法。宋明理学里强调这个私，必须由公去主导、去把握它，但是确确实实我们在传统里面有大公无私的观念，从古代《尚书》里就有。在宋明理学里不都是讲大公无私，认为私是可以有的，但是私的上面一定要有个东西，就是公。我想这个原则对于传统士大夫是非常重要的，因为他是公务员，一般的农民可能没有公私的问题，但是一个士人出来做官，一定第一步就碰到公私的问题。所以古代从上古开始就很强调公私的关系，我们这儿表达就不用"大公无私、以公去私"的讲法，我们说要以公胜私，公心胜于私心。

第四点，心胜于物。就是精神需要高于物质需要。就是人的追求，精神的需要高于物质的需要。精神的需要当然有很多方面，因为精神和物质的需要还可以扩大，它可以把人如何对待生命的需要和精神追求的关系也放进去。古代讲舍生取义，生命的需要也是一种物质需要，很重要，但是精神的需要更重要，所以叫舍生取义。另外像孔子讲："不义而富且贵，于我如浮云。"说富贵是好的，可是富与贵"不以其道得之，不处也"。这就表示精神的需要比物质的需要更重要。涉及生死的问题，从孔子到孟子都表达了人格的尊严、人对道德理想的追求，比仅仅生命的保存还重要。我们把这统统概括为心高于物，就是精神的需要高于物质的需要。合起来说共四点：道义高于功利，理性高于欲望，公心胜于私心，精神需要高于物质需要。

基本道德同时也是社会价值

以上我们从三个大的层面——国家层面、社会层面、个人层面，展示了中国古代传统文化的价值观。

第四点我要讲什么呢？传统的价值观的表达跟我们今天的表达还不是完全一样的。我们今天的表达用国家的力量，用词组的方式来表达。在古代提出了很多基本的道德，这些道德既是个人层面的基本道德，同时也是社会的基本价值。这里涉及价值观跟基本道德的关系，应该说价值观是道德的基础，而道德是行为的直接指导。

我举最明显的例子，就是"五常"——仁义礼智信。仁义礼智信至少从汉代以来就成为我们的五项基本道德，当然"四德"在《孟子》里就提出来了——仁义礼智，汉代加了"信"。至少我们说仁义礼智这"四德"是大家耳熟能详的，是贯穿我们两千多年历史的重要的基本道德。从个人道德来讲，仁就是敦厚慈爱，义就是坚持道义，礼就是守礼敬让，智就是明智明辨。这是作为个人价值、个人道德的意义。同时，仁义礼智在我们整个历史上的社会发展中，也成为社会的基本价值，比如说《贞观政要》里最重要的两条就是仁、义，在这里仁、义不仅仅是个人德行的基本道德，也是国家治理首出的原则，在社会层面，仁就是仁政惠民，义就是社会正义，礼更多是强调文化秩序，和是和谐团结，所以仁义礼智在古代不仅作为个人道德的基本观念，同时也是社会基本价值，这是古代文化的一个特点。

刚才三个层面我们都讲了，但是如果要把中国整个价值文化作为全体来看，必须加上第四，就是基本道德同时也是社会价值，这是中国古代一个特点。

正是因为这样，比如说仁，以前我们说为人要厚道，但是仁不仅仅是做人要厚道，仁者爱人，有政治和更大的层面，仁更大的层面就是"四海之内皆兄弟"，就是刚才我们讲的"天下大同"。所以我们今天在讲传统文化与核心价值的时候，要把这几个方面都顾及到，才能比较整体地掌握今天所讲的传统文化的核心价值。

最后我就说一句，这个问题很重要。我们讲的传统文化价值观与社会主义核心价值体系的关系，习近平总书记去年几次讲话中都讲了，就是社会主义核心价值观的提出有一个源泉，有一个基础，虽然古代的这些价值观并不能现成地变成我们今天全部的价值观，但是我们今天的社会主义核心价值观一定要以中国优秀文化的价值观为源泉、为根基、为基础。这两方面要结合起来，要把我们今天的社会主义核心价值观看作是从中华文化的优秀价值观里面发展出来的，这样才能够完成今天中国特色社会主义的文化建设、实践，完成我们对中华民族伟大复兴所担负的责任，传承、发扬并且加以创造性的转化。

所以我想，虽然社会主义核心价值观并不是对中国传统文化价值观的重复，因为我们有很多新的表达，但是在精神上是一致的，它是以中国传统文化的价值观为根基、为基础，这一点是习近平总书记和党中央这一两年着重强调的。虽然我今天的主题是讲传统文化，但是跟现实不是没有关系，所以提出这一点，请大家注意。

优秀文化与民族精神

改革开放以来，我们国家的综合实力大大提高，小康社会的建设给人民的生活带来了明显的变化，这一切首先要归功于小平同志南巡以后，提出"发展是硬道理"，明确了社会主义市场经济的发展方向，有力地启动了 20 世纪 90 年代的高速发展。这是我们党的路线从阶级斗争转移到经济建设后的又一重大转变，有了这个转变，才有了十多年来的国民经济的快速发展和人民生活水平的较大提高。应当说，在基层工作的同志，我们要始终把"发展才是硬道理"作为中心。当然，在发展较快的地区，如何全面、协调地来求发展，也提到了日程上来，但这与"发展是硬道理"并不冲突。

但是，我们的视野并不能单一地停留在地区发展这一点上；我们既要明白"硬道理"，也要懂得"软道理"。我们党一贯重视精神文明的建设，十六大报告更提出，我们要不断增强中华民族的生命力、创造力、凝聚力，提出要把弘扬和培育民族精神作为文化建设的重要任务，这些都是站在整个中华民族整体发展立场上而提出的文化问题。因此，对于文化问题有较深的理解，才能使我们的领导干部在理解、把握及处理全局和局部问题时有更高更远的眼光，从而实现中华民族的长治久安。以下我就文化传承和民族精神的问题谈谈我对传统文化的一些认识，供大家参考。

一、文化传承

什么是"文化"？文化是人类认识和改造世界的一切行为和结果。这个世界包括自然和社会。文化包含有四个层次，即物质、制度、习俗、精神意识。我们平常所说的"传统文化"，是指中国传统文化，也就是中华民族从上古到清代几千年的历史实践中物质创造、制度创造、精神创造的总和。这是广义的文化概念。除了广义的文化概念外，还有狭义的文化概念，就是专指精神文化的创造活动及其结果，精神文化包括信仰、道德、艺术、知识等。我们一般用的文化概念多是这种狭义的文化概念。这个意义上的中国文化或传统文化，包括中华民族独特的语言文字、文化典籍、文学艺术、哲学宗教、道德伦理、科技工艺等。世界上每个民族都有其有特色的文化创造，但从总体上看，中华民族几千年形成的传统文化在世界文化史上最鲜明和最突出的特色，就是它在文化传承的连续性和政治实体的统一性。

对事物的认识总是从比较中鉴别的，文化传承的问题也是如此。我们知道，世界有四大文明古国，就是古巴比伦、古埃及、古印度、中国，它们的文明建立都至少在距今五千年以前，它们所创造的灿烂的古代文明是人类文化的摇篮和基础。但是，在四大文明古国中，巴比伦在公元前6世纪被波斯所征服，公元前4世纪又被希腊马其顿的亚历山大所征服，公元2世纪巴比伦文字已经消失，由希腊文字取而代之，公元7世纪后则为阿拉伯人所占，巴格达成为阿拉伯帝国的首都。埃及的历史同样古老，但公元前300年希腊人侵占了埃及，此后希腊人的统治又变为罗马人的统治，希腊语成为官方语言，公元7世纪阿拉伯人占据埃及，此后阿拉伯文成为唯一通行的文字。伊斯兰文化涌入埃及后，埃及的宗教崇拜、法老制度等传统文化全部消失，古代语言文字完全消亡了。公元前3000年印度已经有高度文明，公元前13世纪被雅利安人入侵，此后建立了吠陀文化；公元7世纪中亚的突厥穆斯林开始不断侵入印度，10世纪建立了穆斯林王朝，统治印度六个世纪之久，迫使印度人改变了宗教信仰。近代英国又把印度变成了殖民地。希腊和罗马是欧洲文化的发源地，但希腊在公元前146年被罗马人征服，而罗马帝国灭亡后希腊又成为拜占庭的一部分，中世纪奥斯曼帝国土耳其人灭拜占庭，统治希腊六百多年。比较这些文化古国可知，只有中国几千年来始终维持着独立的民族生命，虽然中国历史上也有短暂分裂，或建立少数民族政权，但总起来看，我们的文化从夏商周以来传承连续，从未中断，在民族的融合中国家的政治统一是历史的主流。所以中华民族不仅几千年来文化传承连续不断，而且中华民族赖以生存的政治实体在不断扩大的同时保持了稳定统一，这就远不是犹太民族所能相比的了。

在抗战的时候，哲学家冯友兰曾说"当世列强，有今而无古；希腊罗马，有古而无今"，英国文化的历史不过一千多年，美国的历史只有三百多年，而文明古国有的夭折，有的转移；"惟我中国，有古有今"，所以他总是引用《诗经》的"周虽旧邦，其命维新"，说明中国是文明古国，但始终在与时俱进地发展，并在这种发展中保持了文化的连续性。抗战的时候，另一位思想家梁漱溟也说，我们现在正经历二次大战，眼看着欧洲国家一个一个先后被消灭，触目惊心。中国的国防、政治、经济比起这些国家都不如，但它们几天就灭一国，几星期就灭一国，或几个月灭一国。中国却一直支撑着，其原因就是中国国家大、人口多、资源广，"平时我们的国大自己不觉，此时感触亲切，憬然有悟"，"这就是祖宗的遗业，文化的成果"。中国文化依托黄河、长江为中心，在这么广大的土地上，拥有这么众多的人口，三千多年传承不断，华夏民族结合的政治实体，基本统一，祖先创下的这份宏大的基业，这是多么难得的啊！所以，近代历史学家就中国历史文化的三大特征问三个问题：第一，地域辽阔，人口繁盛，先民何以开拓至此？第二，民族同化，世界少有，何以融合至此？第三，历史长久，连绵不断，何以延续至此？历史学家说，从这三个特征来看，中华民族的历史发展，必然有一伟大的力量寓于其中。这个力量是什么？就是我们的文化和我们的民族精神，它是给了我们中华民族伟大生命力和凝聚力的内在的东西。其中最核心的就是中华文化中的一套价值观。我们今天的一个重要任务，就是去发掘它、维护它，承担起发展中华民族生命的重大责任。所以文化的作用和意义一定要站在一个比较高的角度才能深切了解。

毫无疑问，从我们今天来看，传统文化中有积极、先进的部分和消极、落后的部分。20世纪，从革命的立场出发，我们对传统文化的消极部分进行了反复的甚至是激烈的批判，但如何同时认识、肯定、发扬传统文化的优秀部分，深切体认中华文化的伟大生命力的所在，这个问题始终没有解决，由于这个问题没有解决，使得我们传统文化中许多好的东西流失了，我们现在从政治到社会出现的许多问题，都与此有关。

二、优秀文化

那么，中华民族传统文化中有哪些优秀部分呢？文学、科技、艺术，等等，应当说有很多，限于时间，我们今天仅就传统精神文化中的价值观的几个主要点谈一下。

（一）天人合一

中国文化有一个基本观念，就是"天人合一"。从战国时代到汉代再到宋以后，天人合一的观念一直很发达。所谓天人合一就是注重人与自然的和谐合一，注重人道（人类社会的法则）和天道（宇宙的普遍规律）的一致，不主张把天和人割裂开来。天人合一思想不是强调征服自然、改造自然，不主张天和人的对立，主张天和人的协调。根据这种思想人不能违背自然，而应当在顺从自然规律的前提下，以人的行为与自然相协调。古代的天人合一思想，一方面注重人是自然的一部分，注重人在自己身上体现自然的本性，致力于人与自然的统一并与自然融合一体。另一方面也主张人主动配合天地的生生变化，在与自然相协调的同时，协助并促进宇宙的和谐与发展。这种追求人与自然普遍和谐的思想对纠正那种无限制地征服自然，不顾及环境与生态的平衡，寻求全面、协调的社会经济发展，有其合理的现实意义。

（二）以人为本

中国传统文化的显著特点是以人为中心，中国古代哲学主张"人为万物之灵""天地之生人为贵""人者天地之心"，肯定在天地人之间以人为中心，在神与人之间以人为中心。所以与其他以基督教、犹太教、伊斯兰教为基础的文化不同，中国文化以人作为考虑一切问题的基点和归宿，神本主义在中国文化中始终不占主导地位。孔子以前的人说"天道远，人道迩""神依人而行"，孔子说"敬鬼神而远之"，孔子以后的人说"人事为本，天道为末"，儒家始终关注的焦点是现实社会政治的有序和谐和人生的价值理想的问题，这个特点可以称为人本主义或人文主义。所以中国传统主流文化不重视彼岸世界，不讲天堂地狱，不讲来生来世，始终强调在的人的有限生命和现实生活中实现崇高的理想和价值。儒家所强调的道德价值不是从宗教的信仰来引出，而是从人的良心、人与人的现实关系中引申出来而加以肯定。所以中国文化没有在神本背景下的原罪观念和赎罪观念，而是主张启发和发扬人的善良本性，提高人的情操境界，重视人伦关系的调整和完满。

（三）崇德尚义

中国文化自古以来重视人的德行品格，重视德行的培养和人格的提升，历来高度推崇那些有精神追求的人、具有高尚道德品格的人士，孔子说"朝闻道，夕死可矣"，把对真理和道德的追求看得比生死更重要；孔子又说"杀身以成仁"，孟子说"舍生而取义"，都是认为道德信念的信守和道德理想的坚持不受物质条件所影响，在一定的条件下比生命还重要。儒家的这种思想在社会上造成了崇德尚义的气氛。在这种精神追求下，通过古代的精神文明规范体系"礼"，而形成了中华"礼义之邦"的社会面貌。孟子还说过"富贵不能淫，贫贱不能移，威武不能屈"，鼓舞人们追求坚定独立的人格尊严，不被任何财富所腐化，不受任何外力所威胁，也为那些为捍卫正义和美好生活的人们进行不屈不挠和艰苦卓绝的斗争提供了精神的激励和支持。在这样的精神影响下，中国文化一贯强调明辨义利，主张明理节欲，在价值评价上对坚持道德理想追求的人高度褒扬，对追求个人私欲的满足的人加以贬斥，人的"美德"和修养始终受到重视。在中华文化的长期发展中形成了以重视礼义廉耻，奉行仁孝忠公诚信为核心的传统美德体系，深入人心。中国文化重视人的价值和尊严，重视自觉的道德修养和意志锻炼，重视完美人格的培育与成就，同时在政治上强调"道之以德，齐之以礼"，注重用道德礼俗实现对社会秩序的维护，反对以刑罚暴力管理社会；对外强调"以德服人"，反对"以力服人"，这些都成为中华文化特别重视道德文明的特色。

（四）群体优先

在中国的人本主义文化中，重视人，但不是强调个人，而是重视人伦，中国文化总是把人作为一定的伦理关系中的人，在一定的伦理关系中负有伦理责任的人，从而个人的德行和价值实现紧密联结他和他人的关系。君臣父子夫妇兄弟朋友五伦所代表的政治关系、家庭关系、社会关系，和忠孝仁爱信义的道德德行，相互配合与对应。人活着不是为了自己，而是为了人伦关系的美满。同时，中国文化重视处理群己关系，强调群体的利益高于个体的利益。群体的利益是公，个人的利益是私，于是在中国文化中群体、国家往往成为个人的终极关怀。尤其应当指出的是，关心国事大事天下事成了中国人发自内心的责任，也成了人们一种不可遏止的情感，体现为忧国忧民的情怀。孟子说君子要"自任以天下之重"，就是要把天下大事作为自己的责任，又说"乐以天下，忧以天下"，汉代以后的士大夫始终强调"以天下为己任""以天下之风教是非为己任"。在实践上，汉代的士大夫"每朝会进见，及与公卿言国家事，未尝不噫呜流涕"，北宋范仲淹自颂其志说"先天下之忧而忧，后天下之乐而乐"，感论国家大事，时至泣下。明代东林党人"家事国事天下事事事关心"，明末清初的顾炎武说"天下兴亡，匹夫有责"，这种"天下"的观念是中国士大夫传统能超越家族主义、地方主义，而始终把国家整体事务作为己任的文化思想的根源。历史上的爱国志士，为国捐躯，为人民所传诵和敬仰，这样的例子举不胜举。在这种思想文化里，不仅个人对他人对群体的责任意识始终被置于首位，也凸显了以小我成就大我，以牺牲个人和局部利益维护整体和全局利益，以国家和民族利益为上的价值取向。

传统文化的优秀部分还可以举出很多，比如中国文化重文重教的文化意识，中国文化阴阳互补平衡的辩证思维，中国文化重视和谐中庸的价值取向，等等，就不在这里细论了。那么，中国优秀文化是如何传承的呢？首先，传统文化的连续传承要归功于儒家的文化自觉，两千五百年前孔子整理了三代以来的文化，确立了中国最早的经典文本，建立了中国文化的经典意识，建立起了文化传承的使命感。而后孔子所开创的儒家学派努力传承六经，代代传经释经；后又形成了一种道统的意识，使得后来儒家以传承发扬中国文化的经典和维护华夏文化的生命为神圣的使命。其次，汉字虽然历经演变，但很早就成为沟通华夏文明区内各种方言的统一交流工具，这种统一的文字保证了统一的文化。再次，中国自古以来有一个注重历史的传统，长久以来历史的记述不断，而且受到珍视，历史的记述起着承载民族历史记忆、建构民族文化认同的重要作用。最后，很重要的是，中国传统文化的士大夫在政治实践、地方教化和文化活动中，始终自觉传播、提倡、强调这些价值观念，强化这些价值观念，使得这些价值渗透在一切文化层次和文化形式之中，从而影响到人民大众的文化心理。

三、民族精神

传统文化有各种各样的具体表现，有各种各样的表现侧面，民族精神则是指中华民族绵延发展的深层动力和精神气质，也可以说民族精神是体，传统文化是用。民族精神是民族智慧、民族情感及民族共同心理和思想倾向的主导方面，与一个民族的共同价值目标、共同理想、思维方式紧密连接。中国屹立于世界东方五千多年，有古有今，她的发展壮大和延续必有其能以自立的精神基础。所以，我们不仅要了解中华文化创造了哪些文化成果和奇迹，更要自觉理解她的内在生命力和精神特性。

20 世纪 80 年代初以来，国学大师张岱年提出，《周易》的两句话可以作为中华民族精神的集中表达，这就是"自强不息"和"厚德载物"。《周易》里面解释乾卦说"天行健，君子以自强不息"，《周易》又把这一自强不息表达为"刚健"，刚健就是刚健有为、积极进取，奋发向上、永远前进。《史记》说:"文王拘而演《周易》,仲尼厄而作《春秋》,屈原放逐,乃赋《离骚》,左丘失明,厥有《国语》,……《诗》三百篇,大抵贤圣发愤之所为作也。"这些都体现了中华民族愈是遭受挫折愈是奋起进取的精神状态和坚韧意志。《周易》里面解释坤卦说"地势坤,君子以厚德载物",厚德载物就是接人待物要有宽容宽和的态度,既肯定自己的主体性,也承认别人的主体性,既要保持自己的尊严,也要尊重别人的尊严,在对外关系上表现为爱好和平,反对侵略。所以厚德载物又集中表达在"以和为贵"的价值取向,崇尚和谐统一。以和为贵的和就是不同事物的统一与融合,从这里发出重视人际和谐的思想,孟子早就说"天时不如地利,地利不如人和",和的要义是和谐,它既和"同"不一样,不是单纯的同一,而是不同东西的和谐相处;也和"争"成为对比,不崇尚斗争,注重平和地解决问题的方式。这种精神对中华一体、国家统一的民族心理的形成,对中华民族政治共同体的长期稳定发展,发挥了重要的作用。这种精神也体现在中国文化特有的"兼容并包"文化政策,使得不同宗教传统在中国历史上不断走向互相融合,而不是诉诸宗教冲突和战争。

中华民族的民族精神也就是中国文化的基本精神,在中国几千年的历史发展中发挥了重要的功能,这就为中华民族提供了强大的凝聚力和顽强的生命力以及巨大的同化力。今天我们虽然不见得能举出很多所谓提倡凝聚力的古代提法,但中国文化的历代教育和传承,的的确确实现了这些功能。所以从功能的角度来考察也是我们理解传统文化的重要角度。在中华文化的熏陶和教育之下,一般来说,以国家统一为乐,以江山分裂为忧,成了中华民族的成员的天经地义的当然价值,也成为民族文化的深层心理。而刚健有为的精神不仅在我们民族兴旺发达的时期起过巨大的积极作用,在我们民族危难之际,更成为激励人们的强大精神力量,在历史上无数志士仁人身上体现出来,如杜甫的诗"剑外忽传收

106

蓟北，初闻涕泪满衣裳""出师未捷身先死，长使英雄泪满襟"，陆游的诗"王师北定中原日，家祭无忘告乃翁"，文天祥的诗"人生自古谁无死，留取丹心照汗青"，这些读来回肠荡气的诗句，具有强烈的感召力量，无不体现了自强不息的精神，也发挥了爱国主义的激励功能，培育了中华民族反抗压迫、维护民族文化生命的精神。

今天，弘扬民族精神，就是要把那些在历史上促进中华民族发展壮大，体现和促进了中华民族的生命力、凝聚力、创造力的优秀精神文化发扬起来，并加以新时代的发展，以加速实现中华文化的伟大复兴。

四、文化建设

文化是人之所以为人而脱离动物界的标志，没有文化就没有文明人类，文化为我们提供了认识世界的世界观和道德、审美的意识方式与框架，文化为我们提供了生存的意义、生活的规则，文化在人类文明历史发展中起了无可替代的作用，一个民族的文化规定了这个民族步入文明、发展文明的特殊路径。如何在历史唯物论的前提下，更加注重和深入认识文化的意义、地位，是我们面临的一个重大课题。

西方学者早就重视"资本主义的精神"的文化问题，德国社会学家韦伯认为，资本主义的兴起是依赖于一种精神，这种资本主义的精神不是对利欲的贪图追求，而是以新教信仰为背景的一种勤奋、节俭的禁欲主义，一种理性化的态度。这个观点换一种表达，也可以说，对财富利欲的贪图是小商贩和古典商业资本的特征，而与现代市场经济和现代企业制度相适应的精神是勤奋、节俭的职业精神，一种守信、尽职的伦理态度。他认为这才是近代资本主义发展的动力，才是资本主义的精神。这种观点我们不一定赞同，但这种从伦理精神上看问题的方向值得我们深入研究。

文化的价值和功用是不能以短视的功利主义者的角度去了解的。表面上看，文化的具体作用似不明显，其实文化的用是"无用之大用"。文化是一个社会发展水平的重要标尺，一个没有文化创造，没有文化品位，没有文化理想，拜金主义、享乐主义、自利主义盛行，只知道追求物欲满足的社会，不过是一个暴发户的庸俗社会。封建主义、资本主义的统治阶级尚且知道文化建设的重要，社会主义的现代化社会更需要文化建设的发展。

事实上，文化渗透在我们的政治、经济、外交、社会等一切实践领域，文化作用于支配着我们观念的深层结构。近年来提出的许多政策主张，虽然都是针对我国社会发展的现实问题，但其思路和表述形式，往往也都带有传统文化的特点，如"以人为本""以德治国""以和为贵""执政为民""与时俱进"，这些都与传统文化有一定联系。与时俱进的哲学思想最早可见于《周易》的"与时偕行"，"以人为本"的提法出于《管子》，《三国志》上也说"夫济大事必以人为本"，可见文化的作用影响其实无所不在，关键在于我们有没有文化的自觉。上面举的例子说明，新一代中央领导集体对认识和利用传统文化的资源有了进一步的主动性。

冷战结束以后，美国政治学者亨廷顿提出"文明的冲突"，作为美国世界战略的预测，认为冷战结束以后国际冲突的爆发点将在世界几个文明圈的交界处。这就是从文化的角度研究国际关系和国际战略。我们若不懂得文化，就不能从更高更广的角度看问题，也就不能有效地回应这些挑战。

目前，在经济方面已经出现了所谓全球化的趋势，引起了世界各地各阶层人民的不同反应。同时，全球化也促进了各种思想文化的相互交流与相互激荡。全球化浪潮中值得警惕的是文化单一化的危险，那种把全球化在文化上理解为用美国的文化价值观去格式化、去淹没世界其他地区和民族的文化的观点是必须坚决反对的。全球化必须和民族化并行，经济的一体化必须和文化的多样性并存，在当今的时代，在面向现代化、面向世界、面向未来的同时，我们要始终注意保持民族文化的主体性，使中华民族的民族生命继往开来，永远畅通。

国学热与中华民族的伟大复兴

一、"国学"作为汉字词汇，在历史上最早是指周代在国都建立的国家官学。18世纪日本出现"国学"学派，以"国学"指日本自己的古学，以与来自中国的学术相区别；这种把"国"作为"本国"意义的用法，在近代日本发展出"国粹"派，主张保存本国文化，反对欧化主义。受此影响，20世纪初，我国学者提出"国学"的概念，总体上是作为"西学"的对照概念来使用的，其中的"国"是指"本国"，"学"是指学术文化。中国人所使用的"国学"当然是指区别于外来文化的、中国本有的学术文化，这是近代国学概念产生的最初意义。在此后的文化论述中，渐渐形成了三种国学的用法：第一种是指中国固有的学术文化，即西方文化在近代输入以前中国文化在几千年的历史中所创造的学术体系，所谓学术文化意指学术形态的文化，而不包括非学术形态的文化如民俗等。第二种是用来泛指中国传统文化，其范围大于学术文化，一切传统文化形式都包括在内。第三种则是指近代以来我国学者采用古今结合的方法对传统学术与传统文化所作的研究体系，即国学研究。明了国学概念的三种意义，我们就可以知道，目前文化界一般所说的"国学热"，就其现象来说，其实是传统文化热，其国学概念是在第二种意义上使用的。

二、在经历了20世纪大半时间内对于中国传统文化的批判否定，伴随着社会主义市场经济的初步确立，20世纪90年代中期迎来了第一波"国学热"。不过当时的所谓国学热，无论从规模还是从性质上，都还只是中国文化"一阳来复"的初始。踏入新世纪以来，全方位的国学热四面兴起并持续升温，其中媒体的参与固然起了很大作用，而来自民间的对传统文化的热情和需求扮演了主要的推动力量。新世纪国学热兴起和持续的根本原因，在于中国现代化进程自20世纪90年代以来快速和成功的发展，及其所引致的国民文化心理的改变。从历史上看，后发现代化国家处在现代化工程初期时，多采取启蒙式的文化动员，批判传统，引进西方文化；而在现代化受挫期，更容易全盘否定自己的文化传统，反映了追求现代化而不得成功的集体焦虑。当现代化进程驶入快速发展的轨道、经济发展取得成功之后，国民的文化自信便会逐渐恢复，文化认同也随之增强。这在后发现代化国家现代化史上是常见的。在20世纪90年代中期以来的中国，与传统文化不同程度地隔绝了多年之后的人们，在文化信心得以恢复的同时，便急切地想要了解自己祖先创造的灿烂文化，促成了对国学资源的全面需求。从这一点来说，国学热的出现是中国现代化成功发展的文化表象，是有其必然性的。

三、中华文明是世界上唯一几千年连续不断、有古有今的文明，为人类的文明发展做出了巨大贡献。而中华民族百余年来曾遭受了沉重的屈辱和曲折，因此中华民族文化自信的恢复对于民族生命的畅通和发展有着重要的意义。国学热使我们意识到，不能孤立地看待20世纪90年代以来的中国现代化过程，而必须从中华民族整体发展及其近代曲折的历史来认识，必须把它和中华民族的生命力与生命过程联系起来，把它视为中华民族奋斗史的新篇和中华文明史的新开展，看成中华民族精神发展历程的一部分，从中华民族的角度理解它的成就。换言之，改革开放以来的发展成就使得越来越多的人意识到，这些伟大成就的取得归功于中国人民的勤劳与创造，归功于中华民族的文化与价值。当代的国学热提示着中华民族自我意识的觉醒，体现了民族自尊与自信的高扬，开启了民族文化的自觉，这对于中华民族的复兴是有其重要意义的。

四、这也涉及文化传统与民族精神的关系。中华文化是中华民族生命根源之所在。中华民族的精神是在几千年的中华文明史中滋养、壮大起来的，因此中华民族的民族精神形态及其内涵是不能离开中国传统文化的，中国传统文化是中华民族精神得以形成的主要土壤和环境。民族精神是一以贯之的，但其表现会受到各种社会因素的影响，因此有时彰显而发扬，有时黯然而平淡。应当说，人们越有文化的自觉，民族精神就越能完整地得到发扬。国学热表明，"国学"与中国在世界崛起相伴随，中国人对传统文化的认识和态度已经或正在发生根本性的转变，中华民族的民族精神正在经历从自在转变到自觉的过程，这正是弘扬民族精神的关键时期。国学热所体现的正是中华民族的文化自觉的开始。文化自觉就是认识自己文化的发生、成长、发展的历史，认识自己文化的独特性、存在价值及其普遍意义，把个人连接、融入这一历史文化长河中建立文化认同。对于中国文化这一连续不断的古老文明而言，文化自觉是促进文化复兴的重要条件，文化自信促进了文化自觉，增强了民族生命力，振奋了民族精神。在这个意义上，当前的国学热是中华文化复兴的初级阶段的文化标志。

五、同时，国学热反映了广大人民群众在建设精神家园方面对本土的传统资源的热切渴求。社会转型需要一种与革命时代不同的思想，由此促进的文化转型，构成了当代文化景观的大背景。在现代化市场经济发展的同时，社会道德秩序和个人安身立命的问题日益突出起来。社会道德秩序的建立离不开传统道德文化，这已经是后"文革"时代转型期执政党和人民的共识。安身的身、立命的命则都归结到心灵精神的安顿，从而心灵的需求比以往更加突出。市场经济的发展带来了人与人关系的新的变化，也使得青年一代在寻找人际关系处理方法等方面把眼光转向古老文明的人学智慧。中国古代文化的宝库已经成了现代人待人、处世、律己的主要资源，与其他外来的文化、宗教相比，在稳定社会人心方面，传统文化提供的生活规范、德行价值及文化归属感，起着其他文化要素所不能替代的作用。几千年以人为本的传统文化，在"心灵的滋养、情感的慰藉、精神的提升，以及增益人文教养"方面，为当代市场经济社会中的中国人提供了主要的精神资源，在心灵稳定、精神向上、社会和谐等方面发挥了重要的积极作用。

六、国学热的另一个作用是有助于破除"西方文化中心主义"及其文化霸权对我们的影响。百余年来，我们大力学习西方文化，谋求现代化，这无疑是正确的，而且要继续扩大开放。但在学习西方先进文化的同时，也产生过全盘西化的思潮，对民族文化持虚无主义的态度，导致了民族文化的主体性意识彻底失落。这既不利于现代化，使现代化失去民族精神的支撑，又易导致食洋不化，不能把先进文化的普遍性与中国具体国情结合起来，一切照搬西方经验和西洋原理，忽视中国的历史文化经验与中国原理。历史学家早已指出，中国有几千年连续不断有记载的历史，这在世界文明史上是独一无二的，一切社会科学的原理必须接受和通过中国历史的经验的验证，才能证明其真理性。国学热有助于人们对西方文化以特殊为普遍的立场进行反思，对引进或移植自西方的学术体系进行反思，通过中国经验和中国智慧来建立中国文化的主体性，促进世界多元文化的平等交流。这种重视中国经验与智慧的努力，在实践领域尤为突出，如在西方管理思想之外，积极寻求基于中国文化的概括、提炼、引导的管理之道，已成为中国企业家最热门的追求。

七、就国学热与国学研究的关系而言，应当说国学热本身并不等于国学研究热，目前的国学热还是分布在大众教育和国学知识传播方面，相对于国学的学术研究，多属于文化普及的层面。大众教育和传播的热络并不能自然带来国学研究品质的提升和发展，这是要区分清楚的。但是这样一种传统文化热的文化氛围，改善了社会公众对于传统文化的态度，对青少年的影响很大。从小熟悉传统文化，将使这一代青少年对国学的向往越来越深，有利于新的一代人传承中华文化，也使得国学研究有了更好的文化生态的支持。事实上，中华民族精神的历史发展，并不是学术研究层面独立发生作用，在相当程度上是靠人民群众通过普及渠道所获得的文化信念与价值，在实践中坚持、信守、付诸于行为，在历史舞台上演出轰轰烈烈、可歌可泣的壮丽故事而世代传承的。而人民群众的文化信念也转过来影响着从事理论论述的文化精英。在这个意义上，传统文化的普及化，不能只从普及的角度来评价，要深刻认识其中华文化传承的意义和培育民族精神的意义。

由此看来，当前所谓国学热的出现和流行，对于中华民族复兴的进程，对中国现代化的深入开展，对社会和谐的实现，都是必然的，也是合理的、积极的，应当予以充分的肯定和支持。但是，传统文化并不是包治百病的药方，传统文化并不能解决我们现实生活遇到的一切问题。传统文化只是我们的文化根基，在其基础上如何建构起适应人民需要的现代政治、经济、法律、文化体系，发展政治文明、持续经济增长、健全法制生活、繁荣文化发展，需要全社会的创造性的努力。同时也需要通过适时的引导，帮助人民分辨传统文化的精华与糟粕，分辨永久的价值和过时的东西，使传统文化的资源更能够结合时代的要求发挥其作用。

《周易》 中的变革思想

长久以来，有一种观点，认为中华文明是农业文明，而农业文明是保守的、安于现状抗拒变革的。也有人认为，儒家思想是保守的，是反对变革的，这一主张甚至在四十五年前的"文革"后期成为一种政治运动的观念基础。这些观点在今天也仍然被一些人所秉持着。

《周易》（《易经》）号称群经之首，在六经中最富有普遍理论的意义，也是中华文明最为古老的经典体系。易学是研究《易经》的学问，是汉代以后中国经学绵延发展中最重要的部分，也是儒学的重要部分。"易"的基本意义就是变易，《易经》的基本思想就是整个世界处于永恒的变易之中，而人必须顺应这个永久变易的世界，建立起变易的世界观。所以，展示《易经》中的变易思想，我们就很容易看清上面所说的两种观点是错误的。中华文明中自古就产生有源远流长的变革思想，也正是这种思想支持了中华文明数千年连续不断的发展。

《周易》的变易思想，在理论上的表述集中体现在《易传》，尤其是《系辞传》。《易传》的表述语言有二重性，一方面具有解说卜筮原理的意义，另一方面则具有对宇宙普遍原理叙述的意义。由于本文不讨论卜筮的问题，所以《易传》本文中关联卜筮的一面不在我们讨论的范围。我们只关注《易传》作为哲学文本的意义。

一、唯变所适

我们先来看《系辞传》的首章叙述：

> 动静有常，刚柔断矣。方以类聚，物以群分，吉凶生矣。
> 在天成象，在地成形，变化见矣。是故刚柔相摩，八卦相荡。
> 鼓之以雷霆，润之以风雨；日月运行，一寒一暑。乾道成男，
> 坤道成女。乾知大始，坤作成物。乾以易知，坤以简能。易则
> 易知，简则易从。易知则有亲，易从则有功。有亲则可久，有
> 功则可大。可久则贤人之德，可大则贤人之业。易简而天下之
> 理得矣。天下之理得而成位乎其中矣。（《系辞上》第一章）

《易传》特别重视宇宙中各种对立面要素的分化和互相作用，如动
静、刚柔、天地、乾坤，认为它们作为宇宙世界的基本要素，其相互作
用决定并丰富了宇宙的运动和变化。对立面的分化造成了丰富的世界万
象，造成了变化的可能，而对立面的相摩相荡促进了变化的深刻展开。
这就是"在天成象，在地成形，变化见矣"，而"变化"两字就是这段
叙述中的关键词。

来看《系辞传》的第二章：

> 圣人设卦观象，系辞焉而明吉凶，刚柔相推而生变化。是
> 故吉凶者，失得之象也。悔吝者，忧虞之象也。变化者，进退
> 之象也。刚柔者，昼夜之象也。六爻之动，三极之道也。是故
> 君子所居而安者，《易》之象也。所乐而玩者，爻之辞也。是
> 故君子居则观其象而玩其辞，动则观其变而玩其占。是以自天

佑之，吉无不利。(《系辞上》第二章)

　　圣人不仅深刻观察了宇宙世界的万象，它们之间的关联作用，而且主动地设计出易卦的体系，用以"刚柔相推而生变化"为基本特征的易卦体系，来推演世界的变化吉凶，以求得人要达到的结果。换言之，古代哲人积极地运用人为的变化体系模型即周易卦象体系，模拟世界的变化，以谋求理解、把握世界的变化及其结果。这种积极应变的思维，与文明的产业基础（农业）没有必然关系，体现的是人类主观能动性不断成熟发展，谋求掌握世界变化的方向趋势，趋利避害，求得最好的结果。这种不回避变化，不预期世界静止不变，反而积极主动去了解变化的心态，绝不是一种保守的心态。

　　《系辞传》下面又说：

　　　《易》与天地准，故能弥纶天地之道。仰以观于天文，俯以察于地理，是故知幽明之故；原始反终，故知死生之说；精气为物，游魂为变，是故知鬼神之情状。与天地相似，故不违；知周乎万物而道济天下，故不过；旁行而不流，乐天知命，故不忧；安土敦乎仁，故能爱。范围天地之化而不过，曲成万物而不遗，通乎昼夜之道而知，故神无方而易无体。
　　(《系辞上》第四章)

　　在《易传》看来，《周易》的作者要彻底了解天地的幽明、世人的死生、宇宙的始终、鬼神的情状，要囊括事物的万变，促成事物的发展，这种心态也绝不是保守的心态，而是积极把握世界及其变化规律的宏大胸怀。所谓"神无方而易无体"，这里的易不是仅仅指易卦自身，而是指宇宙变化的全体；无方无体，是指世界的变化没有时间和空间的

117

限制，又是无限动态的。

这就提出了关于"易道"的问题。所谓易道就是指《易》之道，也是指整个天地之道，强调变易是宇宙的普遍原理和法则：

> 《易》之为书也不可远，为道也屡迁。变动不居，周流六虚，上下无常，刚柔相易，不可为典要，唯变所适。（《系辞下》第八章）

> 《易》之为书也，广大悉备。有天道焉，有人道焉，有地道焉。兼三才而两之，故六。六者，非它也，三才之道也。道有变动，故曰爻。爻有等，故曰物。物相杂，故曰文。文不当，故吉凶生焉。（《系辞下》第十章）

道始终在流转变迁，从不把自己固定于一个固定处所，一切事物相互变易。变动不居是说不断地变化，不可为典要是说没有一定之规。变化才是整个世界唯一的原理。天道即易道的总体，分而言之，可以三才之道来说明，即天道、地道、人道；狭义的天道讲阴与阳，地道则讲柔与刚，人道专讲仁与义。但易道总而言之，只是一个变化之道，所以说"道有变动"。

二、观察变化

《说卦传》一开始就明确提出"观变"的观念：

> 昔者圣人之作《易》也，幽赞于神明而生蓍，参天两地而倚数，观变于阴阳而立卦，发挥于刚柔而生爻，和顺于道德而理于义，穷理尽性以至于命。（《说卦传》第一章）

变化是世界的原理，也是世界的普遍现象，但是这不等于说人们就能自然地了解变化的普遍性和意义。因此《易传》要求人们要"观变"，即善于观察事物的变化和对立统一，进而了解整个世界与变化的关系，达到穷理尽性的境界。

《易传》中既讲"观"，也讲"察"：

> 观乎天文，以察时变；观乎人文，以化成天下。（贲象传）

观和察的对象就是时变，因为在《易传》作者看来，变不能脱离时，时总是和变相结合的，时变就是处于一定时空之中的变化，把变化置于一定时空环境中来观察，才能获得对变化的具体了解。

《说卦传》又提出：

> 神也者，妙万物而为言者也。动万物者莫疾乎雷，挠万物者莫疾乎风，燥万物者莫熯乎火，说万物者莫说乎泽，润万物者莫润乎水，终万物始万物者莫盛乎艮。故水火相逮，雷风不相悖，山泽通气，然后能变化既成万物也。（《说卦传》第六章）

"妙"就是促使事物发生多样的变化。雷是鼓动万物的，风是吹拂万物的，水是润泽万物的，神就是促使事物变化的。所以，事物的变化有其"能变化"的原因，《易传》认为这个原因就是"神"，神的功能就是妙运万物，以成就变化。但这个神不是古代宗教的神灵，而是《易传》对宇宙变化的内在动力因的一种说法。因此，人们在观变于阴阳、

119

察乎时变的同时，还要深刻理解事物变化的根源，才能从根本上提高对于变化的理解。

恒卦的象辞说：

> 天地之道，恒久而不已也。利有攸往，终则有始也。日月得天而能久照，四时变化而能久成，圣人久于其道而天下化成。观其所恒，而天地万物之情可见矣！（恒 象传）

恒是稳定之意，但恒不是不变，不是与变化根本对立的，恒是在阴阳四时的推移变化、交相感应中得以形成的。恒也不是一成不变，而是在变化中寻求平衡和稳定。二者不是互相排斥的。这都表现了《易传》的辩证思维。

乾卦象辞以宏大的视野揭示了天道变化流行的全景：

> 大哉乾元！万物资始，乃统天。云行雨施，品物流形。大明终始，六位时成，时乘六龙以御天。乾道变化，各正性命，保合太和，乃利贞。首出庶物，万国咸宁。（乾 象传）

乾道就是天道。阴阳刚柔相互作用，互相推移，大化流行，无所不在，而天道的本质就是变化，天道的作用也是变化。正是天道的变化使得万物各得其性命之正，而万物也要在因应天道变化的过程中去成就自己的品性、发扬自己的生命。"天地变化，草木蕃。"（坤 文言）天地的变化是造成万物生长繁盛的根本原因，有变化才有生成。

三、通其变化

《系辞传》提出了"通变"的重要观念：

一阴一阳之谓道，继之者善也，成之者性也。仁者见之谓之仁，知者见之谓之知，百姓日用而不知，故君子之道鲜矣！显诸仁，藏诸用，鼓万物而不与圣人同忧，盛德大业至矣哉！富有之谓大业，日新之谓盛德。生生之谓易，成象之谓乾，效法之谓坤，极数知来之谓占，通变之谓事，阴阳不测之谓神。

（《系辞上》第五章）

宇宙的变化是在一阴一阳的变化反复中展开的，要认识这些无方无体的变化并不容易。《易传》的作者认为，宇宙的变化，特别是反映在我们这个世界、我们这个人世间，就是"日新"和"生生"。从这里就可以把握变化的真谛。"日新"是说变化不断产生新的要素、新的东西；"生生"是说生命的展开不是重复，也永不停息，而是生命力的蓬勃发展。这种变化不已、生生不息的世界观，不仅绝不是停止、不变的世界观，而且是一种充满乐观、包容的宇宙观。特别是，这里提出了，人面对世界的变化，要谋求"通变"，也就是通晓事物的变化，把握世界的变化，以指导我们的实践。通变可以成就事业，所以说"通变之谓事"。说明《周易》要求掌握世界的变化，不仅是为了认识变化，而且是运用这些认识去成就事业。这是中国古代哲学的特点，即不仅要认知世界的变化，而且要推动事物的变化，以符合人类实践的目的。通变的思想是《周易》重要的指导思想。

《系辞传》又说：

夫《易》广矣大矣！以言乎远则不御，以言乎迩则静而正，以言乎天地之间则备矣。夫乾，其静也专，其动也直，是以大生焉。夫坤，其静也翕，其动也辟，是以广生焉。广大配

天地，变通配四时，阴阳之义配日月，易简之善配至德。（《系辞上》第六章）

"通变"又叫"变通"，通变的工具是易卦体系，而这一体系是以模拟天地四时的变化为基础的。通过这种相似相配于天地之变化流行，以揭示出宇宙的变化机制，促进人类应对变化的发展。

《系辞传》还说：

《易》有圣人之道四焉：以言者尚其辞，以动者尚其变，以制器者尚其象，以卜筮者尚其占。是以君子将有为也，将有行也，问焉而以言，其受命也如向。无有远近幽深，遂知来物。非天下之至精，其孰能与于此？参伍以变，错综其数，通其变，遂成天地之文；极其数，遂定天下之象。非天下之至变，其孰能与于此？《易》无思也，无为也，寂然不动，感而遂通天下之故。非天下之至神，其孰能与于此？夫《易》，圣人之所以极深而研几也。唯深也，故能通天下之志；唯几也，故能成天下之务；唯神也，故不疾而速，不行而至。子曰"《易》有圣人之道四焉"者，此之谓也。（《系辞上》第十章）

人们对《周易》的运用有不同的出发点、不同的方式，所谓"以动者尚其变"，是指用《周易》去指导我们的行动。最重要的是重视事物的变化，使我们的行动适应环境的变化。这里再次提出"通其变"，就是通晓和深刻理解变化及其意义，甚至认为通其变者才可以掌握天下之至变。几是变化的苗头，从事物变化的初期，就能掌握其微妙的苗头，研究这些微妙的苗头，关注事物变化的方向，随机应变，这样才能

122

成就天下的事务。

　　子曰："圣人立象以尽意，设卦以尽情伪，系辞焉以尽其言，变而通之以尽利，鼓之舞之以尽神。"（《系辞上》第十二章）

　　这里说的变而通之，是指《周易》的作用之一，就是"变而通之以尽利"，运用对于世界变化的通透理解去贯穿于实践的全过程，就可以充分得到需要的利益，避开各种可能的害处。所以通变不是仅仅指一种哲学智慧的理解，而且强调事和利，指向对实际事务的指导。不可否认，"变而通之以尽利"包含了对现有事物进行改革，理顺事物的合理关系，以发挥出最充分的效能，以求得最大的利益。这样的思想，可以说就是改革的思想。

　　最后来看变通和时机的关系：

　　刚柔相推，变在其中矣；系辞焉而命之，动在其中矣。吉凶悔吝者，生乎动者也。刚柔者，立本者也；变通者，趣时者也。吉凶者，贞胜者也；天地之道，贞观者也；日月之道，贞明者也；天下之动，贞夫一者也。夫乾，确然示人易矣；夫坤，隤然示人简矣。爻也者，效此者也；象也者，像此者也。爻象动乎内，吉凶见乎外，功业见乎变，圣人之情见乎辞。天地之大德曰生，圣人之大宝曰位。何以守位？曰仁。何以聚人？曰财。理财正辞，禁民为非，曰义。（《系辞下》第一章）

　　对立面的相互作用产生了变化，而变化总是趋向合宜的时机。自然世界的"变"是自然的过程，不是人所造成的。人的有心参与，则是"动"。变通属于人的主观努力，这种努力必须符合客观事物的变化规

123

律，懂得这个规律，又能主动适应变化的规律，采取正确的应变行动，就能促使事物朝着有利方向发展。而其中一个关键之处在于掌握改革的时机，这就是"变通者，趣时者也"。

四、成其变化

《系辞传》很重视"成其变化"的观念：

> 圣人有以见天下之赜，而拟诸其形容，象其物宜，是故谓之象。圣人有以见天下之动，而观其会通，以行其典礼，系辞焉以断其吉凶，是故谓之爻。言天下之至赜而不可恶也，言天下之至动而不可乱也。拟之而后言，议之而后动，拟议以成其变化。（《系辞上》第八章）

所谓"圣人有以见天下之动"，这个动也是指变动；而"观其会通"，亦包含有通变的意义在其中。更重要的是，《易传》提出"成其变化"的观念，这就是说，人利用《周易》的体系，不仅为了模拟和了解世界，更在于成就世界的变化，体现了人的主观能动性。换言之，既要通其变化，又要成其变化，这样才能建立功业。

《易传》在另一个地方也说：

> 天数五，地数五，五位相得，而各有合。天数二十有五，地数三十，凡天地之数五十有五，此所以成变化而行鬼神也。大衍之数五十，其用四十有九。分而为二以象两，挂一以象三，揲之以四以象四时，归奇于扐以象闰；五岁再闰，故再扐而后挂。（《系辞上》第九章）

这是说《周易》的卦象数理体系，就是为了成就变化，以配合宇宙的规律。这里的行鬼神，并没有宗教的意义，而是指宇宙运行的奥妙。

《系辞传》还指出：

> 乾之策，二百一十有六；坤之策，百四十有四。凡三百有六十，当期之日。二篇之策，万有一千五百二十，当万物之数也。是故四营而成《易》，十有八变而成卦，八卦而小成。引而伸之，触类而长之，天下之能事毕矣。显道神德行，是故可与酬酢，可与佑神矣。子曰："知变化之道者，其知神之所为乎？"（《系辞上》第九章）

所谓"神"就是推动变化发生的根源，也就是变化的发动者、主导者，其实就是变化的根据和原因。神之所为，也就是"变化之道"，探索神之所为，与求知变化之道，是同一个意思。"知变化之道"是《周易》的主题和宗旨。

> 神以知来，知以藏往，其孰能与于此哉？古之聪明睿知，神武而不杀者夫。是以明于天之道，而察于民之故，是兴神物以前民用。圣人以此斋戒，以神明其德夫。是故阖户谓之坤，辟户谓之乾；一阖一辟谓之变，往来不穷谓之通；见乃谓之象，形乃谓之器；制而用之谓之法，利用出入，民咸用之谓之神。（《系辞上》第十一章）

易的作用就是开通人们的心思，去理解世界的变化，消除心中的疑

125

惑。一开一合就是"变"，往来不断就是"通"，对立面的交互替代就是变，进程的反复连接就是通，"变"与矛盾对立及其转化有关，"通"则联系着不断的流行过程。

> 是故《易》有太极，是生两仪，两仪生四象，四象生八卦，八卦定吉凶，吉凶生大业。是故法象莫大乎天地，变通莫大乎四时，悬象著明莫大乎日月，崇高莫大乎富贵。备物致用，立成器以为天下利，莫大乎圣人。探赜索隐，钩深致远，以定天下之吉凶，成天下之亹亹者，莫大乎蓍龟。是故天生神物，圣人则之；天地变化，圣人效之；天垂象，见吉凶，圣人象之。河出图，洛出书，圣人则之。《易》有四象，所以示也；系辞焉，所以告也；定之以吉凶，所以断也。(《系辞上》第十一章)

所以，四时既是变化的，又是流行不断的，四时的变化流行最明显地体现了变通的意义。天地是永恒变化的，而圣人的使命就是仿效天地的变化，掌握变化的法则，做出合理的决策。所以"变通"是人的社会历史实践中永远要把握的枢纽。用我们今天的语言来说，改革永远在路上。

> 是故形而上者谓之道，形而下者谓之器，化而裁之谓之变，推而行之谓之通，举而措之天下之民谓之事业。(《系辞上》第十二章)

《系辞传》这里又提出了一个重要概念，这就是"化而裁之谓之变，推而行之谓之通"。按这个思想，"变"意味着裁，即中断、改变，

126

而"通"意味着行,即连续、贯通的过程。变通就是二者的统一。

> 圣人有以见天下之动,而观其会通,以行其典礼,系辞焉以断其吉凶,是故谓之爻。极天下之赜者存乎卦,鼓天下之动者存乎辞,化而裁之存乎变,推而行之存乎通,神而明之存乎其人,默而成之,不言而信,存乎德行。(《系辞上》第十二章)

《系辞上》第十二章在重复了《系辞上》第八章的语句的同时,增加了对"化而裁之谓之变,推而行之谓之通"的再次强调。这个思想在人世的应用,意味着改革应该是中断与连续的统一,措之于天下之民的事业,必须要兼顾非连续性与连续性二者的统一,才能真正取得合理的、符合民众要求的效果。那种休克式改革,正是忽视连续性、渐进性,只偏向裁断的非连续性的改革思维。

五、损益乃革

最后,让我们来看《易传》对变革思想的阐发。先来看有关损益的思想,"损益"就是古代对社会渐进变革的表达。

《杂卦传》说:

> 损、益,盛衰之始也。

说明损益的概念不仅应用于变化的自然界,更多的是用于人类历史变化的概念。

《论语》中记载孔子和弟子子张的对话:

子张问："十世可知也?"子曰："殷因于夏礼，所损益可知也；周因于殷礼，所损益可知也；其或继周者，虽百世可知也。"（《论语·为政》）

"因"是传承，但传承中有损有益，这是传承中的变化、改变。孔子认为，夏商周三代之礼一脉相承，但每一代对前一代都会有所改变，有所调整，有所增减。所以，在这个意义上，损益表达了人的主观努力，而不是自然界本身的变化。

损益也就是变化，所以：

子曰："齐一变，至于鲁；鲁一变，至于道。"（《论语·雍也》）

这里的变，带有进步的改变之意。当然，并不是所有的改变都具有历史的进步意义，但有些改变确实具有进步的意义。四十年来的中国改革就具有明显的进步意义。

《易传》特别强调损益与"时"的关系：

损益盈虚，与时偕行。（损 象传）

或损或益，要依据时势的变化，顺应时势的变化而进行。这个时势，对于我们所生活的世界而言，就是世界发展变化的大趋势，世界发展变化的大潮流；跟上世界发展的大潮流，追赶世界现代化发展的合理化，而不是固守自己的主观意志，这就是"损益盈虚，与时偕行"，这就是改革的思维。

天下随时。随时之义大矣哉！（随象传）

所以，随顺时宜，具有特别重要的意义，所谓随顺时宜，就是指随着时宜而不断变化，不断调整，天下万物，无不如此。随顺时宜，和与时俱进，意思是相同的。

艮，止也。时止则止，时行则行，动静不失其时，其道光明。（艮象传）

这里的时都是指时机，人的行动必须注意时机，时机该行动就要行动，时机该停止就要停止。这是对改革的实践而言，因为有的时候，改革时机的选择，比改革的决心还重要。

日中则昃，月盈则食，天地盈虚，与时消息，而况于人乎？况于鬼神乎？（丰象传）

"天地盈虚，与时消息"，与"损益盈虚，与时偕行"的意思是一致的，这里强调，与时消息，不仅是自然的变化如此，人的活动事业也是如此，有消有息，一切事物都会随着时间推移起伏变化消长，宇宙中的一切都是如此。

神农氏没，黄帝、尧、舜氏作。通其变，使民不倦；神而化之，使民宜之。易，穷则变，变则通，通则久。（《系辞下》第二章）

照《系辞传》的看法，人类文明社会有史以来，就是在变通中不断发展的，从黄帝到尧舜，都是为了人民的方便，进行了变化、改革，无论在制度上还是器物上，都加以变通。"神而化之"，实际上是指创造性的变化。从这里，《易传》做出了哲学的论断：所谓易道，就是"穷则变，变则通，通则久"。事物发展到极点就会变化，变化才能使发展通达无碍，这是事物发展的客观规律。而人们在实践中，也必须在事物发展的节点上主动地推进变革。

相比于"损益"代表的渐进改变，"革"代表剧烈的改变。

或跃在渊，乾道乃革。(乾　文言)

革，去故也；鼎，取新也。(《杂卦传》)

革代表变革的原理，去除一切旧的东西；鼎代表趋新的原则，迎取一切新的东西。革也是天道的内涵之一。革卦的象传说：

天地革而四时成，汤武革命顺乎天而应乎人。革之时大矣哉！(革　象传)

从天地来说，四时的迭相取代，就体现了革的意义，在时间的过程中，后者对前者的取代，就是革。没有这种革，就没有四时。从人事来说，商汤代夏，武王伐殷，都体现了革的意义，故《易传》称之为"革命"。《易传》的作者认为，变革的意义和变革的时机，都需要特别重视，这对于革命更关键。可见《易传》的变革思想，既关注渐进性改革，也肯定根本性变革，乃至革命，这也是《周易》思想内涵的必然结论。

由以上所述可见，《周易》中包含了丰富的变革思维，它主张世界本质上是不断变化的，人必须通晓世界的变化，才能认识世界；人不仅要认识这个变化的世界，还要推动变化的过程，成就这个世界的变化。人必须与世界从变化相配合，形成自觉的变化观，才能更深地理解世界，实现自己的目的。人的历史实践，既有损益的渐变，也有剧变式的革命，而人类大部分活动，是通过改革实现制度和自我的不断更新，以促进人类生活的繁盛发展。《周易》的变易哲学不仅在历史上曾经是社会改革的理论依据，也是中华民族实践智慧的重要内容。

《社会科学研究》2019 年 2 月

孔子与当代中国

在过去的一个世纪里，像中国人那样对自己的文化传统给以全面、深入的批判在世界历史上是令人瞩目的，也许正因为如此，晚近出现的传统文化复兴的诸多现象，也引起了相当普遍的关注。这似乎表明，近代以来的中国社会历史文化的变迁，始终与"传统"的问题结下了不解之缘。

不管人们喜欢或不喜欢孔子和儒家，事实是，在中国过去两千多年的历史上，儒家在中国社会和文化中占据了突出的地位，在中国文化的形成上起了主要的作用；以至于人们有时把儒家传统作为中国文化的代表，以孔子作为文化认同的象征。另一个事实是，20世纪的革命运动和现代化变革，给孔子和儒学的命运带来了根本的变化；在20世纪的文化运动中，对孔子和儒家思想的反省、批判可以说占了主导的地位。而跨入新的世纪以来，随着中国经济的快速增长和中国政治、经济在世界地位的提高，要求对孔子和儒家思想文化进行重新认识的呼声也不断出现。在这样一个呼唤"文化自觉"的时代，我们期待把孔子和儒家的问题放进古老文明现代发展的纵深视野，置诸全球化的现实处境，以理论思考和实践关怀相结合的态度，把对这一问题的思考推进到一个更深入的水平。

让我们先举出与"孔子与当代中国"问题有关的三种思想史的解

释方式，然后尝试描述与"孔子与当代中国"问题相关的现实处境。

一

　　孔子与当代中国，这个题目很容易使人联想起约瑟夫·列文森四十年前的名作《儒教中国及其现代命运》。尤其是，这部书中正好就有"孔子在共产主义中国的地位"一章。在这一章的结尾，列文森说："20世纪的第一次革命浪潮真正打倒了孔子。珍贵的历史连续性、历史认同感似乎也随之被割断和湮没。许多学派试图重新将孔子与历史的延续、认同统一起来。共产主义者在寻找逝去的时光中发挥了作用，并有自己明智的策略和方法：恢复历史的本来面目，还孔子的真相，置孔子于历史。"① 那么，什么是"置孔子于历史"？列文森的这部书中有一部分，名为"走入历史"，这意味着，在他看来，儒家思想文化在1950—1960年代的中国，已经丧失了任何现实的存在和作用，成为"过去"，而走进了历史。正如他评论当时中国的文化政策所说："共产主义者可以使孔子民族化，使他脱离与现行社会的联系，脱离今后的历史，将他回归于过去，只把他当作一个过去的人物对待。"② 与后来的"文革"不同，在1960年代初期的一个间隙，对孔子的比较平心静气的学术讨论曾一度短暂地浮现，列文森对此加以评论说："与这些历史遗物相同，共产党也没有必要非从精神上彻底抛弃孔子不可，所以孔子也能受到一定的保护，也有存在的价值。共产党不是要剥夺他存在的意义，而是取代他的文化作用。简言之，保护孔子并不是由于共产党官方要复兴儒学，而是把他作为博物馆的历史收藏物，其目的也就是要把他从现实的

---

① 《儒教中国及其现代命运》，343页。
② 同上，336页。

文化中驱逐出去。"①

　　孔子当然是一个过去的人物，但是，这里所谓使孔子回归过去，是要使孔子仅仅成为"一个逝去的古人"，其真正意味是使孔子的思想成为过去，使孔子思想在今天没有任何影响，使孔子及其思想成为博物馆中保存的历史遗物，在现代社会没有任何作用。这样，所谓置孔子于历史，就是"把孔子妥善地锁藏在博物馆的橱窗里"。应当承认，20 世纪 60 年代的列文森在评论 60 年代的中国文化政策时，他的评论没有任何受冷战意识形态的影响的迹象，他甚至对中国当时采取的文化政策与方法有某种同情和了解，显示出历史学者平实、冷静的态度和风范。

　　由此也可见，列文森有名的"博物馆收藏"的比喻，其实并不是他自己的文化主张，而首先是他对 1950—1960 年代中国的文化政策的一种旁观的概括；其次在这种概括下也包含了他对中国社会现实的认知和判断，即儒家已经"走入历史"。而一个走入历史的孔子，应当既不受崇拜，也不受贬斥，已经不再是一个需要反击的目标。

二

　　列文森死于 1969 年，他虽然未及看到 20 世纪 70 年代前期的批孔运动，但"文化大革命"高扬破除传统思想文化的口号，显然给"博物馆收藏"说带来了冲击和困惑。难道，对已经走入历史的博物馆收藏物还需要大动干戈地"继续革命"吗？

　　然而，这样的困惑对李泽厚并不存在。1980 年李泽厚发表了他在 20 世纪 70 年代末写的《孔子再评价》，他的思想特色，是把孔子和儒家思想把握为"一个对中国民族影响很大的文化—心理结构"，以此作

---

　　① 《儒教中国及其现代命运》，338 页。

为解释孔子的一条途径。在这个解释下，孔子根本没有"走入历史"，而是始终作用于历史和现实之中。他指出："由孔子创立的这一套文化思想，已无孔不入地渗透在广大人们的观念、行为、习俗、信仰、思维方式、情感状态……之中，自觉或不自觉地成为人们处理各种事务、关系和生活的指导原则和基本方针，亦即构成了这个民族的某种共同的心理状态和性格特征。值得重视的是，他的思想理论已转化为一种文化—心理结构，不管你喜欢或不喜欢，这已经是一种历史和现实的存在。"①

在李泽厚看来，这种心理结构化为民族智慧，"它是这个民族得以生存发展所积累下来的内在的存在和文明，具有相当强固的承续力量、持久功能和相对独立的性质，直接间接地、自觉不自觉地影响、支配甚至主宰着今天的人们，从内容到形式，从道德标准、真理观念到思维模式、审美情趣等等"②。文化心理和民族智慧虽然并不是超时空超历史的先验存在物，但在 20 世纪它显然不是走入历史的死的木乃伊，也不是无所附着的幽灵，而仍然是一种持久的、延续的、活的、深层的存在。

根据李泽厚的看法，儒学在历史上所依托的传统教育制度、政治制度、家族制度等在 20 世纪已全面解体，走入历史，但儒学并没有因此完全走入历史，因为它已化为民族的性格。在这个意义上，孔子和儒家思想当然不是博物馆的收藏品，而是在当代现实生活中以及在大众、知识分子、政治家内心存活着的、作用着的东西。即使在今天，也没有人能否认李泽厚的这一看法。因此必须承认，儒家对中国人的行为和心理的影响是中国的现实，是所有研究当代中国的社会科学学者必须面对和认真对待的基本国情。

---

① 《中国古代思想史论》，34 页。

② 同上，297 页。

三

    同样明显的是，儒家思想既不能归结为走入历史的过去式遗存，它的超越历史的意义也不仅限于文化心理结构的存在，它还具有更广泛的文化传统和文化资源的意义。本杰明·史华慈曾针对列文森的博物馆比喻，提出图书馆的比喻，认为思想史不是博物馆，而是图书馆，在一定意义上揭示了这一点。从思想史传统和资源的角度来看，这是很重要的。黑格尔早已说过："思想的活动，最初表现为历史的事实，过去的东西，好像是在我们的现实之外。但事实上，我们之所以是我们，乃是由于我们有历史。或者说得更正确些，正如在思想史的领域里，过去的东西只是一方面，所以构成我们现在的，那个有共同性和永久性的成分，与我们的历史性也是不可分离地结合着的。"① 也就是说，思想史上"过去"的东西，同时也在我们的"现实"之中。而在本体论上说，"过去"乃是规定着现在我们之所以为我们的东西。这个我们可以是个人、族群、国家。在这个意义上，图书馆的比喻就远不够了。就思想史而言，黑格尔认为，思想史的生命就是活动，"它的活动以一个现成的材料为前提，它针对着这些材料而活动，并且它并不仅是增加一些琐碎的材料，而主要的是予以加工和改造"②。过去的传统把前代的创获传给我们，每一时代的文化成就都是人类精神对全部以往遗产的接受和转化，因此传统是每一时代精神活动的前提。列奥·施特劳斯同样强调，古代伟大的哲学家的学说，不仅具有重要的历史意义，也有重要的现实意义，为了了解古今社会，我们不仅必须了解这些学说，也必须借鉴这

---

    ① 《哲学史讲演录》第一卷，7页。
    ② 同上，9页。

些学说，因为它们所提出的问题在我们今天依然存在①。他甚至断言，古代思想家的智慧，要比现代智慧更为优越，这当然是见仁见智的了。儒家作为文化资源或思想史的意义，就是指儒家的道德思考、政治思考、人性思考等仍然可以参与当代的相关思考而有其意义。

四

论及文化传统，自然要提起爱德华·席尔斯的经典著作《论传统》。值得注意的是，其导言中曾专列一节，名曰"社会科学对于传统的无视"。他认为当代社会科学受启蒙运动的观念影响，接受了怀疑传统的态度和不能容纳传统的"社会"观念。他说："读一下当代社会科学家对特定情况中发生的事情所做的分析，我们就会发现他们会提及参与者的金钱利益、非理性的恐惧与权力欲，他们用非理性认同或利害关系来解释群体内部的团结，他们还会提及群体领导的策略，但是他们很少提到传统与重大事情的密切关系。现实主义的社会科学家不提传统。"② 他以为，社会科学坚持"现实现地"的研究，而忽视时间的"历史向度"。因此，"行动的目的和准则，接受这些目的、准则的根据和动机，以及我们称之为传统的信念、惯例和制度重复出现的倾向，往往都被认为是不成问题的问题。社会科学各分支在理论上越发达，就越不注意社会中的传统因素"③。据席尔斯分析，社会科学对传统的忽视有各式各样的原因，其中最根本的原因是社会科学家接受了进步主义的观点，于是厌恶传统，把传统视为落后甚至反动，他们认为现代社会正走在一条无传统的道路上，"利害关系"和"权力"将支配人的行为。

① 《政治哲学史》，第一版序。
② 《论传统》，9页。
③ 同上，10页。

他举出："最伟大的社会学家马克斯·韦伯，当然不是热衷于进步的人，但他持有一种普遍观点，他认为归根结底有两种社会，一种是陷于传统的社会，而在另一种社会里，行为的选择标准是理性的计算、以达到最大的利益满足。……按照这个观点推论，现代社会正在走向无传统状态，在这种状态中，行动的主要根据是借助理性来追逐利益，而传统则是与这种现代社会的风格格格不入的残余之物。马克斯·韦伯在论述现代社会时，显然没有给传统多少位置，虽然他在表达这一点时表现出特有的悲剧式的雄辩。"① 席尔斯对现代社会科学的批评也许过于严厉了，在中国社会科学领域，不少社会科学学者一直致力于与儒学传统相关的研究，如社会学、法学、心理学等，尤其是香港社会科学学者，在这方面可谓着人先鞭。但席尔斯的批评肯定是有的放矢的，直指经济学、政治学的学科习惯和"理性经济人假设"等新的社会科学教条，也很能针对当代中国社会科学多数学者的心态。事实上，人文学者和社会科学学者都应关心、思考包括传统问题在内的社会、文化问题，以及其他公共领域的问题。

在另一方面，席尔斯也指出，20 世纪人们已经对现代文明加以反思，现代文明是科学的、理性的、个人主义的，也是"享乐主义"的。"人们对资产阶级社会的责难之一是，资产阶级社会使人类脱离了赋予存在的意义的秩序"，而传统正是这种意义秩序的组成部分，传统是此种秩序的保证，意义的来源是文明质量的保证。现代社会在理性化和除魅的同时，也丧失了伟大宗教所提供的意义。由是他批评韦伯低估了传统的权威以及体现传统权威的模式和制度对现代社会这种发展的抗拒力量，在他看来，相对于现代社会的各种力量如科层化而言，对实质性传统的崇敬、对既存事物的尊重、宗教信仰、克里斯玛常规化的制度、累

---

① 《论传统》，12 页。

积的实践经验智慧、世系与血亲感、对地方和民族的归属感，在现代社会仍有力量。他指出，实质性传统已不像从前那样独占社会中心，"然而实质性传统还继续存在，这倒不是因为它们是仍未灭绝的习惯和迷信的外部表现，而是因为，大多数人天生就需要它们，缺少了它们便不能生存下去"①。在这个视野之下，儒学当然是属于他所说的"实质性传统"。在市场经济的时代，在道德重建和社会正义的要求日益突出的时代，我们需要更严肃地考虑传统在现代社会的作用和意义。

五

跨入 21 世纪以来，传统文化普及日益发展，民众对包括儒学在内的传统文化的热情持续增长。据国际儒联的一份报告，全国各地幼儿园、中小学开展的以诵读蒙学与四书为主要内容的普及活动方兴未艾，估计有一千万少年儿童参加，在这一千万人背后，至少还有两千万家长和老师。这些活动主要是民间的力量分散、自发地组织开展的。这些传统文化普及活动，以养成社会价值观和传统美德为中心，着眼于道德建设和人格成长，追求积极的人生，受到了社会的积极的关注。其中如北京的一耽学堂、天津的明德国学馆等普及儒学的民间团体，以"公益性"为宗旨，组织志愿者身体力行，颇受好评。这些被称为草根性的儒学普及活动，在新一波的国学热中占了重要的地位。在教育文化界，素被认为以坚持意识形态优先而著称的中国人民大学，在 2002 年率先成立了孔子研究院，此后大学的儒学中心遍地开花，《论语》等儒家经典的今人解说，更是俯拾皆是。据估计，2007 年有上百种解读《论语》的新书问世，印刷量将创历史纪录。企业界精英学习了解传统文化的热

---

① 《论传统》，406 页。

情一直以来有增无减，大学举办的以企业管理人员为对象的国学班正在四处发展，与蓬勃发展的中国民营经济形成了配合的态势。同时，也出现了由企业界人士出资创办的非营利性的以学习传统文化为主的学堂和书院。以儒学为主要内容的网站目前已有几十个，互联网博客的出现更成为民间传统文化爱好者研究者的嘉年华展场，进一步激发了民间性的文化力量。① 所有这些，无疑都反映了20世纪90年代中期以来中国经济快速发展以及所谓"中国崛起"所带来的全民的民族自信与文化自信的增强。另一方面，民众对传统文化的热情体现的人们精神的迫切需求，根源于旧意识形态在人们心灵的隐退所造成的巨大虚空，这种空间要求得到弥补，特别是民族精神与伦理道德的重建，成了社会公众的强烈需求。

民间的草根性对传统文化特别是儒家文化的热情成为这一波中国文化热的巨大推动力量，它的出现和规模，完全超出了知识精英的预期，其力量也远不是学院知识分子可以相比的。其中虽然有些盲目的成分，但无可怀疑地显示出，"文化场"不再是学者的一统天下，从而，社会和民间的文化价值取向将成为知识精英必须重视的因素。民间大众最少洋教条、土教条的束缚，他们根据自己的社会文化经验，表达他们自己的文化偏好，在文化民主的时代，发出了自己的声音。应当看到，国民心理已经发生了变化，而这种变化，不会是短暂的，将是持久的，可惜我们还缺少对这一文化现象的有深度的社会学研究。

今天，"孔子学院"已经把孔子的符号带往世界各地。在某种意义上，孔子被恢复了他作为中国文化象征的地位。这标志着，在后"文革"时代以来对孔子及其思想的平反进程迈进了一个新的阶段。这看起来对于儒家是一个可喜的变化，然而，在我看来也更是一个挑战。我在

---

① 参见《国际儒联工作通报》2007年第6期。

这里指的还不是一些人出于不同的动机而利用这种变化，而是指，近几十年来为了反抗对它的不合理的批判，儒家学者往往把主要精力用于文化上的自我辩护和哲学上的自我发掘。而今天，当不再需要把主要力量置于文化的自我辩护的时候，儒家的社会实践，除了坚持其一贯在文化教育、道德建设和精神文明的努力之外，如何面对当今世界、当今社会的现实处境（包括扩大民主、社会正义和公共福利等）而发出自己的声音，表达自己的态度，不能不成为新的考验。

六

就 20 世纪后半期的中国（大陆）而言，可以大体分为两个阶段，前一阶段为革命的延续，后一阶段为改革的兴起。而在跨世纪的门槛上，中国的社会、经济、政治、文化，与 20 世纪相比，发生了巨大的变化。从文化上看，正如中国的经济一样，我们今天已经处在一个与"五四"时期、与国内革命战争时期、与"文化革命"时期，与改革开放启动时期都完全不同的时代。革命早已成为过去，经济改革已基本完成，这个时代的主题不再是"革命—斗争"，甚至也不再是"改革—发展"，用传统的表达，进入了一个治国安邦的时代。在文化上，从 20 世纪的"批判与启蒙"，走向了新世纪的"创造与振兴"。

儒学不是鼓吹革命的意识形态，儒学也不是启动改革的精神动源，因此儒学在 20 世纪的被冷落，是理有必然的。与相对短时段的革命和改革而言，儒学正是探求"治国安邦""长治久安"的思想体系。时代的这种变化在领导党的观念上已经表达出来，"执政党"概念在近年的普遍使用，鲜明体现出领导党从"革命党"到"执政党"的自我意识的转变。这一点应当得到肯定。而执政党的任务就是要把注意力平实地集中在治国安邦的主题上。与此相伴，执政党的政治文化也有了明显的变化，从江泽民的哈佛演讲，到胡锦涛的耶鲁演讲，以及温家宝的哈佛演讲，无可怀疑地显示出执政党政治文化的"再中国化"倾向。21世纪中国领导人的演讲，以自强不息、以民为本、以和为贵、协和万邦为核心，无一不是从中国文明来宣示中国性，来解释中国政策的文化背景，来呈现中国的未来方向。以"和谐"为中心的执政党的国内政治理念和口号，也体现着类似的努力，即探求以中国文化为基础来构建共同价值观、巩固国家的凝聚力，建设社会的精神文明。大量、积极地运用中国文化的资源以重建和巩固政治合法性，已经成为21世纪初执政党的特色。放眼未来，这种顺应时代的发展只会增强，不会减弱。这与20世纪90年代以来台湾当局的"去中国化"努力正成对比。

所谓"再中国化"，当然并不表示此前的、20世纪后半期的中国政治、文化缺欠中国性，而是指自觉地汲取中国文化的主流价值资源，正面宣示对中国文明的承继，更充分的中国化，以应对内外现实的复杂挑战。这种再中国化，也绝不表示对外部世界的各种"好东西"的拒绝，因为它只是当代中国政治文化的连接传统一个方面，而不是全部。它重在表示与"和传统决裂"的不同态度，肯定了现代中国必须是根于中华文明原有根基的发展，表现出复兴中国文明、发展中国文明的文化意识。所有这些，都是我们今天讨论"孔子与当代中国"所不可忽视的背景。至于全球化浪潮下的文化多样性和自主性问题的突出，就不在这里叙说了。

毫无疑问，传统的复兴绝不是要回到过去，如果说新文化运动时期的"复古"批判具有当时政治的针对性，那么，今天任何对传统的关注，都是对现实的一种救治和补充，没有任何人要在政治、经济、文化上恢复到古代。事实上，历史上的所谓复古也大都是变革的一种形式，人们从来都是"古为今用"的。无论如何，传统是不可或缺的，但传统不是完美的；传统是延续的，但传统不是固定不变的；传统既要经过接受，也要经过修改；发展、变化、转化充满了传统传延的过程。而且传统的传延更依赖于诠释，而诠释总是反映着时代的新的变化，包含着新的发展。我们所期待的是，人文学者和社会科学学者密切交流，以理性的态度、开放的心态，在学理上深入探讨有关儒学与当代中国的各种课题，以适应、促进当代中国社会文化的更好发展。

　　20 世纪对儒家思想文化从启蒙和现代化的角度进行的批判可以说已经发挥得淋漓尽致，达到了最深入和全面的程度；同样，对这些批判的回应，在 20 世纪也达到了深入和全面的呈现。因此，重要的不是简单重复 20 世纪有关儒家文化讨论的已有论述和观点，更不是肤浅地追逐文化的热点，而是应当适应时代的变化，结合当代中国的社会现实，直面文化、价值、秩序的重建，发展出新的问题意识和寻求新的解答，在这一点上，我们期待着人文学者和社会科学学者的深入沟通与全面合作。

2007 年 7 月 26 日

孔子思想的现代价值

　　孔子与其所创立的儒学是中华文化的主干和主体部分，并且长期居于主导地位。孔子与儒学奠定了中华文化的核心价值，对于中华文明的传承和发展产生了深刻的影响。孔子与儒学在塑造中华文化及其精神方面起了不可替代的作用。因而，在历史上，尤其是近代以来，孔子已经在相当程度上成为中华文化的标志。

　　孔子思想最重要的作用是确立了中国文化的价值理性，奠立了中华文明的道德基础，塑造了中国文化的价值观，赋予了中国文化基本的道德精神和道德力量，使儒家文明成为"道德的文明"。中国在历史上被称为"礼义之邦"就是突出了这个文明国家具有成熟的道德文明，而且这一成熟的道德文明成为这个国家整体文化的突出特征，道德力量成为中华文明的最突出的软实力，这一切都是来源于孔子与儒学的道德塑造力量。

　　那么，孔子思想中的哪些内容在中华文明中发挥了以上所说的作用？

一、崇　德

　　"崇德"是孔子的原话，见于《论语》，亦见于《尚书·武成》篇

"惇信明义，崇德报功"，但《武成》篇的成熟时代可能稍晚。自西周以来，中国文化已经开始不断发展重视"德"的倾向，孔子在此基础上，更加强调"德"的重要性。孔子思想中处处体现了"崇德"的精神。崇德就是把道德置于首要的地位，在任何事情上皆是如此，无论政治、外交、内政、个人，都要以道德价值作为处理和评价事务的根本立场，对人对事都须先从道德的角度加以审视，坚持道德重于一切的态度。如在治国理政方面，孔子强调："道之以政，齐之以刑，民免而无耻。道之以德，齐之以礼，有耻且格。"（《论语·为政》）就是说用政令领导国家，人民可以服从但没有道德心；用道德和礼俗来领导国家，人民乐于服从而且有道德心。孔子不相信强力、暴力能成为治理国家的根本原则，孔子的理想是用道德的、文化的力量，用非暴力、非法律的形式实现对国家、社会的管理和领导。孔子的这一思想也就是"以德治国"。这是孔子"崇德"精神最明显的例子，事实上，无论孔子思想中涉及国家、社会、个人，孔子对道德理想、道德政治、道德美德、道德人格、道德修养的论述，处处都体现了崇德的精神，并成为中国文化的道德基础。为了方便，以下我们只从仁、义、中、和四个基本观念入手，来呈现孔子道德思想的主要特征。

二、贵　仁

在《论语》中，孔子一百多处谈到"仁"，仁是孔子谈论最多、最重视的道德概念，因此战国末期的思想界已经把孔子的思想归结为"孔子贵仁"（《吕氏春秋·审分览》）。贵仁是指孔子在诸多的道德概念中最重视仁，仁是孔子思想中最重要的伦理原则，是孔子思想中最高的美德，也是孔子的社会理想。仁的性质是仁慈博爱，仁在孔子也是全德之称，代表了所有的德行，仁在儒家思想中又代表了最高的精神境界。在中华文明的发展中，仁成为中华文明核心价值的首要道德概念。仁的含义可见于《论语》中最著名的例子："樊迟问仁，子曰爱人。"（《论语·颜渊》）孔子重视家庭伦理，但在家庭伦理的基础上，又提出了普遍的人际伦理"仁者爱人"，把仁设定为社会文化的普世价值。仁有多重表现形式，在伦理上是博爱、慈惠、能恕，在情感上是恻隐、不忍、同情，在价值上是关怀、宽容、和谐，在行为上是和平、共生、互助、扶弱，以及珍爱生命、善待万物等。同时，仁是孔子和儒家思想的核心，仁爱为道德之首，在两千五百年以来的历史中业已成为中华文明的道德精神的最集中的表达。

孔子不仅突出了仁的重要性，而且把仁展开为两方面的实践原理，即"己所不欲，勿施于人"（《论语·卫灵公》），和"己欲立而立人，己欲达而达人"（《论语·雍也》）。前者亦称为恕，后者亦称为忠，孔子说忠恕便是他的一贯之道。从恕来说，自己所不想要的，决不要施加给别人。从忠来说，自己要发展、幸福，也要使他人发展、幸福。孔子不主张"己之所欲，必施与人"，即自己认为是好的，一定要施加给别人。这就避免了强加于人的霸权心态和行为。中国现代新儒家思想家梁漱溟提出，儒家伦理就是"互以对方为重"，以此来说明忠恕之道的伦理态度，就是说，儒家伦理的出发点是尊重对方的需要，而不是把他者作为自我的实现对象。儒家伦理不是突出自我，而是突出他者；坚持他者优先，他者先于自我，这是仁的伦理出发点。1990 年代以来，"己所不欲，勿施于人"已经被确认为世界伦理的金律，而在中华文明两千五百年以来的发展历程中，孔子仁学的这一教诲早已深入人心，化为中华文明的道德精神。

三、尊 义

在孔子看来，处理"义"和"利"的关系是人类文明永恒的道德主题。他说"君子喻于义，小人喻于利"（《论语·里仁》），又说"君子义以为上"（《论语·阳货》）。《礼记·坊记》引孔子说"忘义而争利，以亡其身"。孟子尤其重视义利之辨，汉代大儒董仲舒明确强调儒家的义的立场与功利追求的对立："正其义不谋其利，明其道不计其功。"这里的义都是指道德原则，利是指功利原则及私利要求。孔子坚持认为，君子即道德高尚的人，其特征和品质是尊义、明义，任何时候都以义为上、为先，坚持道义高于功利。他把追逐功利看作小人的本质，提出争利必亡、"见利而让，义也"（《礼记·乐记》）的道德信念。这种义利之辨不仅是崇德的一种体现，更具体地影响了中国文化的价值偏好。在儒家思想中，义与利的这种关系，不仅适用于个人，也适用于社会、国家。孔子的儒学主张"国不以利为利，以义为利"（《大学》），即国家不能只追逐财富利益，而应该把对道义的追求看作最根本的利益。现代化的过程在极大促进了人类生产力的同时，也在相当程度上破坏了传统义—利的平衡，使社会文化向着工具—功利的一边片面发展，孔子的这一思想可以对现代社会文化的发展偏向形成一种制约。

"义"不仅在孔子思想中一般意义上指道德原则，在孔子以及孔子之后的儒学中"义"还被赋予了"正义"的规范含义。《礼记》"仁以爱之，义以正之""仁近于乐，义近于礼"，便突出了义的这种规范意义。孔子弟子子思的学生孟子将仁义并提，把"义"提高到与"仁"并立的地位，使得此后"仁义"成为儒学中最突出的道德价值。在儒学中"义"的正义含义，是强调对善恶是非要做出明确的区分判断，对惩恶扬善下果断的决心。义不仅是个人的德行，也是社会的价值。就现实世界而言，仁导向社会和谐，义导向社会正义；仁导向世界和平，义导向国际正义，二者缺一不可。

四、守 中

孔子很重视"中庸"。中的本意是不偏不倚。"中"的一个意义是"时中"，指道德原则的把握要随时代环境变化而调整，从而达到无时不中，避免道德原则与时代脱节，使道德原则的应用实践能与时代环境的变化相协调，避免道德准则的固化僵化。"庸"是注重变中有常，庸即是不变之常，尽管时代环境不断变化，尽管人要不断适应时代环境变化，道德生活中终归有一些不随时代移易的普遍原则，"中"就代表了这样的普世原则，这是孔子中庸思想更加强调的一面。

中庸思想更受关注的意义是反对"过"和"不及"。《论语》中说"过犹不及"（《先进》），始终主张以中庸排斥极端。《中庸》说"智者过之，愚者不及也""贤者过之，不肖者不及也"，有智慧的人和有道德的人容易犯的错误是"过"，而愚人、小人容易犯的过失是"不及"。孔子主张"执其两端用其中""中立而不倚"（《中庸》），不倚就是不偏向过之或不及任何一个极端。所以中即是不偏、不倚。虽然，人类实践中的偏倚是难以避免的，但中庸的思想总是提醒我们注意每一时代社会的两种极端主张，力求不走极端，避免极端，不断调整以接近中道。由于极端往往是少数者的主张，因而中道才必然是符合大多数人民要求的选择。孔子弟子子思所作的《中庸》中，不仅把中庸作为实践方法，同时强调中庸具有道德价值，认为中庸是道德君子才能掌握的德行，这与亚里士多德是一致的。事实上，道德上的差失无非都是对道德原则过或不及的偏离，这种中道思想和中庸之德赋予了儒家与中华文明以稳健的性格。在中华文明的历史上，在儒家思想所主导的时代，都不曾发生极端政策的失误，这体现了中庸价值的内在引导和约束。

五、尚 和

早在孔子之前和孔子同时代的智者，都曾提出了"和同之辩"，强调"和"与"同"的不同，和是不同事物的调和，同是单一事物的重复，和是不同元素的和谐相合，同是单纯的同一。这些和同之辩的讨论都主张和优于同，和合优于单一，认为差别性、多样性是事物发展的前提，不同事物的配合、调和是事物发展的根本条件，崇尚多样性，反对单一性。因为单一性往往是强迫的同一，而和合、调和意味着对差异和多样性的包容、宽容，这也正是民主的基础。

孔子正式提出"君子和而不同，小人同而不和"（《论语·子路》），还提出"和为贵"（《论语·学而》）的思想。"和而不同"的思想既肯定差别，又注重和谐，在差别的基础上寻求和谐，这比早期的和同之辩更进了一步。孔子还认为，和是君子的胸怀、气度、境界，孔子追求的和也是建立在多样性共存基础上的和谐观。

儒家经典《尚书》已经提出"协和万邦""以和邦国"，奠定了中华文明世界观的交往典范。孔子以后，在"和合"观念的基础上，"和"的和谐意义更为突出，以和谐取代冲突，追求一个和平共处的世界是中华文明数千年来持久不断的理想。万隆会议及其所形成的和平共处五项原则的共识，中国曾积极参与其中，从中可以看到中华文明基本价值在当代中国的影响。国家间的和平共处是人类的普遍理想，孔子的思想产生于两千五百年前，孔子与儒家思想关于与外部世界关系的主张，其基本特征是尚文不尚武，尚柔不尚勇，孔子主张对于远方的世界应"修文德以来之"（《论语·季氏》），就是主张发展文化价值和软实力来吸引外部世界建立友好关系。

孔子坚持道德重于一切的态度，以仁爱为道德之首，主张他者先于自我，道义高于功利，以中庸排斥极端，以和谐取代冲突，这些思想不仅深刻影响了历史的中国，也仍然影响着当代的中国。21世纪中国领导人的演讲，以自强不息、以民为本、以德治国、以和为贵、协和万邦为核心，自觉地汲取中国文化的主流价值资源，正面宣示对中国文明的承继，用以解释中国政策的文化背景，呈现中国的未来方向。以"和谐社会"为中心的国内政治理念和口号，也体现着类似的努力，即探求以中国文化为基础来构建共同价值观、巩固国家的凝聚力，建设社会的精神文明。大量、积极地运用中国文化的资源以重建和巩固政治合法性，已经成为21世纪初中国领导人的特色。放眼未来，这种顺应时代的发展只会增强，不会减弱。2013年11月下旬习近平以党和国家领导人的身份到访曲阜和孔府，并发表重要讲话，这是中国共产党执政以来的第一次，具有重要的象征意义。选择曲阜发表有关中华文化和孔子儒学的讲话，明确强调继承中华文化和儒家文化的优秀传统，弘扬儒家的美德和价值观，表明了对孔子与儒家思想的道德力量的深刻认识。他在2014年孔子诞辰两千五百六十五周年纪念大会等讲话中指出，孔子和儒家的思想"蕴藏着解决当代人类面临的难题的重要启示"，肯定其中含有超越时空、跨越国度、有当代价值和永恒魅力的部分。这些都是中国国家领导人在文化与价值引领方面所作的重大宣示，显示出孔子及其思想不仅对当代中国有重要的意义，对未来中国的发展也将继续发挥重要的影响。因此，"中国梦"内在地含有道德追求的目标，这是不可忽视的。21世纪中国的复兴必然同时是其固有的中华文明的复兴和发展，在孔子和儒家传统及核心价值的影响下，对富强的追求并不是当代中国发展的全部，对道德文明与世界和平的追求将永远是中国发展的目标价值。

孟子思想的当代价值和意义

这次我们系列讲座，是今年由孟子研究院王志民王院长规划，由大家商定，来进行的一项学术活动。王院长让我来做一个开讲，很惭愧，这个问题，应该说对我也是个挑战。特别是在干部政德教育这个系列里面，怎么来谈孟子思想的当代价值和意义，对我也是一个新的课题。因为我们以前研究，不是专门从它的当代价值和意义来讲，是综合讲它的意义和价值。比如说他的一些思想，比如说民贵君轻，君轻这一点我们把它放在当时的时代，放在封建社会来看它的意义。可是君轻这个问题，要放在当代价值来讲，它的意义又不是那么突出了。因为今天我们不是一个君主制的社会。那今天再讲君轻的意义怎么讲？在现代意义的框架里面，就不能够把它放进来了。所以专门就现代意义讲孟子思想，对我来说也是个挑战。

济宁干部政德教育学院成立，应该说不仅对济宁地区，对山东，对全国来讲都是一件大事。我们以往的干部政德的教育，它是放在井冈山、延安、浦东这一类的干部学院来进行。在新形势下，党的十八大以来，习近平总书记特别强调传承发展中华优秀文化，而且是把这个作为整个治国理政思想的一个重要部分来阐发的。在这样一个背景下，在济宁建立干部政德教育学院，要充分调动发挥传统文化的资源，特别是儒家思想文化资源。而且儒家思想文化里边特别注重孔孟思想文化资源，

151

来增强我们干部学习的各个方面建设的能力，包括搞好党风廉政建设，所以说这是一件非常重要的事情。

今天我就把我对孟子思想的当代价值和意义的一些体会，跟大家做一个交流。如果不对的地方，也请大家批评指正。我们下面就开始。一共讲四点。

一、辨义利

第一点是辨义利。孟子的开篇，大家知道是《梁惠王》。孟子见梁惠王，梁惠王跟孟子说，老先生，你不远千里而来，给我们带来什么利益？孟子的话大家都知道，"王何必曰利？亦有仁义而已矣"。然后他就讲了很多的话，说如果一个国家它的各级领导人都只是追求怎么对我自己有利，如果一个社会是"上下交征利"（原文用的征是征服的征，我们把它解释为争夺的争），那么这个国家、这个社会就非常危险。然后他最后得出一个结论，说："苟为后义而先利，不夺不餍。"那就是说一个国家或者一个社会，它不能够先利而后义，如果是先利后义，或者是后义而先利，只能导致这个社会的利害争夺。所以从价值观来讲，必须要提倡、倡导先义而后利，这个国家才能够有序生存。这个问题的讨论，我们以前也叫义利之辨，义利之辨就是要辨别义利、辨明义利，把义和利的关系搞清楚。

今天，特别是党的十八大以来，我们看这个问题更清楚了，义利的问题，辨义利的问题，就是价值观的问题。在古代，应该说我们很早就碰到价值观建设的问题，当然这个问题是有争论的。在当时社会比较流行的主张，就是后义而先利。但是孟子跟流俗的主张不同，坚持一定要先义而后利。这个问题应该说涉及一个社会的价值观如何确立的问题。一个社会，每个人当然可以有他自己的价值观，可是从治国理政的角度，一个社会、一个国家它主流的价值观和基本的价值观，必须正确确立。所以每个人可能奉行他自己的价值观，但是一个国家、一个社会一定要确定一个主流的价值观，而这个主流价值观的核心就是辨明义利，要对义和利的关系有一个明确的认识。孟子的思想是很明显的，就是一个人也好，一个国家也好，必须反对唯利是图，在义和利之间发生冲突的时候，必须要坚持以义为先，以义为上。孔子已经讲了，"义以为上"。"义以为上"就是在一切事情上，义和利发生冲突的时候，应该是以义为上。当然孔子没有把义和利明确地在价值观上做一个对立，彰显出这个义和利的紧张，以及它对文明社会、对国家的意义。孟子就发展了这一点。

刚才我讲了孟子最后他的结论说"苟为后义而先利，不夺不餍"，他强烈反对后义而先利。所以我们说他的主张应该是先义而后利。这个思想到荀子就把它发展了，荀子明确讲"先义后利者荣"，荀子的主张应该说不仅是对孟子这个义利之辨的一种继承，也是对孟子另一句话的发展，即孟子讲过"仁则荣，不仁则辱"。荣辱观也就是价值观，我们十几年前，也进行过荣辱观的教育。特别是新世纪初，我们也讲"八荣八耻"，这个"八荣八耻"也好，荣辱观也好，都是价值观的问题。今天我们特别强调社会主义核心价值，而且强调社会主义核心价值观的建立，要以中华优秀文化价值观作为基础和源泉。从这一点来看，今年重新温习孟子的思想有非常重要的意义。

这个义利的问题，在孟子书中还有一个例子，当然不止一个例子，在《孟子·告子下》，孟子在和宋牼的谈话里边，又一次申明了这个道理。因为宋牼想用这个"利"字，即利益的"利"字，去劝说秦、楚之王，来罢三军之师，来避免战争，消弭战争。于是孟子当时对宋牼说这么一段话，他说如果你想劝说他们消弭战争，罢战，但是却用"利"这个字去说服他们，就会导致一种情况，就是"为人臣者怀利以事其

153

君，为人子者怀利以事其父，为人弟者怀利以事其兄"。这样君臣、父子、兄弟之间"终去仁义"，就是最终没有仁义了，把它去掉了，都是"怀利以相接，然而不亡者，未之有也"。这个想法，我们看跟刚才讲的《梁惠王》这个例子是一致的，但是有点区别。《梁惠王上》讲的义利关系，主要讲各级领导，比如说国王下面是大夫，大夫下面是士，士下面是庶人，千乘之家、百乘之家，他举的例子，我们可以说举的是关于各级领导的例子，掌握各级权力的这些人的上下级的关系，是举这个例子来说明不能后义而先利。

但是我们看《告子下》举的例子，当然也举了人臣和君主的关系，但是他也举了父子、兄弟，然后他的结论是"怀利以相接，然而不亡者，未之有也"，这个"相接"它超出了政治上的上下级关系，变成更普遍的一种社会交往、社会关系。这样一来，义和利不仅仅是上下级的政治关系要处理的价值观，它广泛包括了人与人之间的普遍相接，这个相接就是相处、打交道。所以义利关系不仅是政治秩序要处理的问题，也是所有人与人相处、打交道的基本原则。人与人相处、打交道，不能够唯利是图，只是从自己的利益出发。而应该怎么样呢？应该"怀仁义以相接"，这样一来，从义利来讲，他讲的仁义就是义，义再进一步讲就是仁义。所以，我们会看出来，《梁惠王上》更注重从治国理政，从政治关系来强调义利关系正确解决的重要性。而《告子下》这一段，他把义利问题更加社会化，更加普遍化，成为人与人相处的普遍原则，就是强调要正确处理义利关系，先义后利，不能够后义先利。因此我们看这一段，关于义利价值观的问题，就把这个层次扩大了。第一个层次，在《梁惠王上》里面，它是属于治国理政的层次。第二个层次，它应该是属于社会文化的层次。那有没有第三个层次呢？还有第三个层次。

第三个层次就是个人层次，孟子讲人生在道德选择的紧要关头，怎么样处理义利的问题。我们熟知的孟子讲,义利关系也可以表现为不同的形式。比如,孟子曰:"鱼,我所欲也;熊掌,亦我所欲也。二者不可得兼,舍鱼而取熊掌者也。生,亦我所欲也;义,亦我所欲也。二者不可得兼,舍生而取义者也。"孟子讲的这个例子,他所讲的就是人生的,是个人人生的道德选择。这样一来,我们就发现,孟子所讲的这个义利的价值观,它包括一个很重要的意义,就是中国古代价值观这个体系,它的核心是义利之辨,是辨别义利。中国古代有它完整的价值观体系,它有一套核心价值。这个价值观的体系,其核心应该说从孔子时代就开始了,孟子就把它确立为义利之辨。而这个义利价值观,它是讲先义而后利。这个义利观作为价值观,它是贯通在国家、社会和个人三个层次。我们今天讲社会主义核心价值观是分为三个层次,可这三个层次不相贯通。而古代的价值观,我们发现它有一个特点,它的核心很清楚,强调义利问题;而这个义利观作为价值观,它既是治国理政的价值观,又是社会关系的价值观,也是人生道德选择的价值观。从这方面来看,中国古代文化对价值观的处理,对我们今天来讲,还有重要的参考价值。

今天我们讲的二十四个字组成社会主义核心价值,但是大家也知道,对这二十四个字组成这个社会主义核心价值体系,大家还是提了各种补充的方案,并不认为这个是完满的。习总书记说,中华优秀文化就是社会主义核心价值观的源泉和基础,说我们现在的社会主义核心价值观很多是从古代文化提出来的。我觉得习总书记讲的,不是从一个实然的角度来讲的,不是说我们现在这二十四个字就已经很完善地吸取了古代优秀文化的价值观体系,就已经把中华文化和我们现在的价值观体系建设结合得很好。它是在一个比较理想的层面,即应然的层面,是讲我们现在的社会主义核心价值观应该以我们古代中华优秀文化为源泉、为基础的。但是不等于说我们现在的二十四个字就已经很完整地把古代文化的优秀价值观都体现出来了。习总书记讲的那六句话举例来说明优秀传统价值观，讲仁爱、重民本等六句话，在不同的场合习总书记为社会主义核心价值补充了很多的中国古代优秀价值观的重要理念。

所以我想我们今天重看孟子的价值观的现实意义，这一点是很明显的，就是对我们今天社会主义核心价值观的建设，它提供了有利的启示。讲明了古代中华文化价值观的核心是义利的问题，而且它能够贯通到三个层次。这个我们再反思、再完善今天的社会主义价值观的时候，应该考虑。比方说讲仁爱、重民本等六句话，如果让我们大家征求意见再扩充，我就加一条，叫"辨义利"。不仅讲仁爱、重民本，还要加一条辨义利。我觉得这个才能使我们现在这个价值观更多、更好地体现出古代文化的价值观，优秀的价值观。所以我想我们不要把那六条就看死了，因为这是习近平总书记的举例。如果我们以孟子的思想来补充我们现在的社会主义核心价值观的体系，我相信在某些方面更能够满足社会和人民的需要，特别是在价值方面的需要。这是我讲的一点。

再补充一点我在这个问题上的体会，就是义利关系，刚才我们讲了先义后利这个问题，我想在孟子思想里面，没有排除另外一种意义。就是说，先义后利，是在二者不可得兼的情况下，我们必须要做的一种选择。不论是个人道德，还是社会文化价值，还是国家的层面，二者不能得兼的时候，我们必须要舍生取义，先义后利。但是孟子并没有排除也有二者可以得兼的情况，我觉得孟子没有排除这一点。在我们人生里边，在社会交往里边，在国家治国理政上，如果二者能够得兼，就不必片面地把那两者对立起来。今天我们讲的"一带一路"，我个人觉得就是一个二者可以得兼，就是义利双行的这么一个具有重大现实意义的规划。所以我想孟子虽然讲了先义后利的价值观，但是更多的是当义利在尖锐冲突的时候，把我们应有的价值选择，给我们呈现出来。但是他没有排除在我们人生、社会和国家治国理政的领域，是有二者可以得兼、可以共赢的情形，应该努力开创，争取这种共赢得兼的局面。这是我的一个体会。

回到干部政德教育，我想从政德教育角度来讲，特别是个人层次，个人层次这个义利的问题，应该说孟子的讲法，主要是针对领导干部来讲，就是士君子。原则是普遍的，但是孟子讲的重点，应该说针对士君子、士大夫，今天对我们来讲就是党的领导干部，就是有先进觉悟的，而且承担领导工作职能的。孟子讲的这个个人层面的义利的选择，主要是针对我们领导干部来讲，而不是针对人民来讲。我觉得这一重点应该突出。不是说我们作为领导干部，每天要跟人民去反复强调这个，重点还不在这儿。当然人民碰到这个问题，也要做这样正确的选择，这个没问题，但是更重要的是领导干部本身。这是我讲的第一点，叫作辨义利。

二、重民本

第二点叫重民本，我就用了习总书记讲的讲仁爱、重民本的表达。孟子讲的"民事不可缓也"，这个民事就是指民生大事，民生大事是最急切的大事，缓不得的。所以应该说孟子把民生看作治国理政的头等大事。从今天来看，孟子对治国理政，对民生大事的关切，有一条是值得注意的，就是他是最早提出把温饱作为目标，作为治国目标的人。大家说好像孟子没有讲温饱，那就看你怎么看。因为孟子反复讲，"黎民不饥不寒，然而不王者，未之有也"，王是王天下，不饥不寒那就是温饱，对不对？是采用另一个说法，不饥就是饱，不寒就是温。所以不饥不寒就是温饱，今天我们来讲也就是小康。所以我们也可以说，从孟子以来，千百年来，就把以人民生活温饱为内容的小康，作为治国理政的一个奋斗目标，或者作为治国思想的一个重要目标。孟子把温饱的问题看作王政的根本，也是仁政的根本。

另外我们看孟子讲仁政，他说仁政的最先步骤就是"省刑罚，薄税敛"，关注弱势群体，这个"省刑罚，薄税敛"，今天我们也在做。我们政府完全免除了农业税，我觉得这方面已经做得非常充分。现在政府在大众创业、万众创新方面，在引导大家共同创业这个过程中，减免各种妨碍大家创业的各种收费和手续，都体现了这样一种精神。关注弱势群体，在孟子以前，应该说儒家思想已经包含这一点，所以孟子也把这个思想追溯到西周。"省刑罚，薄税敛"，关注弱势群体，同时强调保障人民的养生送死的基本需要。保障人民养生送死的生活需要，就是保障人民的基本生活需求。当然，孟子还提到一步，就是为了保障人民生活的基本需要，最重要的是制民之产，就是保障人民的产业生计，作为他们来求得温饱的基础。所以我们看孟子有温饱的概念，有这种"省刑罚，薄税敛"、关注弱势群体的这个层面，然后最重要的是还有制民之产。当然孟子那个时候制民之产跟今天不一样，我们不能完全仿效，他主要是强调五亩之宅、百亩之田。那个时候人口少，百亩之田能够实现。

我想孟子的这些关怀民生、求得温饱，里边其实包含一个观念。这个观念贯彻在其中是什么呢？我想能不能说它是富民的观念。因为孟子讲，"民可使富也"。所以应该说孟子思想里面，是有富民的思想。从消极的角度讲，保障人民温饱，使他们能避免饿死，流转在沟壑里面；从积极的角度来讲就是富民。所以孟子思想里面是有富民思想的。把上面说的这几项做好了，就可以使人民向富裕发展，从小康进一步向富民来发展。那么这个重民本的思想，从今天来讲，跟我们小康社会建设，应该说在理念上是相通的。所以我们如果从这点来看社会主义核心价值的基础源泉，确实完全是相通的。

我觉得孟子另外一个概念应该值得注意，就是很强调作为管理和领导者的"行政"观念。孟子认为，对于领导者、管理者而言，行政是什么？就是为民父母。孟子不是讲"行政，不免于率兽而食人，恶在其为民父母也"？明确提出了行政的观念，而且他行政的基本理念是为民父母。为民父母这个观念是很早就产生了，西周文化如《诗经》里面就已经有民之父母这些讲法。在孟子来讲，这个思想它一方面是一个基本的行政理念；另一方面，孟子把它看作一种行政责任，行政责任应该是问责的。当然孟子所讲的为民父母的责任，主要是民生的温饱，这个范围是有限的。但是他把这个行政的理念归结为为民父母。如果我们用一个浅白的话，他就是讲的做官，什么是做官？做官就是为民父母。有很多人愿意做官，但是你要知道什么叫做官。在孟子思想里边，做官这个概念就等同于为民父母。所以你如果不为民父母，那你就在本质上违背了做官的这个责任。所以孟子这个行政的理念，包含有问责的理念，因为我们知道孟子讲的故事里面讲，如果你境内四民不治的话，谁来负这个责任。他有一连串问责的那个例子。孟子谓齐宣王曰："王之臣有托其妻子于其友而之楚游者。比其反也，则冻馁其妻子，则如之何？"王曰："弃之。"曰："士师不能治士，则如之何？"王曰："已之。"曰："四境之内不治，则如之何？"王顾左右而言他。所以应该说孟子思想里边已经包含这样的观念。

孟子在这方面，应该说也带有很强的批判性。为民父母，不仅仅是揭示了孟子所理解的行政理念、行政责任、责任伦理，同时他也带有很强的批判性。这个批判性就是把责任伦理放大，坚决批判和反对以政杀人。从前我们没有这个概念——以政杀人，但是我们看孟子思想里边是有这个观念的。比如，他讲你杀人，"以刃与政，有以异乎？"你用刀刃杀人还是用政治来杀人，有差别吗？当时跟他对话的人说，"无以异也"。这就是孟子要得到的结论。所以说孟子是坚决反对、明确反对并要警惕杜绝以政杀人。这表达孟子很强的一种责任意识，在政治方面的

159

一种责任观念。一个政治过程和一个行政过程，我们不能够只讲动机，只讲领导者的动机是什么，还要看他的行政后果。你看孟子举的例子，从后果讲，以刃杀人和以政杀人没有区别。因此，从正面强调，政治和行政的责任是保民；从反面，他就坚决反对以政杀人。这个和孔子讲的"苛政猛于虎也"是一致的，也是带有批判性的。所以政治领导者，按照孟子的思想来讲，必须要有责任，人民如果饥饿而死，你是直接的责任人，与杀人同罪同责。如果在你的统治下，人民饥饿而死，这是要问责的。你这个政治领导者要负直接责任。用孟子举的例子来讲，应该是跟杀人同罪同责。所以这样一种对政治责任伦理的最高重视，不是仅仅从动机出发，而且从政治的后果考量。他应该说包含对治国者的问责，这个理念我觉得还是有现代的意义。

孟子的政治思想，应该说可以看到里面确实有一些很先进的理念。包括以前我们也讲过，就是治民者的权力来源，孟子思想甚至包含了这样的思想，治民者的权力表面上是来源于上天，但是实际上是来源于人民的受托。受托包含了契约论的思想。孟子不是说一个人要到楚国去，他把妻子儿女托给一个朋友来照顾，结果回来一看，妻子儿女都是冻的冻、饿的饿，用这种受托的关系，来隐喻权力的来源跟本质。所以这些思想应该说对于正确理解我们的权力，是有益的。各级领导干部所掌握的权力，是受人民的委托所赋予的，应该说这些思想在《孟子》里面都有一些不同的表达。

关于执政者和管理者，孟子的一些理念，应该说还有一些也是值得提出来的，在今天来讲还是有意义的。比如说除了具体的制民之产，刚才讲的关照弱势群体，孟子的一个思想是深入人心而且传之久远的，就是"老吾老，以及人之老；幼吾幼，以及人之幼"。这个当然可以放在孟子关照弱势群体那里面来讲，但实际上我们再看中国历史上，这句话所发生的功能，我们甚至可以说对20世纪中国人早期接受社会主义、接受共产主义思想都有帮助。它作为一个社会理想，"老吾老，以及人之老；幼吾幼，以及人之幼"所代表的那种价值理想，已经超出了具体的治国理政的一个办法，它变成一种价值理想，社会的价值理想。这个我觉得是值得注意的。也就是孟子思想对后来，对近代中国人接受社会主义的观念、社会主义的价值观念有作用。

第二个，孟子有个思想，当然也是儒家一贯的思想，就是乐民之乐，忧民之忧，乐以天下，忧以天下，孟子讲"然而不王者，未之有也"。所以这个与民同忧、与民同乐，对孟子来讲，是一个理想的领导者的规范，也是一个理想领导者的德行。我们的干部政德，从最高的领导者，到最普通的领导者，他的规范和德行，如果从重民本这一条讲，就是与民同乐、与民同忧。我们比较注重讲与民同乐，不太强调与民同忧。其实与民同忧也同样重要。当然孟子在书里面没有具体地讲解这一点，与民同乐，他只是讲了原有的放牧园囿那些例子，还有乐器音乐。但是我想这个理念，他重民本的思想贯彻到基础政治管理的理念，提出的与民同乐、与民同忧，在今天，从干部政德教育这个角度来讲，还是非常重要的。

孟子的这个重民本的思想，为民父母，好像有一个从上对下的问题，好像不是平等的，好像是自上俯视下，好像有这么一种观念。我觉得这个倒不见得是最重要的。大家对孟子讲的民本思想都有所了解，如果从当代的意义来讲，我觉得可以和一些思想来对比，比如说"为人民服务"，这就是当代的观念。孟子的思想其实也可以说包含了管理者为人民服务的思想，为民父母，它包含了管理者为人民服务的思想。你看真正一个人，作为小孩子的父母，对那个小孩子的关照，岂止是服务，那真是全心全意为他服务。所以我们说为民父母里面，它也包含了管理者为人民服务的思想。但是也有一个区别，就是我们半个世纪以前特别普遍流行的为人民服务的思想，它更多是把为人民服务作为个人的道德、个人的工作态度，大家想想是不是？更多地强调，在每一个行业工作的人，你要为人民服务。所以为人民服务，更多作为个人的道德、个人的工作态度，或者叫工作伦理。但是孟子这个民本思想，我想它有一个特点，就是我们今天来看它的意义，虽然它包含了为人民服务，但是相对来讲，它更突出的是把为人民服务作为制度和政策的意义，不只是讲个人工作，而是讲制定政策、制定制度的时候，怎么为人民服务，它包含这样的意义。所以你看孟子讲了很多关于政策方面的设计，属于仁政的设计。孟子很重视什么样的制度和政策能够真正为老百姓服务，他重视制度、政策的价值方向。我们今天如果重新看民本思想，是不是可以说是一个特点。

从这个意义上来讲，我们说孟子的这些思想，也可以说是今天我们党中央所强调的、对各级领导所强调的，叫作"以人民为中心"。我们党中央也强调以人民为中心。我想这个以人民为中心，它已经不是五十年前讲的为人民服务。今天我们讲以人民为中心，是把它作为发展理念来讲，中央的文件中，把以人民为中心作为发展理念来讲。我觉得孟子也是以人民为中心，不是仅仅作为一个方面的发展理念，是作为全部行政的根本出发点、落脚点。这个应该说孟子的思想里面提得更高。所以孟子的民本思想也是以人民为中心，但是它不限于发展理念，它是一切都以人民为中心。所以我们今天讲人民主体地位、人民至上、为了人民、依靠人民，这些话，都是我们今天政治文化里常讲的理念。它的思想源头，不能不说来源于孟子。可能起草这些文件、提这些提法的人，没想到孟子，但是作为一个传统，孟子思想已经成为我们文化的基因，它在无形之中会支配、引导我们的思想。所以这些人民主体地位也好，以人民为中心也好，人民至上也好，我想它的源头就是孟子思想。所以我们今天弘扬孟子的思想，应该说也可以帮我们更深刻地理解今天有关于人民的各种各样的提法。

再讲一点，对于这个民本思想的价值、民本思想的现代意义，我们以前有一个偏向，近代以来我们又有一个偏向，就是我们比较侧重处理民本和民主的这个关系。要说明这个民本思想，是现代社会民主的一种基础。它当然不等于民主，但是从价值观来讲，它是民主思想的一种价值观的基础。我们以前更多是把民本思想跟民主制度，作为理解孟子思想现代意义的一个切入点。我想这一点当然也不错。但是今天，我们应该开发另外一面，就是更加重视民本思想对现代国家治国理政的意义。什么意思呢？就是民主的问题、民主制度的问题是属于政道问题，而治国理政是属于治道问题。政道就是一个国家的基本政治制度，这个是政道。治道就是治国理政的各种政策、方法。我想说，今天我们来看，其实治道可能比政道更有意义，更重要。即使是一个民主的制度，如果没有善政，没有好的治道，也是一团糟、一团糊涂。国家和社会都不能得到很好的治理，这个在当代历史上也可以看到很多例子，国外也有很多例子。民主制度本身就是多种多样的形态，并不是民主制度就能带来善政。所以今天来讲，我们应该更多关注治道。所以我刚才讲孟子讲的民本，很多是关注在那个制度和政策的方面，特别是我讲制度和政策，都是在"治道"意义上的制度和政策，怎么把国家治理好。这个问题我想在今天来讲，应该说是有意义的。以前我们过多关注在政道上的启发，而忽略了孟子思想对我们今天制定治国理政的各种政策所提示的意义。

最后我想讲一下关于民贵君轻的问题，民贵君轻应该说是最早的人民至上论，体现了人民至上。在孟子时代，应该说提出这样的思想很了不起，这个我就不说了。因为今天的君主制也不存在了，我们就不从这儿讲了。但我只补充一句，就是在儒家思想内部来讲，它具有的意义也是不寻常的。不是所有的儒家思想、儒家的大思想家都能够达到孟子的价值观这种水平，能赋予人民最高的价值地位。一个典型的例子，就是

163

汉代的董仲舒。董仲舒虽然不是一个绝对的君主崇拜者，他是强调对君主要进行限制，对君权、皇权要进行限制。他有一句话叫作"屈君而伸天"，屈是委屈的屈，就是带着一种压服、压制，来伸张上天的那个权威和作用。可是他前面还讲一句话，叫"屈民而伸君"，这个跟孟子思想就差太远了。孟子恰恰是相反，是伸民以屈君，不是屈民以伸君。可以看到孟子思想在儒家思想内部的先进性。当然了，不同的时代，它的社会条件、政治条件有所变化，但是无论如何，民贵君轻跟屈民伸君，那完全是两个层次的价值理想。

最后我回到这一点，因为我们是政德教育，以民为本，就是把人民放在第一位，这是价值观。但是同时，我们还面临另外一个问题，就是怎么把这个价值观化为德行，化为干部的德行。以民为本这是我们的要求，古人这么要求，现在我们也这么要求，价值观我们也这么提倡。怎么能够把这种价值观提倡转化为干部的德行？以民为本，不仅是一个价值理想，是政策的基础、精神，要让它能够变成每个干部实实在在的一种德行。在这一点上，它跟以前我们讲的为人民服务也有点关系，为人民服务就是作为一种德行。我想提出这样一个问题，就是把价值观的这些根本问题，真正实实在在转变为干部的德行。我把它叫作"化理为德"，这是干部政德教育很重要的一个问题。把那些价值理念真正转变为他的德行，这才能真正在工作中特别自觉。因为我们很多干部，他做官，刚才我讲了，孟子讲什么是做官，做官就是为人民服务，当然这也是一种很理性的约束。怎么把它变成个人的道德？以前冯契先生叫化理论为德行，化理论为方法。我想我们也有一个怎么把这些价值观，把这些理念，化为德行的过程。冯契先生讲的化理论为德行，还是讲的马克思主义哲学，怎么把那个哲学化为德行。我觉得我们今天更现实，要把这些价值观，把这些理念，真正实实在在变成个人的德行，这是我们今天政德教育提出的新的问题。

164

三、申教化

第三点，申教化，这是从我们今天的发展理念来讲。刚才讲的温饱是非常重要的，但是孟子所讲的温饱，孟子所理解的小康，是跟教育联系在一起的。如果说孟子有一个发展理念的话，他的发展理念是温饱有教，这个思想他是一贯的。所以，孟子非常重视民生的温饱，可是他也同时注重民众的教化、教育。比如，他提出："人之有道也，饱食、暖衣、逸居而无教，则近于禽兽。"我们要讲天道、地道、人道，不是说饱食、暖衣就是人道，不是的。如果你饱食、暖衣、逸居而无教，住得也很好，很舒服，可是没有教养，孟子讲得很严厉，则那就近于禽兽。他说："圣人有忧之，使契为司徒，教以人伦：父子有亲，君臣有义，夫妇有别，长幼有序，朋友有信。"所以如果有温饱没教育，这个社会不是一个人道的社会，近于禽兽，不是人道。所以，这个社会要有人道，真正要"人之有道"，你必须教以人伦，即伦常、伦理，他举的有政治关系的伦理，更多是家庭关系的伦理。社会关系也有，朋友有信。所以政治关系、家庭关系、社会关系的伦常，这个是一个文明社会人道最根本的东西。我们现在讲文明社会，最重要的是有文字，是有城池。对孟子来讲，什么是文明社会？文明社会就是要有人伦，没有人伦就没有文明。所以我们看，这里面包含了孟子的文明观念，因为禽兽相对的就是文明。文明社会如果沉沦，就沉沦为禽兽的世界，那就不是文明社会了。文明社会之所以是文明社会，那些技术的因素应该还不是最重要的，有没有文字出现，有没有什么城池出现，金属冶炼到达哪一步，从孟子的角度，从儒家的角度，不是最重要的，最重要的是你有没有建立起一套人伦关系、伦常法则。

这个教育，我们历史上叫作教化。教化它在古代来讲，是一个自上而下的教育，甚至是由国家、由王朝来负责的。像刚才讲的，孟子讲的，"圣人有忧之，使契为司徒"。圣人指尧舜，他让司徒来主掌教育工作，教以人伦，教就是教化、教育。这个人伦，也就是五伦。五伦这个人伦之道，后世我们也统称为礼义，孟子有时候又把它叫作仁义。仁义也好，礼义也好，核心的部分是人伦。

孟子有这样的思想——礼义之教很重要，但是礼义之教首先需要有物质基础，就是制民之产。可是制民之产本身还不是足够的，有了制民之产，并不等于理想社会、小康社会已经达到，它必须有教育。在制民之产的同时要加之以教化。所以孟子讲了制民之产，马上就说要"谨庠序之教，申之以孝悌之义"，前面说一定要建学校，后面说一定要讲礼义，孝悌之义。所以孟子就回顾，你看"夏曰校，殷曰序，周曰庠，学则三代共之，皆所以明人伦也"。夏代叫学校，殷叫序，周曰庠，三代共之，皆以明人伦也，都是为了明人伦。所以这个教化，人伦的教化，对孟子来讲是非常重视的。一方面要满足人民的欲望、生活基本需求，这是人民利益的主体，可是在使人民温饱的同时，一定要让他能够"暇日修其孝悌忠信"。我们后世讲的孝悌忠信就是从这儿来的，就是不农忙的时候，有时间修其孝悌忠信，修就包括学习和实践。一定要保证这个教育和实践。我们从今天来看孟子，应该包含这个角度，就是他对小康社会的理解，不是仅仅限于温饱，还有对人民的教化。这是他始终强调的。刚才讲民事不可缓也，民为贵，可是孟子不是民粹主义，他始终坚持人民需要教化。应该说孟子不是民粹主义，他是民本主义。他坚持认为对人民的伦理道德的教化非常重要，也是一个人道社会、文明社会的最基本条件之一。

今天小康社会的建成应该为期不远了，但是我们看，今天我们国家大部分地区人民生活，应该说已经是温饱无忧。当然我们还在精准扶贫，要进一步解决那些人口数量并不多、但是解决程度比较困难的那一小部分人的温饱问题。所以小康社会包括扶贫，我们也应该以孟子的深刻观察作为借鉴。就是把教育、教化看成全面建成小康社会的必要方面。当然教育、教化它有很多的形式，有很多的方面。今天社会的教育、教化，远远超过孟子那个时代的需要。所以我们说孟子重民本，他不仅强烈主张民生，而且还包含了教育论，这是孟子思想的辩证通路。不能把孟子思想的重民本、民本主义变成一种民粹主义。也要看到孟子对教育问题的重视。我们解放以后，毛主席还讲，重要的问题是教育农民。民生论和教民论，应该是我们了解孟子民本思想的互补方面。孟子讲后稷怎么教民，让契怎么教以人伦，都是说他对教育、教化的重视。孟子是对于整个社会的一个设计，作为一个理想要追求，作为社会理想的设计来提出的。和孔子在《论语》里面表达的对个人教育的重视还不太相同。孟子认为一个人道的社会、理想的社会，一个小康的社会，它应该具有这样的东西，就是对人民的教化。只有这样，他所生存的社会，才是一个人道的、理想的社会。

我想我们今天扶贫的观念、小康的观念、温饱的观念，怎么能够结合起这个教化的观念，是一个具有现实意义的挑战。因为我们一般讲的教育，很多都是小孩子的教育，即使讲农村的教育，也是小孩子的教育。怎么面对这个普通民众的教化需求，其实很多自己是不自觉的。但是一个国家政策的制定者，他对这个社会的规划和对理想社会的理解，绝不能缺了教化这一条。所以我想这个可能对于我们今天，对于我们发展的理念，应该也能够提供一些有意义的经验。

四、倡王道

第四点，也是最后一点，倡王道。王道思想，王道的概念很早就提出来了，在西周就提出来了。但是孟子关于王道的思想，在今天应该说

167

特别有意义。面对第二次世界大战以后，包括冷战以后的当今世界，怎么构建合理的世界秩序，怎么彻底改变一两百年以来，帝国主义、殖民主义和霸权主义的影响和残余，在今天的现实生活中还是很突出的问题。整体的帝国主义、殖民主义是没有了，特别是经过 20 世纪 50 年代、60 年代民族解放运动，殖民地国家都独立解放。但是霸权主义仍然是现实生活的一部分，帝国主义、殖民主义的残余也还在。这些都是对我们构建合理世界秩序的威胁。所以在今天这个时代，弘扬人类的共同价值，成为当今世界的一个重要课题。我们国家随着国力的增长，越来越积极地参与全球的事务，特别是推动全球治理体系。人类共同价值里面，习近平总书记提了几条，推动全球治理最重要的，我想还是怎么在国际事务中能够贯穿民主和平等的原则。民主就是有事大家商量，平等就是反对大国欺负小国，反对富国欺负弱国、贫国。如果说在这方面，我们有什么历史文化资源的话，那应该就是王道的思想，特别是由孟子阐发的王道思想。

其实最近十几年，已经有很多人重视这一点了，即王道思想的当代价值和意义。我们知道孟子已经提出过王霸之辩，"以力假仁者霸，霸必有大国，以德行仁者王，王不待大"。然后说："以力服人者，非心服也，力不赡也；以德服人者，中心悦而诚服也。"那么这个思想，孟子当然是针对当时那个社会，因为春秋五霸到战国，这种崇尚霸权、崇尚霸道是非常流行的。应该说孟子这个论述已经上升到哲学的论述了，就是行事诉诸武力，同时假借道德的名义，这个就是霸道。它的基本特征就是行事要诉诸武力，可是同时它要假借道德的名义。因为称霸要靠武力，所以称霸者必须是大国，这个容易理解。行事不诉诸武力，而诉诸道德，这个就是王，就是王道。这是儒家所倡言的。王者不是依赖于武力，他依赖于道德的感染力。因此孟子就揭示了二者的区别，说霸的本质是以力服人，王的特点是以德服人。这也可以代表一种价值观。因为价值观支配行为，所有的行事都是以力服人，就体现了对力量的崇拜，对实力强烈的一种崇拜。但是孟子讲的，从儒家的角度是对这个加以否定的。因为从服这个角度来讲，服是秩序的一种体现，孟子说只有以德服人，才能够使人心悦诚服。所以孟子所追求的理想的那个服，不是被强力所压服，而是心悦诚服的一种境界。

孟子在他的叙述里边，说这个霸者也不是傻子，霸者不是赤裸裸只讲强力主义，他其实是相信实力主义的，但是整体来讲，他的说辞不是诉诸赤裸裸的暴力，往往需要假借道德的名义。这不仅揭示了霸者那种霸道行为的逻辑和形态，应该说也很早就说明了霸者是有他自己的一套话语体系，为他服务的一套话语体系。今天我们刚才讲了，构建人类共同价值，推动全球治理体系，它一方面涉及价值观的问题，一方面涉及话语体系的问题。西方国家有一套它的话语体系，作为它霸权主义行为的支撑。长期以来，这个世界是受到种种大国霸权主义的主导，以武力压迫、欺压、胁迫、逼害弱小的国家或者跟它价值观不同的国家。但是它都打着传播民主、自由的这些话语形式。所以这种两面性，必须在本质上把它加以揭露，要真正认清楚它奉行的是以力服人的根本价值观，来破除帝国主义这种虚假的面貌，打断帝国主义通过对道德的假借掌握的国际事务中能代表大多数国家利益的话语权。

另一方面霸必大国，霸必须是大国，因为你是靠强力。可是大国不必霸。霸必大国，可是大国不必霸。这就是今天中国所奉行的政策。中国从 20 世纪 70 年代就已经讲不称霸，毛主席的时代讲不称霸，邓小平的时代讲不称霸，今天的中国崛起，我们还是不称霸。为什么我们不称霸？应该说就是因为我们有王道的理想作为基础，有王道的这种价值观。我刚才讲"一带一路"，这个"一带一路"的共赢就是一个典型的现象，如果从王道的角度来讲，"一带一路"应该说就是我们王道思想的一个新的体现。因为这个"一带一路"的设计，它的理念，是反对以力服人的，它是王道。所以正像孟子所讲的，它就得道者多助，失道者寡助。有少部分西方国家不赞成我们"一带一路"，不参与我们的工作。最近都在不断转变，连日本首相这样的人，也开始对"一带一路"做正面的评价。说明王道的力量自在人心。全世界大多数人民都肯定"一带一路"，肯定这种王道共赢的模式。少数西方国家，也不得不正视得道多助的现象和压力，因为有价值压力。得道者多助，它有价值的正确性，就是得道，得道就是得民，得民就是得民心。

如果从另一个角度来讲，这个王道，也就是仁政或者仁政的进一步扩大。这个问题还可以说一句，孟子讲仁，我们以前讲过，孟子对仁的讲法，跟孔子有所不同。孔子主要是把它作为个人道德，个人最高的道德或者最完满的道德来强调，这个没有错。但是孟子是要把它贯彻在政治和行政这个领域里，称为仁政，注重"发政施仁"，把仁的精神施发到政治实践里面。这里面还有一个思想，就是孟子讲的仁，不只是发政施仁，还要"以善养人"。"以善养人，然后能服天下。"这个观念怎么理解？就是善，一定要落实为、体现为实际的利益的惠予和推广。就是以善养人，不是仅仅讲一套好听的话，讲一套善的东西，从理论上讲了很多善的东西。真正的以善服人，它能够以善养人，养就表示要把善能够落实为、体现为一种实际利益的惠予，所以这个"养"字不一般。就是说孟子所理解的这个仁政，它是包含养，这个养才能真正服人。我们看"一带一路"整个规划，它是给"一带一路"沿线的国家人民，能够带来实际的发展效益。我认为这个就是一种"以善养人"，所以它能够得民心，它是王道的一种体现。

孟子很强调实惠，孟子不是还讲过一句话吗，说："有仁心仁闻而民不被其泽，不可法于后世者。"有很好仁的名声，好像也有很好的仁心，内心有仁慈的心。可是老百姓得不到真正的泽，泽就是实惠，不可法于后世。所以这种仁泽惠民的思想，应该说也是王道的一部分，现在已经成为我们国家处理国际事务的一个重要部分。

最后我讲一点，坚持人民主体地位，以人民为中心，满足人民的愿望和期待，让人民群众真正得到改革开放的实惠，党要保持对人民的赤子之心。我个人的理解，这一切可以说就是施仁政于民。从党的十一届三中全会以后，党的中心工作已经转移到经济建设上来，与经济建设相连的，在今天来讲就是文化复兴。那么在经济建设、搞现代化、奔小康等方面，我们可以理直气壮地肯定施仁政这个概念，使施仁政这个传统概念可以成为我们今天发展理念和政策的一个重要支撑。

以上是我关于孟子思想的几点体会。今天就跟大家报告这些，由于时间的关系，就到这儿，谢谢大家。

儒学的普遍性与地域性

首先说明，本文所说的儒学的普遍性和地域性是专就中国的历史文化而言，即本文所说的儒学是指中国的儒学，本文所说的地域性也是指中国内部的地域而言，本文所讨论的是儒家思想史研究的普遍性与地域性问题。

本文所涉及的儒家思想的普遍性，有两个意义，一个是传播空间的普遍性，一个是思想内涵的普遍性。一种思想文化是否为地域性的思想文化，主要看其思想文化的内涵与地域因素（地理和社会）是否存在着有机的关联。一种思想的普遍性则取决于此思想中是否面对普遍意义上的政治、社会、历史、文化、人生的问题提出具有普遍性的思考。这两者之间也是互相联系的，任何思想的产生和提出总是在某一地区开始，而其传播的范围既受到一定时代传播网络的外在制约，也会受制于思想的普遍性的内在因素。但大体上说，一种思想学术的传布范围可以反映出它的普遍性的大小和可普遍化的能力。①

---

① 当然这亦非绝对，一般来说，一个学派如果始终只在一个地区传承发展，仅活动于地方，作用于地方，则其地域性自然突出；但此一学派是否可以完全归于地域性学术，则还要看其思想学术的内涵是否仅仅完全依赖于、依附于当地社会结构，是否具有可普遍化的因素；因为它也可能受到一定的传播的限制，而可能在另一种机缘下就变为普遍化。真正的地域性的文化是永远难以普遍化的地方性知识。另外，可普遍化的能力与文字语言载体的使用范围亦有关。

一

文化的普遍主义和特殊主义，统一性和差异性，共同性和地域性，这些对比性的范畴是人类学思考中所特别关注的论域。在人类学中，普遍主义者主张人类学的目的是发现人类文化的共同结构或普遍规律，历史特殊主义者则强调各种不同文化间的差异特征。

20 世纪 60 年代，结构主义的出现曾使人类学中的普遍主义较为流行，并且影响到整个人文社会科学领域的方法论取向。70 年代以后，人类学者中越来越多的人拒绝接受这种结构的主宰，试图寻求研究文化与社会的新途径。这一时期分别兴起于英美的象征人类学与阐释人类学可以看作对结构人类学的回应。二者均强调社会科学不能像自然科学那样达到普遍化的结论，而应去发现个人和族群的独有精神品性。所不同的是，象征人类学的代表人物特纳（Victor Turner）侧重于从仪式的象征解释中去把握特定社会秩序的再生产；而阐释人类学的代表人物吉尔兹（Clifford Geertz）则主张将文化视为一张由人自己编织的"意义之网"，他认为，人生活在自己编织的意义之网中，而这个意义之网则是有着特殊的时间—空间的规定，故每一文化的意义和价值都是特殊的，属于"地方性知识"。由此，他主张人类学要掌握"文化持有者的眼界"，即以本地人的眼光来理解本地人的文化。根据这样的立场，他主张文化的研究"不是寻求规律的经验科学"，而是"一门寻求意义的阐释学科"。可见吉尔兹的人类学与结构主义的人类学的一个重要差别是，吉尔兹很强调"地方性知识"（local knowledge），而不是追求可以通约为某种"语法"的普遍规则。① 地方性知识意味着一地方所独享的知识

---

① 参看克利福德·吉尔兹：《地方性知识——阐释人类学论文集》，王海龙、张家瑄译，中央编译出版社，2000 年版。叶舒宪：《地方性知识》（文载《读书》2001 年第 5 期）。

文化体系，是由此地人民在自己长期的生活和发展过程中所自主生产、享用和传递的知识体系，与此地人民的生存和发展环境及其历史密不可分，地方知识的保存不能采用孤立的方式，因为一旦将地方知识从它们所赖以存在的自然和人文环境中孤立出来，它们就不能够再得到发展。因此，人类学家必须进入地方性知识的内部生活，才有可能理解地方性知识。在这种观念下，相对主义和特殊主义在人类学观念中占了上风。

按照文化社会学的观点，文化乃是人们适应环境的产物，不同的地域共同体在不同的生存环境下造就了自己的文化，从而造成了文化的地域性差异。尤其是，在传统乡村社会，一个地域的文化往往难以成为其他地域共同体共有的文化，其根源在于传统乡村社会的地域共同体缺乏流动性。当然，在传统乡村社会，各地域的文化也在一定程度上互相影响，互相传播，但这种影响和传播在广度上和深度上往往受到相当的限制。

上述社会科学中的论说不断地影响到历史研究与思想文化研究。对"地域"或"地域性"的关注，近二十年来似乎特别发展。这种关注也延伸到对中国历史文化的研究。1980—1990 年代以来，出现了"儒学地域化"的研究和从"地域研究"切入近世儒学研究的新动向。不仅如此，当代所谓地域的研究除了在描述性的意义上对不同区域的文化加以比较，更是把思想文化在某些地方的发展追溯其当地社会的政治经济结构基础，从而，不仅把儒学"地方化"（localization），而且把一个地区的思想学术"脉络化"（contextualization），使对儒学的研究变成为地方社会史的研究。

重视地域性的观点在一般的意义上说是合理的，尤其是在人类学这样的研究领域。但是，在思想史的领域，问题便复杂得多。如果从"大传统"（great tradition）和"小传统"（little tradition）的分别来看，则我们可以说，小传统的地域性比较强，而大传统的内容则往往以超越地

174

域性的普遍性为其特征。特别是，"地域性"是个相对的概念，有大有小，而在空间的规模上，大与小往往具有完全不同的意义。如，"儒学"的观念若在世界文化的范围看，在历史上就传播区域而言也可说是东亚地域性的文化，但就中国的范围内而言，就不能说是地域性的文化了。又如，目前有关中国历史文化的地域研究，其地域性的单位往往关注于"州县"一级。就人类学研究、民俗学研究而言，州县不算小，但就"儒学"这样的大传统的观念而言，州县就是个太小的单位了。另外，古代"地域性"特色的突出往往源自传播条件的限制，因而有些所谓地域性的文化，其内容不见得就没有普遍性，这些都是需要引起注意的。可以说，在晚近的中国研究中，有一种倾向，比较强调或偏重儒学研究中小单位地域性的重要性，而忽视儒学分布的同质性、统一性，忽视儒学思想的普遍性，这是值得检讨和注意的。

二

人类学家之重视地域或地方性，这在很大程度上是与人类学所研究的对象多为原始部落文化或民俗文化有关。但如果不加分析地随意把"地方性知识"的概念运用到思想史的叙述，便会发生问题。如有的学者借用人类学的观念，把儒学的历史描述为"从曲阜的地方性知识到儒学的三期发展"。虽然，这种提法仍然承认孔子思想是有普遍意义的地方性知识，但把孔子或孔孟的思想称为"地方性知识"，这种说法在严格的意义上讲并不恰当。孔子固然是春秋时代鲁国（即今山东）曲阜人，事实上孔子不仅在地理上是鲁人，更在族裔上是殷人，但是孔子思想的意义正在于超越地域和族裔，致力于提出一种普遍的道德认识和人生真理。我们知道，对于孔子来说，自觉继承夏、商、周以来三代中原文明的传承，乃成为他终生的强烈的使命感。这种文化意识已经是在全黄河流域和一千五百年的文明历史长河中来确定其文化认同的。从这一点来看，孔子本人的思想从一开始就不是曲阜的地方性知识，而是致力继承"周文"即整个周代的礼乐文明。从这个方面看，孔子超越了曲阜、鲁国的地域性而作为商周以来文明整体的继承者。

在春秋时期，各个诸侯国的政治—文化发展当然有所差别，尤其是秦楚与其他中原诸侯国的差别比较突出，但一般来说，这种差别被视为一种内在的差距，即在礼乐文明道路上的先进与后进的差距。到孔子的时代，各诸侯国在"大传统"上，都在统一的东周礼乐文化的覆盖之下，政治结构、宗教信仰、文字使用相当一致，《周易》《诗经》和《尚书》成为普遍的经典，德行的范畴也大体一致。如果不从民俗的角度而从大传统的角度，我们可以说春秋各国在大传统（即宗法制度和礼乐文明）上有高度的一致性。春秋时代，南方的吴国贵族也已经饱受礼乐文化的浸润，吴季札在鲁国观看乐舞时所发的评论，显示出吴国贵族对礼乐的知识和修养绝不低于中原贵族。[①] 而楚国贵族的教养从他们教育所使用的典籍文献可知，也是与中原礼乐文明高度一致的。[②] 所以周代的礼乐文明在涵盖性上是超地域的，以继承周文化为使命的儒家在文化意识上也是超地域的，事实上墨家、道家、法家的思想也都是针对周文的变化而提出的超越地域的政治主张、社会规划、人生理想。从前的历史学家一向认为战国时楚国地区的文化相当独特，而以道家思想为其主流；但20世纪90年代出土的湖北郭店楚简等战国简帛文献则证明，在战国前期的楚国大量流传并保存着孔子和早期儒家的思想文献。这不仅使我们对楚国文化的多样性有了新的了解，而且对儒家文化在战国前期的广泛流传和影响也有了进一步的认识。早期儒家文献在战国前期楚

---

① 《左传·襄公二十九年》。
② 《国语·楚语上·申叔时论傅太子之道》。

国的流行，鲜明地显示出儒家学说从一开始就是具有超越地域性的普遍性文化。

春秋战国时代黄河和长江流域的各个地区间的文化交流往来的密切，远远超过我们以前的认知。事实上，孔子自己曾周游列国，他的门下据称是"贤人七十、弟子三千"，其中来自鲁国的居多，但也有远道从楚国等地来学的。这些来自各地的学者回去之后便在各地宣讲、传承孔门的儒家思想，这样一种思想文化的沟通、流动、传播本身就表明了儒家学说的普遍性格，而孔门的往来学传，也成为此后中国文化中思想学术实现其普遍性的实践方式。因此，战国时期，儒家以及法家、道家等其他思想流派，在内涵上和传播上都已经成为"天下"取向的学问，而不是地方性的知识。很明显，产生于甲地方的文化思想流传于乙地方，这既表明乙地方对此文化思想的接受，也表明此文化本来具有普遍性。战国的士人，四处游学奔走，售其说于各国诸侯，这本身就说明"百家之学"并不是地方性的知识，而是以"天下"为其普遍化的空间。虽然地方性的因素不能完全抹杀，但地方性的因素对大传统而言，往往体现为促进一种思想发展的条件，如齐国利于产生功利主义，秦国利于出现法家思想；各地儒学发展的条件亦不相同，如齐鲁的儒学发展最为持久；但这绝非意味着儒、墨、道、法的思想只具有地域性的意义和适用性。所以，"百家之学"是以思想的内容划分其派别，直到西汉时期，司马谈的《论六家要旨》也仍然从思想系统的本身分论六家的不同，全然与地域性因素无关。当然，儒学在各地传播和发展，而各地儒学的发展特色可能有所不同，如战国的儒家易学，在鲁国、齐国和楚国的发展便有所不同。但是，儒学发展的地域性，是与儒学发展的统一性联系在一起的；而且此种地区的不同发展，主要是各地的文化传统之影响，而不是各地的经济—政治结构。所以，问题的关键不在于承认不承认地域性的因素，而在于如何理解和认识、掌握地域性因素对思想学术的作用。如在某一地区特别发展的学术流派，自是有资于此地的文化条件，但不等于说此种学说和此地域的政治—经济社会基础具有有机的关联。

西汉立五经博士，儒家经典的地位为国家所承认和确立，成为全国文化权威的根源和意识形态的标准，全国各地的士人都必须学习儒家传承的典籍才能进入仕途，或取得地方的声誉。从汉代到唐代，儒家经典的学习和教授——经学成为儒学的主导形态，主张儒学地域化的学者也认为两汉是儒学统一性话语的时代。① 从政治—文化结构上说，秦汉以后，统一的郡县制国家的建立，全国使用相同的书写文字，国家确定通行的儒家经典崇拜，这些都为确保儒学话语（discourse）的普遍性进一步提供了条件和保证。当然，西汉前期国家推行道家学说，亦促进了道家在全国的发展。汉代以后的各个地方不再是较为独立的封建国家，而是中央集权国家的一个地方行政区域，这为全国精英文化的同质性发展提供了比战国更好的条件。从汉代到唐代，经典数目从五经不断增加，儒家的经典体系成为国家颁布的经典和国家文官考试的内容，具有不可动摇的权威，这都强化了儒家的超越地域性的影响。

从发生学上说，儒学起源在山东，但即使在孔子生时，其思想也不是仅在曲阜形成的，孔子的儒学是在他周游列国的实践中动态地形成的，也是在他和来自各地的学生的互动中形成的，绝非限于曲阜一地而已。鲁国对于孔子思想的形成固然起了主要的作用，但这种作用主要不是鲁国的政治结构和经济制度，在政治、经济、宗法的结构上鲁国与其他列国相似相近，鲁国的礼乐文化传统才是孔子儒学产生发展的重要条件。儒学在先秦的主要发展区域是齐鲁，但儒学本质上并不是山东地方

---

① 杨念群：《儒学地域化的近代形态》导论，生活·读书·新知三联书店，1997 年。

的学问。

三

　　有些历史学者认为，从北宋到南宋，士人阶层的心态从全国性事务和中央朝廷的政务渐渐转向地方事务，特别是所居州县的地方利益。[①]照此说法，南宋以后的儒学已经从"以天下为己任"的文化精英变为地方认同为主的地方精英。在此种研究中呈现的是地域性的儒学，即这些地域性的儒学学派是地方精英的心态和地方利益的表达。这种把天下与地方对立起来的研究是很值得检讨的。这种研究及其结论，多是从欧美史学移植而来，其结论并不能合乎中国近世历史文化的普遍状况。

　　中国古代自秦汉以来，已经是各地文化交流频繁，并没有一个地区是孤立发展的，特别是在帝国统一的时代。宋代以后，文化的同质性更是大大提高，科举制度和印刷业在促进各地文化的同一性方面起了巨大作用。其具体表现如下：

　　第一，唐宋以后，士人游旅成为普遍的风气，知识人在整个中国境内大跨度往来，拜师求友，游历山川，使得各地之间文化的交流更为通畅。第二，士人取得功名的前提是学习普遍性的经典文化，进士之后，则作为中央政府任命的官员到各地任职，从县级的行政或文教做起；而士人在县级基层大都同时从事儒家文化的传播，以教化的努力把统一的精英价值贯彻于地方行政和民众生活。在县以上的任官经历中，士大夫

----

　　① Robert P. Hymes：Statesmen and Gentlemen：The Elite of Fu－chou，Chiangh-si，in Northern and Southern Sung（韩明士：《政治家与绅士：北宋和南宋时期江西抚州的社会精英》），Cambridge University Press，1986。而余英时新著《朱熹的历史世界》（台北允晨文化公司，2003 年）正是针对此种倾向，强调"以天下为己任"仍然是整个宋代儒学的普遍关怀。

179

的一生往往要更换许多不同地域任官，这种官员的任命制度与流动机制也就便于把统一性的普遍性的精英文化传带到各个不同的地方。第三，宋代以后儒家士大夫官员更以兴学和办书院为形式，在各地推广儒学。这些使得儒学的教育和传播更有了体制上的保障，也促进了全国儒学文化的同质性的发展。第四，宋代印刷业极为发达，宋以后驿站和水陆路的改进也很明显，这都使得宋代儒家书籍借印刷技术的进步而大量印行，书籍的商业流通大大方便。儒家士大夫的书信来往也更为流行，宋人文集的书信大量增加便是明显的证明。书信往来论学和各地学者著作的普遍流通，使得宋以后儒家士人可以不依赖面对面的传授和交流进行学问的研讨和信息的传递，使得儒家士人突破地域的限制更为方便。第五，明代中期以后，经济的发展和交通的进步，使得一般民众也有更多的机会在省内远距离往来和跨省际往来，王心斋早年从江苏到山东经商的例子以及颜山农从江西到江苏往来问学的例子都是明证。明代中期以后，士人以游走四方、到各省参加讲会为风气，促进了理学话语的全面传播，这就使得很多本居狭小地方的儒者在思想和话语上得以超出乡里和州县的限制，融进普遍的理学话语。① 第六，近世以来的儒学虽有不同的思想派别，成圣成贤在宋明儒学中已成为普遍的文化理想，即使像泰州学派这样最接近民间的学者也没有把自己的理想限于地方事务，而是以其特殊的形式追求孔子师教的实现。明代讲会的普遍流行，正表明儒者的心态根本上是超越州县地方的，而向往于伟大人格和文化理想。明代王学的理想、活动、心态都是超地域的，就社会关怀而言，所有儒者都一贯关切其原籍居住地的事务，但作为随时可能进入朝廷和外任要职的士大夫，他们从来没有在根本上放弃对中央王朝政治的改革和全国

---

① 参看陈来：《明嘉靖时代王学知识人的会讲活动》，载《中国学术》，2000年第 2 期。

社会风俗的改进。第七，近世以来每个时代都有若干由著名儒者领导的学术或精神中心，这些中心可能在都城，也可能在其他地方，但不论这些中心在哪里，都对边缘各地发生莫大的影响力，这种向心作用也使得即使是边缘的地区，其文化也无不向中心趋近。

自然，各地儒学的发展始终是不平衡的。但近世儒学的地域性呈现必须在以上所叙述的统一性和普遍性的前提下加以了解。中国古代的历史编纂学家常常偏好用地域性名词对学术派别进行方便的分类和命名。如宋代理学的发展和主流，被用"濂、洛、关、闽"来命名和表达，这一类地理名词是用学派领袖的家乡居地作为学派的代称。这些名词在一定程度上可以提示不同学派的发源地和活动中心，但不能理解为这些学派只是地域性的学派。如濂学绝不是湖南道县的地方知识，关学也绝不是关中地方利益的表达，伊川学和朱子学更不能归约为洛阳或闽北某种地域的需要或地方社会结构的反映，它们都是具有普遍性的哲学思想和伦理思想，这些思想探索人的生活意义、人格境界、德行的作用、道德的实践、个人心灵的调整、理性与情感的关系，探索个人与他人、个人与群体、人与自然之间的关系，还包含人生的终极关怀、社会历史的理想、道德与精神修养的各种功夫的探索，这些都是普遍性的哲学思考。洛学在宋室南渡后，在受到压制的情况下，仍能吸引不少闽浙士人（如朱熹的老师三君子），便是思想学术超地域性的最明显的例子。南宋前期及朱熹早期，在道学处境不利的时候，都强调伊川学的普遍性意义，即二程学的价值在于发明孔孟不传之学，发明《大学》"诚意正心"、修身穷理，以至"治天下国家"的思想；其所针对的是两汉以来流行的辞章记诵之学或佛老观念，完全不是针对任何地域性的问题。同样，王安石的新学更是如此，它代表中央政府政策的一种调整，而不能归结为江西人的地域文化。正如余英时最近指出的，"以天下为己任"

始终是宋明儒家士大夫普遍的意识，① 而洛学与新学的分歧既是具有全国性的政治—经济政策的分歧，也是具有全国性的学术思想的分歧，绝不能视为地域文化的分歧。至于南宋，朱熹虽然常用"江西之学"称陆九渊兄弟的心学学派，但不仅陆九渊自己淳熙中在朝时一直怀有"得君行道"的期待，及晚年在荆门出色履行其外任的职能，即使在家乡象山讲学，也是以全国的文化领袖自任。因而，朱陆之争根本不是地域文化的纷争，而是一个大的思想体系中必然发生的两种倾向的普遍冲突，两派学者都是超地域的，而且两派的争论历宋元明清四代而不绝，从来就不是用地域因素能够解释的。

明代理学的发展更盛于宋代，明代的阳明后学发展，在黄宗羲的《明儒学案》中被类分为浙中、江右、南中、楚中、北方、粤闽及泰州，这种叙述模式把阳明弟子后学按其地理籍贯而加以分疏，显然是当时的历史编纂学家的方便法门，而王学之散布于大江南北，这正说明阳明学本身是有着超地域的普遍性的。即以其中的"泰州学派"而论，其中既有创派的泰州王艮，也有江西的颜山农、罗汝芳等，这一派的思想固然也重视地方乡里的教化，但他们活动的范围和对象都从未限于地方性，他们都是以其自身思想的普遍性理论和跨省的讲会传播来吸引其对象。

另一方面，每一地区都有全国性学派的当地代表，即同一个地区都有不同的文化和思想派别。仍以江西而论，自北宋以来，江西学术便是多元的，欧阳修辟佛著本论，为庆历大儒，刘敞为一时经学之首，李觏注重周礼，王安石新学则作为北宋后期至南宋前期的主流意识形态近百年。他们的学术思想各个有别。而江西陆氏在乾道淳熙间异军突起，从者甚多，但当时江西亦有不少朱学者，何况还有不少江西学者是往来于

---

① 余英时：《朱熹的历史世界》上卷，台北：允晨文化公司，2003 年。

朱陆两家的。明代江西的王学固盛，但江西王学中邹东廓与聂双江、罗念庵便不同，与颜山农更不同。明代朱学水平最高的当属胡敬斋和罗整庵，他们也都是江西人。可见忽视全国性话语而专注于地方性因素，是必然有偏颇的。陈白沙是广东人，但学于江西吴与弼；王阳明是浙江人，他的思想是对白沙的发展，如果吴与弼、陈白沙、王阳明的学派思想只是地方性社会网络的产物，它们又怎么能跨地域传播而在全国发生影响？

因此，儒学的普遍性和地域性是辩证的关系，这种关系用传统的表述可谓是"理一而分殊"，统一性同时表达为各地的不同发展，而地域性是在统一性之下的地方差别，没有跳出了儒学普遍性之外的地域话语，也不可能有离开全国文化总体性思潮涵盖的地方儒学。当然，地域性的因素在古代交往还不甚发达的时代，终究是不能忽视的。但要弄清地域性的因素表现在什么层次和什么方面。宋明理学虽然在各地的发展不平衡，但地方文化的特色多因袭于传统，如江西二陆之后，金溪士人多偏主陆学，而非受制于经济或宗族。朱熹之后，福建、徽州多朱子学者，而不仅朱熹自己的思想不能归结到任何地方政治、经济、家族的原因，整个福建朱子学也不可能归结到闽北地区或闽南地区的政治、经济、家族的原因。而各个地区知识人的大跨度的频繁往来，更使在一个地方开始产生的思想扩散到远近不同的地区。王阳明是浙江人，但其哲学思想的形成，是与他在北京、山东、贵州等不同地方的政治、行政、教育、仕宦活动的经历相联系的，是与他在各个地方交往的朋友的思想往来有关联的。是于他和古人的思想对话中展开的。江西、江苏都不是王阳明的生活中心，但在嘉靖时代都成了与浙江相当的阳明学中心，这些阳明学中心的形成都是在知识人的交往中形成的，如各地的士人到浙江向王阳明问学后，回到家乡即以讲会的形式宣传、推广阳明学说。各地的阳明学者们跨县、府、省到其他地区参加讲会，传播、交流学习的心得，促进阳明学的传播和深入。是在中心与边缘的反复互动中发展起来的。当然，一种思想在一个地区的广泛影响，还与此一地区的需要有关，也会因应实际需要发生变化，但总的说，像宋明理学的各派，都是绝不能归结于地方家族、经济基础的。

至于清代，中期文献学的新发展，使得一时学者分别专长于某部经书或子书，全国的统一性理学话语减弱，强化的只是某种共通的文献学的方法。在这种情形下，文献学研究日益走向专门化，使得文献学只成为少数学者的长期专门化工作，也使得文献学的传承变得狭窄和困难，形成家族内长期传习才能延续的局面，于是文献学的学问在某种程度上可能成了家族科举的长技。对于"汉学"（与"宋学"相对）性质的经学，这种专门化和狭窄化是不可避免的。然而，在这种情况下，家族和学术的关系是外在的，一个家族只要垄断某种学问，就可保证其子弟的科举成功率，在这里被垄断的学问是什么并不重要。但是这种情形在宋代和明代是极少的，以此种例外来夸大地方性结构对文化思想的作用，把学术派别孤立于整个中国文化之"场"，把学术派别变成由地方社会利益所决定而反映地方利益的学派，这是有其片面性的。

四

在有关中国思想研究方面，特别是在关于宋元明清时代的儒学研究方面，有两种在晚近影响较大的倾向。一种是当代新儒家学派所表达的，注重儒家哲学思想的自主性，认为哲学思想的研究基本不需要考虑思想家所在的时代和社会。这实际上是认为，宋明儒学的思考和论争不依赖于政治、经济、社会的背景条件、结构基础和关系脉络，这个时期的各种各样的儒学思想，是人面对自己的人生、古人的思想或时人的思想而产生回应与思考。另一种倾向是新文化史学派所注重的，强调各个时期儒学思想都是在其所在的政治、经济、社会的现实脉络中产生的，认为社会、政治、经济的结构和脉络对思想有决定性，并且把研究的注意力完全放在揭示思想学术和社会脉络的联系上面。这两种方法都各有其片面性，较好的方法应当是"合其两端而用其中"。

当然，一种学说如何在一个历史时期成为国家意识形态，一种学说在特殊的历史环境中如何被运用于政治经济，都是历史学应当研究的课题，对理学之所以长久流行的更大背景的说明有所帮助。但也应指出，历史唯物论或知识社会学的意义在于指出长时段历史的宏观背景，而不应是把每一种思想或学派都还原或归约到一种社会脉络。特别是，这种以"思想史"为名的研究，却并不去研究思想本身，不去研究思想体系的复杂意义和内部结构，不去解释、说明思想、命题、概念、论证，不去理会思想讨论在历史上不断深化和延续的理论逻辑，忽略哲学思想中对社会和谐、存在意义和精神世界的探讨其本身具有的超越时代和超地域的普遍性意义，终究不能说是思想史研究的理想境界。事实上，化约主义（Reductionism）这样的研究也不能妥当地说明历史，如果孔子思想只有反映其时代某种社会脉络的"具体"意义，而没有任何揭示道德、人生、政治、社会真理的"抽象"意义，① 就无法说明为什么历代统治阶级和知识人会不断地尊崇孔子及其思想。这种研究运用于所谓地域研究上的问题其偏差便更明显，因为，如果说唯物史观是面对全国普遍性的思想或学派，它所揭示的是整个社会的经济基础或阶级背景，是可为人接受的；那么地域研究把眼光聚焦在州县的地方社会，其结果只能是把个人的思想和学派归约到一种地方性的社会脉络，这就缺少说服力。这种离开思想的本身、而完全转向寻求社会政治的脉络以说明思想的基础的倾向，在欧洲史、美国史的范例之下，以"地域化"的研

---

① 1950 年代中期冯友兰提出的"抽象继承"的问题也是对化约主义的质疑。

究为旗帜，追求揭示学术观念与特定地域的关联及特定地域的社会结构（如宗族）的关联，这虽然能丰富我们对社会史细节的认知，却可能导致对儒学的普遍性的遗忘。如果我们在西方思想的领域，只注重研究柏拉图、亚里士多德、康德、黑格尔思想与他们各自的政治、经济、社会脉络的外在关系，而不去研究他们的思想特质，或认为他们的思想没有超越当时社会脉络的普遍性的意义，这能解释和说明西方思想史吗？如果我们只研究基督教和佛教的思想家们在历史上各个时代与所在社会脉络的联系，而认为这些基督教和佛教思想家的思想没有超越社会经济基础的普遍性意义，这能够解释历史和思想的历史吗？所以，最重要的问题是，我们承不承认近世中国儒家思想的各派学说包含有普遍性的哲学思考和理论智慧。而一些地域研究的学者也正是希望"把思想史的命题部分地转换成近似社会史的命题"[①]，其结果是只能牺牲思想史去成全社会史。事实上，只有对思想的思想史研究与对思想文化的社会史研究互相尊重、互相补充，才能相得益彰。

中国的历史学家一直承认，南北之间存在着文化差别，但这种差别多理解为精神气质和文风（ethos）上的差别。晚近地域研究突出的地域性多指中国历史上的州县级区域，如果这种研究是为了使我们的历史知识更加丰富，使我们对历史的了解更为细致，使我们对思想家的生活环境的了解更为具体，这当然是积极的。同时，地域研究基本是地方史、社会史或社会文化史的范畴，地域化的研究对于社会史或社会文化史来说，有其非常正面而积极的意义，这也是人所共认的。但不能认为思想史学者只应当研究这些地方史的课题，不能把它转移为思想史的主要研究方式。特别是，如果地域的研究形成一种倾向，忽视文化的跨地

---

① 杨念群：《儒学地域化的近代形态》，生活·读书·新知三联书店，1997年，564页。

域的统一性或思想文化的普遍性内涵，把这种研究同对思想本身的研究对立起来，排斥对思想本身的哲学研究和分析，这种研究，对思想而言，就难免限于外在性的研究。一般来说，对于思想的哲学研究比较深难，但是如果把对哲学的畏难变成对哲学的排斥，甚至用历史学来排斥哲学，以回避对哲学做艰苦的研究功夫，这些近年在海外思想史研究领域出现的偏向都是不可取的。

20 世纪的人文社会科学研究中，曼海姆（Mannheim）的知识社会学，很强调社会的阶级分析，在此种分析中，不仅国家的意识形态要从支配地位的社会阶级来理解，任何思想体系作为上层建筑也都被归约到社会的、经济的下层基础。60 年代以后，法国的思想文化研究发展了另一趋向，福柯（Foucault）的知识考古学和布丢（Bourdieu）的文化再生产论，被用来说明精英如何利用文化以维持其权力、财富和荣耀，这种从社会功能的文化研究，在某种意义上仍难脱抹杀知识阶层的文化思想的自主性的倾向。这种归约主义的倾向如此明确，以致社会文化史论者也不得不承认"过度决定了思想的社会起源，却没有在社会形构中为个人的自主性留下足够的空间"①。

我们的立场是赞成历史学的社会史研究和地域研究对历史的细化描述，而不赞成把归约主义的研究当成思想史研究的主体。近世中国的儒学当然有其政治、社会的背景，这是马克思主义史学家在 20 世纪 50—70 年代不断重复的叙述，即使在今天，中国学者也仍然承认这种大背景的描述，如中央集权的皇权与地方郡县、科举制度与士大夫官僚、中小地主与自耕农经济，等等。但这种思想与政治社会背景的相关性是在一个长时段历史的大背景，并不等于我们可以把一切思想学术的派别都

---

① 艾尔曼（Benjamin A. Elman）：《经学、政治和宗族》，江苏人民出版社，1998 年，第 3 页。

与某一州县内地方性的社会基础，与地方性的社会权力结构、阶级利益相联系，更不可能化约为地域性的基础结构。即使某些学派与地方文化有关联性，这也不能否定这些学派的学术思想中在地域性成分外仍含有普遍性的内容。

不仅古代政治哲学和社会理论有普遍性的一面，宗教、哲学思想中的道德思考、人生探究、精神境界和修养功夫都有其不可归约的独立性和普遍性，宋明理学各派的宇宙论、知识论、价值观、心性论和修养论都是具有普遍意义的精神追求，值得不断地深入研究和加以发展。

百年儒学的发展与起伏

今天我们这个讲题，是关于 20 世纪的儒学的发展。发展这个提法，容易给人一种印象，以为儒学的发展是一帆风顺的、很平静的发展。其实如果我们回顾这上一个世纪，我们就知道，儒学的发展，它是在充满危机、困境、曲折之中，经历了一个复杂的过程，来实现它自己的发展的。

一、近代的冲击和挑战

因此，我讲的第一个大问题是冲击和挑战，就是要看我们近百年的儒学，是在一个什么样的背景下，在什么样的一个文化环境里，面对了什么样的挑战和冲突，在这样的情境之中来成长、来发展的。

20 世纪中国儒学的发展，经历了四次挑战，或者说面对了四次挑战。第一次就是清末到民初的政教的改革。我们知道，1901 年清政府发布了《兴学诏书》，倡导全国建立新的学堂。这在当时可以说是很重要的一个举措。在这样的倡导下，老的"儒学"就慢慢衰微了，这里讲的老的"儒学"，是指当时的一种学校，就是以培养儒生、进入科举体制的这种儒学学校在新的政策下式微了。

全国开始大办新型的学堂，这个举措是对科举制度的一个很明确的

189

挑战。到了 1905 年，更重要的事件就是清朝政府决定结束科举制度。因为我们知道科举制度对于儒家的生存来讲，是一个具有重要性的因素。我们可以说在前现代的中国社会，儒家思想和文化，它能够得以生存有三个重要的基础。第一个基础就是国家、王朝宣布它为意识形态，正式颁定儒家的经典是国家的经典，这是很重要的，即王朝统治的推行。第二就是教育制度，主要是科举制度；科举制度规定了儒家经典作为文官考试制度的主要科目。当然还有第三个，就是整个几千年来，中国社会流行的这种家族的、乡治的基层社会制度。

我们看晚清的战略改革，从科举制度上，对儒家的生存可以说造成了重大的影响。在 1905 年以后，虽然科举制度结束了，但是清政府仍然决定在所有的学校保留经学，保留经学的课程；要求学校继续在孔诞日能够祀孔，就是祭祀孔子。这点到了辛亥革命以后也改变了，辛亥革命以后，特别是在蔡元培主掌教育部以后，就决定要废祀孔、删经学。这样，我们一般讲的尊孔读经的教育，到了辛亥革命以后，也遭遇到了根本挫折。经历过这样一个过程，儒家遇到了第一次重大的冲击和挑战，遭遇到了第一次困境，这困境可以说是非常重要的、带有根本性的一个困境。

虽然是这样，从清末到民初，在教育制度和政治制度上，儒家已经退出了中心舞台，但是儒家思想和文化仍然保留在伦理的精神领域。时隔不久，从 1915 年开始，到 1919 年，新文化运动兴起，这就是我们讲的儒学遭遇的第二次冲击。新文化运动高扬批判、反思、启蒙的旗帜，这种启蒙就是引进近代西方文化的一种文化启蒙。在这种启蒙里头，它是把中国传统文化作了它的一个对立面，特别是把儒家文化、儒家的礼教作为它的一个重要的、批判的对立面，这在当时是有其合理性的。在当时，甚至有人提出了"打倒孔家店"这样的口号。这样一来，从清末到辛亥革命，从政治教育的舞台退出后，继续保留在伦理精神的领域的儒学，遭受了第二次重大的挫折。我们也可以说，从辛亥革命时对儒学的一种放逐，延续到了新文化运动，新文化运动继承了清末到民初的放逐儒学的运动，要从伦理的精神领域，继续把儒学放逐出去。因此，经过了新文化运动，可以说儒家文化的整体已经离散、飘零。那么，儒学怎么样来生存呢？这变成了儒家文化在近代社会的变化里面碰到的一个大问题。这是第二次冲击和挑战，来自新文化运动。

第三个重大的冲击，我想就是革命与"文革"。我把这个时代整个地放在一起。经过了合作化，经过了人民公社，经过了"文化大革命"，我们看到这种以队为基础、三级所有的人民公社制度，彻底改造了旧的、以宗族为中心的这样一个乡村的秩序。因此近代有些学者就说，儒家所有的制度性的基础，都被斩断了，拆解了，失去了这些基础以后的儒学已经变成一个游魂了。这个"游魂说"，讲的就是儒家思想在它古代赖以生存的基础，在近代文化的变化里面被斩断，原来的社会基础通通被改造过了。当然革命本身具有政治的含义，但是它带来的乡村的改造是非常重要的。同时，另一个很重要的事件就是"文革"的过程。特别是"文革"中期以后的批林批孔运动的出现，各种对于儒家、对孔子的荒诞的政治性的批判，接踵而来，把全国人民的思想都搞乱了，这可以说是对儒家文化又一次更大的冲击。所以，把整个政治革命，跟社会改造和文化革命放在一起，我们说这是第三次对儒家文化的冲击和挑战。

在 20 世纪里面，第四次冲击就是改革开放的前二十年。如果熟悉从 1978 年以后所经历的第一个十年，也就是改革开放的动员期，那么就会知道在改革开放的社会动员的时代，在 80 年代形成了一股启蒙的思潮。这个启蒙的思潮呼应了新文化运动，也是以批判传统作为它一个主要的基调，儒家被作为现代化的一个对立面。到了 90 年代，市场经济蓬勃发展。市场经济的蓬勃发展所带来的功利主义的盛行，对整个儒家的传统和整个中国文化的传统，也形成了有力的冲击。因此如果我们粗分，我想 20 世纪的儒家思想文化经历了四大冲击，四次大的冲击对于儒家文化的命运产生了根本性的影响。

那么大家就要问，说是不是 20 世纪我们经历的这一百年，对儒家文化仅仅有冲击？有没有机遇？虽然冲击也可以当成机遇，但就历史环境来说，应该说是有一次重要的机遇期，这个机遇期就是在九一八事变到抗战胜利，也就是以抗日战争为主段的这个时期。因为这个时候全国人民团结起来，要把民族的保卫和复兴，变成第一等的事情，由此保卫民族文化，复兴弘扬民族文化，成了这个时期的一个文化基调，这是一个难得的历史机遇。可以说儒家思想抓住了这次机遇，实现了自己的一些发展。

二、哲学回应和建构

我讲的第二个大问题，叫作回应和建构。刚才我们粗略地把儒学百年的历程分为四个冲击和一个机遇，也就是说，我们把百年历史分成了五个阶段。儒家思想在 20 世纪的经历、历程和展开，面对这些冲击挑战所做的回应，也可以说是对应着这五个阶段的。第一个阶段，或者我们第一个要说的人，就是康有为。康有为关于孔教的设想，其实在辛亥革命以前已经有了。到了辛亥革命以后，他把这个问题提得更突出了，他自己和通过他的学生几次提出了这样的法案，就是要立孔教为国教。

这个举动代表了一个什么意义呢？我觉得这个做法有它的一个积极意义。这个积极的意义就是，我们刚才讲过，从《兴学诏书》到 1906年《教育宗旨》，到 1912 年蔡元培主持教育部的时候，在政治和教育的整个改革对儒家的打击面前，儒家已经失去它从前所依托的政治的、教育的制度的基础。他们就要在一个新的框架里头，找到它能够生存、能够发挥作用的一个基础。这个设计，康有为想到的就是宗教，因为在西方近代文化的框架里面，基督教还存在，也有把基督宗教定为国教的这种例子。因此他就想，在一个新的社会结构的方式里面，设计一个新的制度，使儒家在这里边能够发挥作用。这就是立孔教为国教说，我们可以叫康有为的孔教论，我们说他是第一个回应的代表。这个回应我们也可以叫作对儒学困境的一个"宗教的回应"。当然这个回应可以说失败了，因为这些法案和建议都没有通过，后来的发展证明了这条路是没有走通的。虽然没有成功，但是我们也可以看作这是儒学在百年历程回应冲击的第一个环节，儒学在第一个阶段所做的努力。

第二个阶段当然就是新文化运动了。新文化运动到了它的后期，有一些新的变化，这就是第一次世界大战引起西方有识之士的一种文化反思，以及当时社会主义苏维埃的出现。这些引起了当时一些优秀的一流的知识分子也开始重新思考中国文化的问题。在这阶段出现的代表性人物，就是梁漱溟。

梁漱溟在1920年代初期就写了《东西方文化及其哲学》。这本书我们说它是百年来儒家文化对儒学困境的第二次回应。这个回应不是"宗教的回应"，它是一个"文化的回应"，文化哲学的回应。他就认为，虽然在当下的中国社会，应当全盘承受西方文化，可是儒家文化和它的价值，代表了人类最近的将来的需要。这个最近的将来，它所指的就是一种儒家社会主义的文化，因为他所理解的这个儒家，里面已经包含了社会主义的价值。他所理解的社会主义又包含了儒家的价值。所以他说，西方文化的特长是在解决人和自然界的关系、人和物的关系，儒家文化的特长是解决人与人、人与社会的这种关系，比如说社会主义要解决劳资纠纷的这种关系，这是和儒家一致的。

由于近代以来我们碰到的挑战，实际上是整个近代西方文化，对中国社会和文化造成的挑战。儒家的回应也不能不是对这个宏观的文化挑战的回应。接下来我们看第三个阶段，即"九一八"到抗战结束，这个时代出现了一组"哲学的回应"，它们不仅是这个时期民族主义运动高涨的产物，这些哲学的回应也不是对特定的某一个文化思潮的回应，而可以看作是对整个近代西方文化对于中国的冲击和挑战所进行的回应。其中有熊十力、马一浮、冯友兰、贺麟等。熊十力的儒家哲学体系"归本大易"，我们可以把它叫作一种"新《易》学"；马一浮是讲六经、六艺的，所以我们也许可以把他的儒学体系叫作"新经学"；冯友兰的哲学体系当然是"新理学"，这是他自己命名的；贺麟是"新心学"。熊十力坚持孟子所建立的本心的哲学思想，依据大易的原理，把本心建立为一个绝对的实体，这实体是一个宇宙的实体，同时又建立了一套关于"翕辟成变"的宇宙论，所以他把他的宇宙论叫作"体用不二"的宇宙论。他的哲学思想是一个注重宇宙论建构的儒学体系。

马一浮可以说是一个固守传统文化的综合性的学者，是把传统的经学、理学都综合一体的一位学者。他说，一切道术，就是我们今天所说的各种学科，统摄于六艺（六艺的一个讲法就是六经，马一浮所讲的六艺就是六经），六经、六艺又统摄于一心，这是一个古典的儒家的一种讲法。这个形态可以说是注重经典学重建的新儒学。冯友兰的哲学是新理学，这是他自己定的名称，他要继承程朱理学对于理的世界的强调，通过吸收西方的新实在论，在哲学里面建立起一个理的世界，作为儒家哲学的形而上学的一个重要部分。所以我们说，冯友兰的哲学是一个注重形而上学建构的现代儒家哲学。

至于贺麟，我们知道他自己公开地声称是宗陆王之学的，他说"心为物之体，物为心之用"，讲了一套同样也是以心学为基础的儒家哲学。但是更重要的，我们看到贺麟有一个很重要的角色，就是他对儒学复兴做了一个设计。他的口号就是"以儒家思想为体，以西方文化为用"，或者说"以民族精神为体，以西洋文化为用"，他有一套儒学复兴的设计。

如果我们再考虑到梁漱溟先生，在早年的文化论之外，他自己后来的哲学建构不断，特别是他在40年代到50年代，60年代到70年代一直在完成一本书，叫作《人心与人生》。由这本书，我们可以说，梁漱溟的哲学体系是一个注重以心理学为基础的现代儒家哲学的建构。

因此，我们以上说的这几个哲学家，熊十力、梁漱溟、马一浮、冯友兰、贺麟的工作表明，这个时期建构性的、新的儒学出现了，它们作为儒学对时代的回应基本上采取的是一个哲学的方式。也就是说，我们在这个阶段所看到的，是一个以"哲学的回应"为儒家存在主要方式的一个时代。这个时代正好是我们所说的百年儒学难得的一次历史机遇，即与抗日战争带来的民族文化意识高涨有关系。所有上述这些重要的思想体系的准备、阐发都是在这个时期，这个时期是一个民族意识高涨、民族复兴的意识高涨的一个时期，所以民族文化的重建也得到很大的发展。

第四个阶段当然就是革命和"文革"的这个阶段。这个阶段，儒学的表现是什么呢？我们不能说就这个时代没有儒学思想，如果我们看50年代到70年代这个时期熊十力等这几位思想家的变化，就可以看出，这是属于一个现代儒学调适的阶段，就是跟社会主义来做结合，吸收社会主义的阶段。所以我们看熊十力，他在50年代初期写的《原儒》里面就提出要废私有制、荡平阶级，这就是吸收社会主义的思想。我们看梁漱溟后期写的书，不只是《人心与人生》，还有他那本著作《中国——理性之国》，专门讲怎么从一个阶级社会过渡到一个无阶级社会，怎么从社会主义到共产主义，都可以明显地看出来，这些思想家不是在这个社会里面消极地跟着时代，他们是在思考怎么跟这个时代的主题能够有所结合。但是有一条是他们坚持的，就是社会制度不管怎么变，政治口号怎么变，儒家的思想文化的价值是他们要坚守的。社会主义他同意，共产党领导他也同意，但是儒家文化价值是他坚守的一个文化信念。这是第四个阶段。

至于台湾香港的新儒家，则是在花果飘零的心态下，沿承第三阶段的儒家思想的理论建构与发展，即20世纪面对时代、社会的变化、调整和挑战，面对人的精神迷失，发展出符合时代处境的儒家思想的新的开展，开展出新的吸收了西方文化的儒家哲学、新的发扬民族精神的儒家哲学，以及从儒家立场对世界和人类境况的普遍性问题给出指引的哲学。80年代中期以后它对大陆文化的反哺是大家都看到的。

三、儒学的潜隐和在场

第三个大问题，我叫作从潜隐到复兴。我想回到比较近的时代，这个阶段当然就涉及改革开放这个阶段了。我把这个阶段放到这里来讲。那么，什么叫潜隐？刚才我们也讲了，儒学的存在不能够看作只是有哲学家存在的一个存在，不能认为有儒家哲学家才有儒学存在，这是一种片面的看法。在这个时代，特别是在50年代以后一直到今天我们看到的，儒学的存在，正像李泽厚所讲的，不仅仅是一套经典的解说，它同时是中国人的一套文化心理结构。于是，当一切的制度的联系都被切断以后，它变成一个活在人们内心的传统。特别是在民间，在老百姓的内心里面，儒学的价值依然存在着。儒学在老百姓的内心里面，可能比在知识阶层里面存活得更多，因为知识阶层内心里面受到西方文化的侵染可能更多。

我们把在百姓内心存在的儒学传统，叫作"百姓日用而不知"的、没有自觉的这样一个状态。中国人的伦理的观念，可以说几十年来，从50年代以后，仍然受到那个传统的儒家伦理的深刻的影响，它是连续的、没有改变的。但是在不同的时代，因为它不自觉，所以，它就会受到很多不同时代环境的影响，或者不能够非常理直气壮地、健康地把它表达出来，它有的时候也会有扭曲。

这是我们必须强调的一点，就是我们在处理第五个阶段改革开放的时候，甚至我们在看第四个阶段以来的儒学的时候，我们的"儒学"观念一定要变，不是说一定要儒家哲学家在，儒学才存在。

我想再探讨一下，在改革开放以来的时代里新的儒学的存在方式。三十年来在中国大陆，我们可以说，没有出现像 20 世纪 30—40 年代那样的儒学哲学家，但是在这个时期，我认为有几个方面值得注意。

第一方面就是三十年来的儒学研究，这种儒学研究构成了一套"学术儒学"的文化。什么是学术儒学的文化呢？就是对传统儒学进行深入的研究，把握儒学历史发展演化的脉络，来梳理儒学理论体系的义理结构，阐发儒家的各种思想，包括深入研究现代新儒家的思想，这套系统我叫作学术儒学。学术儒学经过晚近三十多年的发展，已经蔚为大观，在当代中国的学术界，占有了重要的地位，发生了相当的影响。

第二方面我叫作"文化儒学"。文化儒学是什么意思呢？就是近三十年来，我们有很多的文化思潮与文化讨论跟儒学有直接关系，比如，讨论儒学跟民主的关系，讨论儒学跟人权的关系，讨论儒学与全球化的关系，讨论儒学与现代化的关系，讨论儒学与文明冲突的关系，等等，当然我们今天也在讨论儒学与建立和谐社会的关系。在这些讨论里边，有很多学者是站在儒家文化的立场，来表彰儒学价值的积极意义，探讨儒学在现代社会发生作用的方式，在这一方面阐述了很多有价值的文化的观念和理念，也与当代思潮在多方面进行互动，在当代中国的社会文化层面，起了相当大的作用。这些讨论和活动，我觉得它也构成了一个儒学的特殊的存在的形态，我就把这个形态叫作文化儒学的形态。

所以，我们不能说，这三十年来我们没有儒学哲学大家，儒学就是一片空白，完全不是的。除了在潜隐的存在形式以外，我们要理解更多样的"在场"的儒学文化形式,我们要定义一个适应于近三十年来实存的儒学文化形式的"在场",所以我用学术儒学和文化儒学,来概括这个时代在场的儒学存在。事实上,虽然哲学家很重要,但在这个时代,比起出现几个抽象的形上学体系,学术儒学和文化儒学对社会文化与社会思想所起的作用更广大也更深入,同时它们也构成了儒学思想新发展的基础。

第三个就是民间儒学。如我刚所讲的,一方面是潜隐的、百姓日用不知的,这个人民大众心里的儒学;另一方面是在场的、显性活动的儒学,如学术儒学和这个文化儒学。在场的儒学除了学术儒学和民间儒学之外,还有新世纪以来不断发展的民间儒学与通俗化儒学。这就是我们在20世纪末期已经看到的、今天仍不断发展的文化形式,如各种国学班、书院、学堂、讲堂,包括各种电子杂志、民间出版物、民间读物、儿童读经班以及各种儒家小学启蒙读物的出版。我想,刚才讲的那个层次,不管是学术儒学还是文化儒学,大部分还是知识人活动的层面,但是这个民间文化的层面应该说是有当前中国人各个阶层的更广泛的积极参与。这是一个在民间实践层面的文化表现,我把它叫作"民间儒学"。晚近十年来,国学热受到这个民间儒学的推动很大。

结语:复兴的机遇与愿景

最后,我想指出,进入21世纪,现代儒学复兴的第二次机遇来到了。刚才我们讲第一次机遇是在抗日战争时期,这是一个民族意识、民族复兴意识高涨的时期。今天,从20世纪90年代后期以来,随着中国崛起,随着中国现代化进程的深入和发展,应该说今天的中国已经进入了现代化的初级阶段。在这样的一个背景下,在人民的民族文化自信大大恢复的条件下,中华民族伟大复兴和中华文化伟大复兴,这个双重复兴的一个大的局面正在到来，虽然前面还有艰难险阻。在这样一个局面下，应该说儒学在现代复兴的第二次机遇到来了。儒学怎么样抓住这次机遇，儒学学者怎么样参与这次儒学的复兴，在前面说到的学术儒学与文化儒学应继续努力之外，我想至少有几个方面的工作可以做的：比如说重构民族精神，确立道德价值，奠定伦理秩序，形成教育理念，打造共同的价值观，形成民族国家的凝聚力，进一步提升我们的精神文明，等等。这些方面可以说都是儒学复兴的运动要参与的重要工作。儒学只有自觉参与中华民族的伟大复兴，和时代的使命相结合，和社会文化的需要相结合，才能开辟发展的前景。

除了这些重要的工作之外，还有一项中心工作，即哲学系统的重建与发展。也就是说，面对从中国现代化初期迈向进一步发展的背景，新的儒家哲学应当出现，也必然会出现，而且将是多样多彩的。它将在传统儒学与现代新儒学的基础上，面对中华文化走向复兴、走向世界而展开、而显现。正如"五四"前后的文化论争，到20年代整理国故的沉淀，再到30年代民族哲学的发扬的历程一样，中国大陆经过20世纪80年代文化热的文化讨论，经历了90年代后期至今的国学热的积累，可以期望，伴随着中华民族和中华文化的复兴进程，新的儒家思想理论、新的儒家哲学的登场，是指日可待的了！

守望传统的价值

一、什么是传统

《后汉书》"国皆称王，世世传统"，传是动词，统是统系。统表示一种连续关系之链，古代多用皇统、君统、宗统、道统等，与今天的"传统"一词有近似之处。今天所用的传统是一名词，来自现代汉语，已经吸收了西方语言中 tradition 的意义，指世代相传的精神、风俗、艺术、制度等。在 20 世纪的社会文化话语中，与"传统"相对的是"现代"。

希尔斯《论传统》（1981）认为，就广义的定义而言，传统是从过去传延到今天的事物；就外延而言，凡是被人类赋予价值和意义的事物，传延三代以上都是传统；就主要用法而言，"传统"多指文化传统，即世代相传的思想、信仰、艺术、制度。传统的功能是：一、保持文化的连续性；二、为社会带来秩序和意义；三、传统的功能的实现以敬重传统为条件。希尔斯《论传统》认为传统是人类在历史长河中的智慧积淀，是世代相传的行为方式，是对社会行为有规范作用和道德感召力的文化力量。其内容主要指注重以从过去传承下来的行为模式为指导，如对宗教信仰和家庭人伦的感情，对祖先和权威的敬重，对家乡的怀恋，对族群、共同体的归属忠诚等，对人们有强大的道德规范作用。

我们认为：一、文化传统代表了民族文化的精神追求，也是民族的生命血脉，是民族的根和魂。二、文化传统的积极意义是，有利于文化传承发展，形成历史文化的继承性和连续性。三、提供文化的意义，保守文化的价值，塑造文化的认同。四、价值体系是文化传统的核心，提供一个文化的价值规范、价值理念、价值追求、价值理想即价值观。价值传统是民族的精神命脉，是伦理道德的载体，是社会秩序的保障；传统是文明质量的保证，传统赋予存在以意义，维护着古往今来的伟大理想。

传统不是固定不变的，也不是完美的，传统有旧的衰落，有新的加入，虽然传统促进了价值的稳定、文化的延续，却在历史转折和社会转型时期表现出惰性。这时传统便成为社会关注的焦点，被强调更新和改革的人视为包袱，于是在社会文化转型时期"传统"便成为问题了。欧洲启蒙运动中个人解放和科学主义曾一起激烈批判传统，在中国的传统批判则以"五四"时期最为突出。

二、如何认识传统

传统有精华与糟粕，需要分析。新文化运动对传统的批判有积极的意义。但把整个文化传统看成巨大的历史包袱，要传统文化对中国的落后负全责，以为经过与传统的彻底决裂才能走向现代，带有明显的激进色彩。在学术层面上，全盘否定儒家的价值体系和整个中国传统文化的价值，把合理的批判推向极端，不能正确了解"传统""权威"的积极意义，这些显然失于偏激。其原因是在认识上未能正确解决对待人文传统的价值的取舍标准。

20世纪出现的全盘反传统思潮，涉及分辨传统的标准，其突出的问题主要有四点：一、以富强为唯一标准。如陈独秀在比较东西文明和检讨中国文化时以功利主义为基点，以富强之强为根本标准，极力称赞"西洋诸民族好战健斗，根于天性，成为风俗，自古宗教之战、政治之战、商业之战，欧罗巴之全部文明史无一字非鲜血所书，英吉利人以鲜血取得世界霸权，德意志人以鲜血造成今日之荣誉!"陈独秀不仅变成一个战争与鲜血的崇拜者，而且公开提倡文化教育中的"兽性主义"，抨击"独尊人性"，高呼"保存兽性"。他说："兽性之特长谓何？曰意声顽狠、善斗不屈也，曰体魄强健、力抗自然也，曰信赖本能、不依他为活也，曰顺性自然、不饰伪自文也。皙种之人殖民事业遍于大地，唯此兽性故；日本称霸亚洲，唯此兽性故。"与此同时，把爱好和平与注重文化教养看成东方民族的"卑劣无耻之根性"而加以诋斥。这就是在外在功能坐标中判断人文价值，认为一切与富强的政治经济功效无直接关系的人文文化都没有价值。其实真、善、美和人类的平等、友爱、和谐、互助的价值理想，是不可能依照某一外在的功效来衡量其价值的。不能因为唐诗、宋词或儒学仁义礼智信、道家自然无为思想不具有某种政治经济目的功效，而否认其自身的价值。

二、以科学民主为唯一标准。陈独秀为代表的新文化运动1917年后则更多地以"德先生"和"赛先生"为旗帜，这比起《新青年》的初期更具积极的启蒙意义，但全盘的反传统思想更借此而发展。陈独秀的话是有代表性的，他把新与旧、传统与现代完全对立起来："要拥护那德先生，便不得不反对孔教、礼法、贞节、旧伦理、旧政治；要拥护那赛先生，便不得不反对旧艺术、旧宗教；要拥护德先生又要拥护赛先生，便不得不反对国粹和旧文学。"他不仅以民主和科学整个地反对孔子与儒家、佛教、道教，而且把科学民主与中国古典文学、艺术完全对立起来。以陈独秀为代表的伦理革命主张和以胡适为代表的文学革命主张，从文化观念来看，主要是引入"科学""民主"作为判断文化传统的价值的根本标准。后来"文革"的"破四旧"可明显看出"五四"

时期的反传统观念的影响。但是文化遗产中包含的哲学、美学、伦理、文学上有普遍价值的成分不可能在"科学""民主"的典范下被承认，衡量人文价值的标准必须内在于人文文化本身的真善美来取得，因而"科学""民主"并不能成为判断文化价值的唯一标准。文明、和谐、正义的价值不属于民主科学。

三、价值理性视野的缺失。除了主张富强、民主、科学三个标准评判人文价值外，最根本的是，"五四"时期不能正确了解近代文化发展中价值理性的意义。价值理性是重视道德价值的理性，工具理性是重视功效的理性。价值理性的内容即主张博爱、平等、平均等价值的伦理体系。尽管西方近代文明通过启蒙运动挣脱了基督教会的约束，通过科学、民主等取得了长足的进步，但西方文明之能够延续，西方社会作为一个整体存在与发展，是与以传统宗教为形式的价值传统的连续性分不开的。基督教传统经过宗教改革和其他转化形式仍然是西方近代文明中不可或缺的要素。"五四"以来我们看西方，只看到近代民主与科学的进步，而没有认识伦理—信仰传统的连续性及其在文明发展中的作用，从而使我们对文化发展的继承性与创发性不能正确理解，把传统与现代化完全对立起来了，走向了全盘反传统主义。在中国文化中，文化与历史传统是保障价值理性的重要基础，因此，在近代化的过程中，由文化危机引发的激烈的反传统思潮势必在相当程度上导致价值失落的危机，从而破坏价值的连续性与民族的文化自信。

当年，大力提倡和欢迎"德先生"和"赛先生"，追求民主与科学是人们热切的向往。在新文化运动中，少数有识之士也曾呼吁欢迎"穆勒尔"（moral）的道德小姐。然而，民主和科学在当时被认为是最重大的课题，客观上重视了"德先生"和"赛先生"，而冷落了"穆小姐"。今天我们必须重新明确辨识传统的标准，突出价值传统的重要性，才能弘扬中华文化"讲仁爱、重民本、守诚信、崇正义、尚和合、求大同"

的价值传统，才能确立"富强、民主、文明、和谐；自由、平等、公正、法治；爱国、敬业、诚信、友善"核心价值的文化根源。

三、传统与现代化

从过去的一百年的中国历史来看，形而上学地全盘否定传统，不仅在学理上不能成立，在实践上的直接恶果就是大大损伤民族的自信心和凝聚力，使现代化过程中出现文化、价值、精神的全面失落，加剧现代化秩序建构过程中的混乱、痛苦，甚至加剧政治、经济的危机，从而减弱了民族对于现代化建设的困难的承受力与战斗力。反传统主义希望义无反顾地甩掉历史文化的包袱，大力推进中国走向现代的步伐；文化保守主义则主张在社会改革和走向世界的过程中，保持文化认同、承继文化传统，发扬民族精神。

"文革"后，追求"现代化"成为全社会的明确共识，同时也重新兴起了反传统的思潮。但很少人关注到，我们周边的工业东亚（日本、南朝鲜、新加坡和中国的台湾、香港地区）正在经历经济起飞与现代化，它们没有一个是自发地创生出工业资本主义生产关系的，而这些国家进入现代化社会也没有一个是先经历了决裂传统的文化革命的，反而都恰当地延伸了传统。因此，20世纪70年代后工业东亚的经济奇迹对美国战后的现代化理论构成了重大挑战，这使得人们开始意识到，传统不必是中国现代化的根本障碍，现代化的过程可以在不摧毁传统的方式下实现，传统的调整和持续与制度的改革和建构，可以整合在同一过程之中。而破坏传统不仅不必然地意味现代化的实现，却可能导致价值结构的解体和文化认同的失落，损害到现代化秩序建构过程本身。

因此，20世纪70年代以后工业东亚—中国文化圈的发展，特别是中国港台地区和新加坡华人社会现代化的经验，其最大的意义在于揭示出：中国人或中国文化熏陶下成长的人完全有能力在开放的文化空间实现现代化，"五四"以来的文化自卑感和民族自卑感被证明是完全错误的。中国传统文化虽然未能自发地引导中国社会走入近代化，但中国文化的价值传统并不必然与模拟、学习、同化既有的现代政治经济制度相冲突，中华民族的聪明才智曾经创造了灿烂的古代文明，它也一定能赶上时代的步伐，建设新的现代文明。如果我们不在批判传统的消极性的同时发挥传统的积极性，如果我们不在大力吸收西方现代文明的同时仍然保持民族文化的主体性，加速政治、经济体制的改革，而是一味地在传统身上算老账，让它们对现代化负责，以回避我们自己的巨大责任，这只能更显示出作为不肖子孙的激情的无能罢了。当代知识分子的文化课题，不应再是对传统做感情冲动的全面否定，而是化解传统与现代从"五四"以来的不必要的紧张，理性地对传统进行批判的继承、创造的发展。20世纪90年代以来中国经济的迅猛发展，完全证明了这一点。回顾历史将有助于重建我们的文化自信与自觉。

四、传统与现代中国

在文化转型的20世纪90年代，我们常常看到"传统文化与改革开放"这类题目，事实上，在传统文化中有不少内容与改革开放是没有什么直接关系的，或干脆不相干的，如《楚辞》与改革开放有什么关系？有利于还是不利于改革开放？可以说没有什么关系，但这不等于说《楚辞》没有价值。传统文化中的许多内容，如哲学、文学、艺术、宗教的价值并不是也不可能在功利主义的坐标中得以肯定，而是要内在于文化自身发展的立场上来断定其价值。所以，我们看待传统文化，要从一个更高的角度，从人性和人生的需要、社会文化的全面发展，以及文化自身的内在价值认识传统文化的现代意义与价值。

在多数知识分子的理解中，"现代化"主要是一个经济功能的概念，一般所说的"现代化"只是一个偏于经济功能的概念。事实上，"现代化"或"中国文化传统与现代化"是一个范围远远超过经济发展问题的课题，因为"现代"可以具有丰富的文化内涵。现代生活之中仍有传统，也不可能离开传统。尤其是关注到现代人仍需要终极关怀、价值理想、人生意义、社会交往，传统文化价值体系的承继与转化，仍有十分重要的意义。因此我们在支持现代化市场经济发展的同时，还需要从一个更高的角度来思考中华文化传统与中国化现代化发展的问题。即发达的、现代的市场经济与商业化趋势，使得道德规范和精神文明的要求更为凸显，传统的价值体系的继承和改造，将对建设有中国文化特色和完备市场经济的社会主义，发挥积极的作用。事实上，一切宗教传统都与现代化有冲突的一面，都必然对现代化发展中的物欲横流、价值解体、人性异化、人际疏离、文化商业化等消极因素持批判态度。传统是我们在现代社会范导现实、重建价值观的重要资源。

20世纪90年代末的思想学术界，在"传统与现代"的问题上，可以说已经形成了一些共识。这就是：传统并不是我们可以随意丢弃摒除的东西，拒绝或抛弃传统是不可能的；传统是文化对于人的一种作用，而传统对于人的作用和意义，又依赖着人对传统的诠释、理解。因此，传统的意义更多地取决于我们如何在诠释的实践中利用它、创造地传达其意义。习近平指出："抛弃传统、丢掉根本，等于割断了自己的精神命脉。"今天中华民族已经不再怀疑自己重新屹立于世界民族之林的能力，现代化对于中国人来说，不是能不能的问题，而是如何快速和稳妥地加以实现的问题。经历了20世纪90年代的经济起飞，今天很少再有人把现代化受挫的满腔怨气喷向中华民族先贤创造的古代文化，很少再有像20世纪80年代中后期人们对中国现代化前景的那种焦虑，那种由于国家经济发展缓慢落后而产生的对传统的愤懑已经大大缓解。代之而起的是全国自下而上的国学热，反映了广大人民群众在建设精神家园方面对本土的传统资源的热切渴求。在现代化市场经济发展的同时，社会道德秩序和个人安身立命的问题日益突出起来。社会道德秩序的建立离不开传统道德文化，这已经是社会转型期执政党和人民的共识，与其他外来的文化、宗教相比，传统文化提供的生活规范、德行价值及文化归属感，起着其他文化要素所不能替代的作用。在心灵稳定、精神向上、社会和谐等方面发挥了重要的积极作用，为当代市场经济社会中的中国人提供了重要的精神资源。中华文化是社会主义核心价值的基础和源泉，已经成为今天人们的共识。我们高兴地看到，传统与现代的紧张已经日渐消解，代之而起的，是对振奋民族精神、重建价值体系、复兴中华文化的关注和要求。今天，我们对传统的关注已经从现代化的主题转为民族复兴、民族文化传承发展的主题。人们更为关心的是如何发挥传统的积极性和精华，提高文化自觉，推进中华民族的伟大复兴。这正是文化心态成熟的标志。

吴宓是清华国学院的创始人，他倡导"昌明国粹，融汇新知"，主张中西要融合，没有任何文化的自卑感。清华国学院的几位导师也没有激进文化观的束缚，梁启超重视中西融合，王国维突出兼通中西文化的重要性，陈寅恪强调不忘民族本位，在文化观上都是一致的。所以，近代文化史的经验告诉我们，要有一个重视民族文化的文化观作为底气来支持国学研究，加上引进新的研究方法，国学研究才能真正结出成果。通古今、贯中西，是清华学派的立场。

近代思想史研究中的 "创造性转化"

一、林毓生的"创造性转化"

"创造性转化"这个概念本是美国华裔学者林毓生在 1970 年代面对"五四"时代激进的文化思潮而提出来的,他本人也曾说明他对应使用的英文为"creative transformation","创造性转化"是对这一英文的翻译。

"创造性转化"这一概念是针对"五四"自由主义对传统文化的否定态度而提出来的一种修正。他把"五四"自由主义对传统文化的态度归结为"全盘反传统主义",他认为这是不可取的,这只能使得自由主义在中国的发展得不到任何本土文化资源的支持,反而使自己成为文化失落者。另一方面,他也强调这一立场与文化保守主义的区别,他反对"发扬固有文化""文化复兴"一类的提法,反对唐君毅等港台新儒家的文化思想,显示出他对这个概念的使用还是有着自由主义的印记。他指出,一方面,创造性转化这个观念的内涵是重视与传统的连续性而不是全盘断裂,一方面在连续中要有转化,在转化中产生新的东西。所以新的东西与传统的关系是"辩证的连续"。

关于创造性转化这个观念的内容,林毓生多次做过明确说明,如:

"简单说，是把那些这个文化传统中的符号与价值加以改造，使经过创造性转化的符号与价值转变成有利于变迁的种子，同时在变迁中继续保持文化认同。"他所说的符号是指概念和语句，他所说的变迁指以自由民主为主的社会变迁。因此，他对创造性转化概念的定义和说明可概括为三句话：一、把中国文化中的概念与价值体系加以改造；二、使得经过改造和转化的概念与价值体系变成有利于现代政治改革的种子；三、在社会变迁中保持文化的认同。其思想实质，是使社会变迁和文化认同统一起来，而不冲突；其基本方法是改造、转化传统的观念，但不是打倒传统的观念。

虽然，"创造性转化"本是自由主义内部在文化上的调整，要求自由主义把"五四"对传统的"全盘否定"改变为"创造转化"，但林毓生自己后来也把它的应用做了扩大，使它不仅是对自由主义的要求，也希望使之成为一般人对传统文化的态度。虽然，晚近文化界的各方面人士都积极利用"创造性转化"这一观念形式，抽象地继承这一观念形式，不过，如果从我们今天对文化传统继承的立场来看，林毓生对创造性转化的具体理解，虽然有了重视认同这一点，仍有其局限性，这也是需要指出的。这主要是：第一，这一口号没有表达"继承"的意识，甚至和"弘扬"相对立，这样的立场不可能成为当代中国全面的文化立场。第二，转化的方向只是与自由民主的结合，对传统观念的转化只是在"有利于自由民主"一个向度上。这是他作为自由主义者的明显局限，完全没有考虑现代社会道德、伦理秩序、心灵安顿、精神提升、社会平衡的需要，是单一的、片面的。

二、墨子刻以"调适"批评"转化"

与林毓生同时的美国中国学家墨子刻从一开始就对林毓生的创造性

转化的观念提出异议，他从英文的语感出发，认为 transformation（转化）含有革命和根本改变的意思，而应当重视改良、调适（accommodation）。所以他提出了 transformation VS accommodation（转化/调适）的中国近代史研究框架。他认为，中国近代历史中的革命派属于转化性，改良派属于调适型，前者激烈转化，后者逐渐调适，而民国初年以来革命派代表的转化方向一直居于思想上的优势地位，他甚至称"五四"思想为转化思想。不过，这一框架更多的是来处理革命和改良的分别，并不像林毓生的创造性转化观念是专对思想文化而发。墨子刻的学生黄克武的《一个被放弃的选择》运用了这一框架对梁启超做了新的研究。在墨子刻看来，"转化"是根本改变，是在性质上发生变化，属于革命派思维，这与改良、调整的观念不同，故墨子刻用 accommodation（调适）来说明与革命思维不同的改良方针。在中文中，"转化"虽然不一定有革命式的决裂，但确实没有渐渐改良的意思，而有一种从方向上改换的意思。林毓生自身的立场并不是主张政治革命和思想革命，创造性转化观念的提出正是针对思想革命而提出来的。但墨子刻提出"转化"这个概念是不是太强，是值得我们思考的一个问题。由于墨子刻对转化与调适的分别，主要用于政治思想史的主张，而不是文化态度，所以就不再多加讨论了。

三、傅伟勋"创造的发展"

与林毓生等不同，1970 年代，傅伟勋由哲学思想史的研究而提出"创造的诠释学"的方法论。其创造的诠释学应用于文化传承发展，是"站在传统主义的保守立场与反传统主义的冒进立场之间采取中道，主张思想文化传统的继往开来"。他强调，继往就是"批判的继承"，开来就是"创造的发展"，所以他的文化口号是"批判的继承，创造的发展"。这个口号较林毓生的单一口号"创造的转化"要合理，可惜没有得到充分的注意和推广。尤其是，傅伟勋与林毓生不同，不是只从政治改革着眼，而是面对中国学术思想文化的重建发展，其文化的视野和对应面本来就更为广泛。而且，"创造的发展"这一观念，比起"创造的转化"来，也没有墨子刻对"转化"所提出的可能毛病。在该口号中，"批判的继承"应是取自 20 世纪 50 年代以来中国文化界对待传统文化的普遍提法，而"创造的发展"是傅伟勋自己特别基于其创造的诠释学所引发出来的。其中还特别关注当代人与古典文本的"创造性对话"，以体现"相互主体性"。由于他的诠释主张基于海德格尔和伽达默尔的诠释学理论，也曾被他应用于道家和佛教的典籍文本的解读，经过深思、实践而自得，故比较有系统性。当然，由于他的这一主张更具体化为五个层次的诠释阶段，往往被认为主要是针对思想文化文本的具体诠释而言，容易忽略了"批判的继承，创造的发展"具有的文化主张的意义。

应该说，就观念的历史而言，傅伟勋的"创造的发展"为我们今天提出"创新性发展"提供了基础。就其创造的诠释学的五个步骤而言，即"原典作者实际说了什么""原典作者说的意思是什么""原典作者所说可能蕴含的是什么""原典作者应当说出什么""原典作者今天必须说出什么"，他强调应当说出什么的层次就是批判的继承，必须说出什么的层次就是创造的发展。这些说法对古代文化的"创造的诠释"提供了具体的途径，从而也就如何面对古代经典文本进行"批判的继承、创造的发展"提出了具体的实践方法。但其中"批判的继承"是我们 20 世纪 50 年代的口号，不能不含有批判优先的意义，今天应该予以调整。

四、李泽厚的"转换性创造"

李泽厚20世纪80年代中期以后也提出一个提法"转换性创造"，很明显这是从林毓生的提法变化出来的。

其实，李泽厚在许多地方讲的"转换性创造"就是"创造性转化"，重点是转换，不是创造，与林毓生的讲法在内容上区别不大。李泽厚的出发点与林毓生也有一致之处，"重复'五四'激烈的批判和全盘西化就能解决问题吗？我们今天的确要继承'五四'，但不能重复'五四'或停留在'五四'的水平上。对待传统的态度也如此。不是像'五四'那样扔弃传统，而是要使传统做某种转换性的创造"，说明他的提法也是针对"五四"文化观念而发。李泽厚很强调革新和批判，他认为，至少有两个方面的转换性的创造。一个是社会体制结构方面的，第二个是文化心理结构方面进行转换性的创造。这实际讲的是两个方面的转换，其目的是"转换传统"。他说这种创造既必须与传统相冲突，又必须与传统相接承。"在对传统中封建主义内容的否定和批判中，来承接这传统心理，这就正是对传统进行转换的创造"。所谓在对传统的批判中承接传统，认为这就是转换性创造，其实就是以往所说的"批判的继承"。

从文化继承的角度来看，他认为，总体来看，历史的解释者自身应站在现时代的基地上意识到自身的历史性，突破陈旧传统的束缚，搬进来或创造出新的语言、词汇、概念、思维模式、表达方法、怀疑精神、批判态度，来"重新估定一切价值"，只有这样，才可能真正去继承、解释、批判和发展传统。这种立场强调破旧出新、怀疑批判地继承发展传统的说法，还是"批判的继承"的思想。这都表明，李泽厚讲的重点是改换，不是创造，如他说"我们还要在取得自我认识的基础上，设法改造我们的传统，使传统做某种转换性的创造"，其实还是改造、转化。并不是与"创造性转化"不同的"转换性创造"。所以学术界和知识界都没有对李泽厚的这一概念产生兴趣。

另一方面，李泽厚认为，儒学的伦理绝对主义所突出的"天理""良知"只是心理形式，而不是具体内容，它们提出的具体内容都只是相对伦理，都服从于特定的时空条件的社会要求，但其结果是通过各种相对伦理历史地积淀出了某些共同性原则和文化心理的结构形式。绝对伦理看起来是超越时空的，其实是以一定时空条件下的"社会性道德"的相对伦理为其真实的产生基地。这也就是"绝对伦理"与"相对伦理"的辩证法。照这个思想，文化继承所继承的对象，一定是历史积淀出来的"心理形式"，而不是具体内容、具体规范，其中明显受到康德的影响。

五、伽达默尔的"创造性诠释学"

关于伽达默尔的诠释学。

在伽达默尔看来，文化的继承就是要通过每一时代自己的理解赋予或揭示其中适于今天的意义，继承的本质在于，真正的真理是文本的过去意义与今天的理解的结合，解释者要把自己所处的具体境况和文本联系起来。因此在继承上，对诠释学而言，文本意义的开放性和解释者的创造性是最重要的。每一时代的人们都面临着自己新的问题，由此依据自己的具体语境不断更新对文本意义的理解，这才是继承。从而，继承是创造性的继承，创造性应是诠释的本质，也是继承的本质。照伽达默尔所说，诠释学自古就是使文本的意义和真理运用于当下具体境况。诠释就是把文本的形式意义扩张，创造性地用于当下时代的需要，用创造性诠释结合当下时代的实践需要，就是创造性转化。诠释学对传承实践中"创造性"的强调是很有意义的。

文化的传承发展，应该是"同一性"与"创造性"整合在一个过程之中，从这个角度来看，伽达默尔的诠释学重点在强调创造性，而在一定程度上忽视了文化传承中的同一性。如果仅仅有解释者的具体理解与创造性，只有每个时代的新问题新理解，就不能构成传承的同一性，也就不能构成传承，不能证成继承。伽达默尔虽然主张过去与现在是综合视界的融合，但始终没有对"过去"之维加以论述和分析，没有明确肯定过去的普遍性，只强调当下的具体性。

可见，仅仅讲创造性，还不能满足文化传承发展的全部理论需要，创造性只是满足了我们对文化的发展和创新的需要，而整个文化的传承创新，还需要肯定继承和弘扬的方面，继承和创新两个方面的结合才能构成文化传承发展的辩证展开。

六、当代中国文化方针中的"创造性转化"

最后，让我们回到对"创造性转化"这个观念的讨论。

习近平在党的十八大以来有关中华优秀文化的讲话在国内外引人注目，广受好评，产生了巨大反响，其中一个提法就是"实现中华文化的创造性转化和创新性发展"。习近平讲话充分综合了我党历史上提出的古为今用、推陈出新、去粗取精、去伪存真的文化方针，又在此基础上吸收了学术界有关传统文化研究的成果，加以发展创新，提出了"两有""两相""两创"的方针，为全面继承和发展中华文化指明了方向。"两有"即对古代的文化要有区别地对待、有扬弃地继承；"两相"即中华优秀文化必须与当代文化相适应、与现代社会相协调；"两创"即对中华文化要实现创造性转化、创新性发展。"两有"是讲继承的区别原则，"两相"是讲继承的实践要求，"两创"是讲继承和创新的关系。按照讲话的精神，继承是基础，创新是重点；结合时代条件赋予新的含义就是转化，以古人之规矩，开自己的生面就是创新。强调要处理好继承和创造性发展的关系，重点做好创造性转化和创新性发展。讲话在这些方面创造性地提出的一系列新的思想观点，是对党以往的文化方针的新发展。这当然不意味着，对党的理论和实践来说，有关继承的理论难题都已经解决，事实上在继承的问题上还有很多人停留在以批判为主的思维，需要加以转变；而是说，面对今天治国理政的复杂实践需求，今后的关注应当更多地以理论联系实际的态度，集中于对传统文化进行创造性转化、创新性发展。

中华优秀传统文化与社会主义市场经济、民主政治、先进文化、社会治理等还存在需要协调适应、建立合理关系的地方。因此，创造性转化，就是要按照时代特点和要求，对那些至今仍有借鉴价值的内涵和表现形式加以改造，赋予其新的时代内涵，激活其生命力。创新性发展，就是要按照时代的新进步新进展，对中华优秀传统文化的内涵加以补充、拓展、完善，发展其现代表达形式，增强其影响力和感召力。

需要把"对中华文化要实现创造性转化、创新性发展"放在习近平总书记系列重要讲话的整体中来加深理解。讲话中反复提到"要继承和弘扬中华优秀文化"，因此，继承、弘扬应当是转化、创新的前提，善于继承才能善于创新；在扬弃中继承，在继承中发展，在发展中创新。这些都是与林毓生或其他人的讲法有重要不同的。由于独立的"创造性转化"的命题中没有表达出继承、弘扬的意思，"转化"中不仅没有包括继承和弘扬，而且突出的是改变、转变的意思，所以"创造性转化"的提法，是有其应用范围的。可见"两创"虽然是实践的重点，但毕竟还不能把党对传统文化的方针全部归结为"两创",仅仅提"两创"还不能使我们全面掌握习近平讲话的内容精神,按照习近平讲话的精神,必须把"两有""两相""两创"的方针结合起来。继承是基础,转化是方向,创新是重点;只有这样,才能更加完整地理解、体现党的文化方针。

民族文化与马克思主义中国化

——中西马高端对话的发言

关于中西马对话的问题，我其实平常思考不太多，可能在座好多同学比我考虑更多一点。前年在北京师范大学也开过一次会，总结这三十年来的哲学发展，也讲到了中西马的问题。我当时讲的意思是中西马交流要有一个切入点，找到共同话题最好。我当时说，我们从20世纪80年代中期到90年代中期失去过一次机会，这个机会就是20世纪80年代到90年代本来应该大家对马克斯·韦伯的理论做一个共同的反思。因为韦伯理论跟现代化有关系，80年代是整个改革的启动时期，大家关注的基本概念就是现代化，怎么理解现代化，怎么理解现代化和传统，是时代的焦点问题。特别是韦伯专门处理了关于中国传统的问题，写了《儒教与道教》《中国宗教》。本来我觉得这是一个很好的切入点，因为韦伯的讨论在某种意义上构成他对马克思的一种异议，如果不是直接的挑战。因为在西方社会科学界把韦伯理论看作跟马克思的历史唯物论不同，因为是讲资本主义精神。另外韦伯代表西方理性主义思想的一个新的发展阶段，针对东方思想，特别针对中国。但是，应该说那个时候这个问题没有引起大家共同的注意，其实在80年代末我曾跟我们系里边研究马克思主义哲学的老师提过，我说你们应该注意韦伯。我自己在80年代末90年代对韦伯和中国的关系做了回应，发了好几篇文章全面对韦伯关于中国问题的讨论做了回应。我们已经失去一个机会。所以我们今天还是要有一个切入点。

今天我就想借另外一个切入点，这个切入点也许没有韦伯来得那么普遍，我找的切入点是以赛亚·伯林。刚才孙老师讲了，讲很多哲学，但强调中国新的问题。我想我今天也主要朝中国问题的方面多讲讲，我不一定进入具体的讨论，更不涉及对中国哲学本身的讨论。我从以赛亚·伯林的民族主义讨论来入手，我觉得这是有关中西马和中国特色社会主义理论，关于马克思主义中国化的一种值得重视的看法。以下我讲三点：

第一个问题是民族主义和社会主义。以赛亚·伯林在回顾 19 世纪以来的思想和历史发展之后，曾经指出这一点，他说有一个运动，在 19 世纪大部分时间里面支配了欧洲，可是 19 世纪伟大思想家们都认为这个运动必然走向衰落。所以在 19 世纪伟大思想家中，包括马克思，谁也没有预见他说的这个运动在后来的 20 世纪起到更大的支配作用，就是当今世界最强大的运动之一——民族主义运动。他指出民族主义是今天世界最强大的力量。他的看法是这样：不管在何时何地，当民族主义和其他意识形态所支持的运动发生矛盾的时候，民族主义无一例外都胜出，这是他通过 19 世纪到 20 世纪的发展，做出的一个观察。伯林的书非常多，关于民族和民族主义的思考是其重点。我想讲的第一点是关于社会主义和民族主义。我们知道伯林是写过《卡尔·马克思》的重要的思想史家，他对马克思和 19 世纪欧洲社会主义运动有深入了解。他对马克思理论和民族主义的关系做了这样的分析，他说马克思主义者和其他激进社会主义者，在他们看来，民族感情本身是虚假意识的一种形式，是一种意识形态；民族、地方、种族与全世界工人团结跟全世界工人阶级团结相比无足轻重。我想这个概括也许不一定全面，但是这是他对马克思理论的概括。他也引了马克思《共产党宣言》里的一句话：

218

"人对人的剥削一消灭，民族对民族的剥削就会随之消灭，民族内部的阶级对立一消失，民族之间的敌对关系就会随之消失。"所以在马克思看来民族和民族主义是私有制和资本主义的产物，所以随着资本主义的消除和公有制的建立，民族主义会很快消亡，代之以工人阶级的国际主义的团结。照伯林的了解，马克思主义就认为民族性、地方性是一种欠发达状态非理性的抗争，将会被历史淘汰。伯林认为马克思不管出于自觉还是非自觉，马克思的一生跟他所处的 19 世纪其他思想家一样，低估了作为一种独立力量的民族主义，尽管马克思有很多深刻而独到的观点，可是他没有正确说明民族主义的来源和性质及低估了它的作用。伯林还说了另外一句话，这正像低估作为社会中一个独立因素的宗教力量一样。大家想想，民族力量、宗教力量，在今天全球化时代仍然是不能忽略的。他说这是马克思伟大体系的主要弱点。那么与马克思相对照，伯林很重视赫斯，他认为赫斯是共产主义者中唯一的例外。赫斯也是犹太人，那么赫斯在 1862 年写了一本书《罗马与耶路撒冷》，在这里面他断言犹太人肩负把共产主义和民族精神结合在一起的历史使命。这种不把共产主义和民族主义对立起来，而把两者加以结合的例子，那是伯林最感兴趣的。在他对赫斯的研究中特别指出，他说马克思主义认为民族主义不是历史中一个真正的基本要素，可是赫斯不同意这一点。共产主义者赫斯一直相信和理解民族主义原则，他谴责世界主义是对人类丰富多彩的真实历史差别的违反自然的抹杀，他看不出任何民族有理由认为自己一定优于其他民族。他明确反对黑格尔在历史性民族和那些不幸的衰败民族之间所做的区分。他认为国际主义不是消灭民族的运动，而是团结各民族的运动。所以赫斯既没有放弃社会主义，也没有放弃犹太复国主义，因为在赫斯看来它们之间没有什么不相融之处。赫斯不相信社会主义中心价值必然与一些最神圣的传统价值——对家乡的爱，对个人和集体的历史民族的记忆及各种符号的深厚的感情这些东西发生冲突。

所以伯林用赫斯的例子，意在说明社会主义和民族主义可以结合，而马克思生前对民族主义的忽视今天应该被改变。这是我讲的第一个问题。

第二个问题是民族主义和自由主义。我们是中西马，前面我代表中国哲学从突出民族主义立场上提出对马克思主义的回应、建议。接下来是从突出民族主义立场上对西方哲学，特别是西方自由主义提出的一种回应或者建议。伯林的民族主义就他自己所注重和赞同角度来讲，主要是一种文化的民族主义。今天不能全面讲伯林的文化民族主义，所以只把要点讲一下。格雷对伯林思想的诠释里面特别突出自由主义和民族主义的关系在伯林论民族主义思想中的重要性，认为自由主义和民族主义的关系是伯林讨论这个问题的重点。其实我认为在伯林关于民族主义的论述中很少把民族主义和自由主义关联在一起加以讨论，他自己也从来没有说过他自己持有的立场是自由民族主义。所以从这点来说，虽然我们说"自由和归属的平衡"，用这个了解伯林思想毕生的主题是有意义的，但是这种平衡与其说是自由主义和民族主义内在的关系，倒不如说是一个像伯林这样对自己犹太人身份具有敏感的自由主义者，如何处理两者的关系更恰当。我始终认为这两种关系不一样，因此我并不认为把伯林的民族主义论述表达为自由民族主义是恰当的，他的主旨是强调文化民族主义的重要，只是在犹太人建国问题上赞成通过政治自觉的自由民族主义来体现，来保护文化归属。所以伯林的观点是不论任何政治体制都必须与文化民族主义结合或者妥协。他并没有说只有欧洲的现代民主体制才是最能够保护、最能体现这种文化民族主义的最佳政治环境，更没有说过自由主义理念是结合文化民族主义的最佳伙伴。反而我们说他意识到自由主义的中立性理念并不能够支持文化民族主义，而民族主义也有可能在一定程度上危及当今世界的民主制度，这才是他的看法。不仅如此，我们想提出一种伯林式问题，民族主义、自由主义、社会主义三者是当今世界最有影响的国家意识形态，如果从伯林的价值多元论

220

角度来看，这三者可能是不可通约，从而是不可结合的，伯林意识到这点了吗？如果社会主义可以和民族主义结合，自由主义也可以和民族主义结合，这和伯林自己所持的价值多元论有没有冲突之处？能不能认为伯林可以接受丹尼尔·贝尔式的多元结构的模式，就是政治的自由主义、文化的民族主义、经济的社会主义是可以结合的？当然丹尼尔·贝尔认为这三者对他来讲是既连贯又统一的。换句话说，有没有可能用贝尔模式来解释伯林思想中自由主义和民族主义的共存，而不需要自由民族主义的概念？

在伯林的学生和他的诠释者里面开始自觉和不自觉地特别强调伯林式的民族主义跟自由主义的关联。的确，如果去除了伯林自由主义者身份，伯林的民族主义论述并没有多少新的东西，他对民族主义论述之所以被重视，确实是因为他同时具有的自由主义思想家的身份。一个自由主义思想家何以关注民族主义并且肯定民族主义，这是他被特别关注的内在原因。我并不否定用自由民族主义诠释伯林是有它的理由，至少从理论和实践上来看，阐明自由社会和民族主义之间的必要关联，比起说明其他任何当代社会和民族主义的必要关联都更加需要理论和政治的勇气。因为，一般理解的现代自由社会似乎和民族主义没有必要关系，而且往往是反对民族主义的。也正是由于这一点，他的后继者才致力去发明关于自由民族主义的概念，重视民族文化身份对自由社会建制中的个人的意义，要求把民族文化身份作为自由社会建制内在的一部分。所以格雷的话是这样讲的："当代许多自由民族主义阐述都将伯林视为重要的思想渊源，就此而言我们似乎有理由认为伯林的思想也包含了自由主义和民族主义之间调和一致的某种可能，是自由民族主义的一个重要源头。"在对伯林进行发展的自由民族主义论述里头，民族情感被理解为与自由社会政治团结有关，认为共同文化的认同，对维持自由政治秩序有积极意义，共同的民族文化成了自由公民社会赖以成立和稳定的条件。从价值上说，民族情感和信仰自由以及个人尊严，不是互不相融的。所以伯林不同意战后自由主义的主导形式，他认为参与到共同文化形式中，和在那些自治或者在自己事务中有自主权的社会中拥有成员地位是大多数种族繁荣发展的关键因素。他从来不赞成人的尊严和自尊主要依赖于拥有个体权利和自由的看法。人的尊严不是仅仅通过个人自由权利，包括你对共同民族文化形式的认同。所以人类所依附的生活方式和共同文化形式，是他们作为成员并从中获得自己特征的文化形式，人对共同文化形式的参与跟个人幸福密切相关，他的文化认同要求别人对于这些文化形式有尊敬和认可。因此伯林认为促成人类繁荣的大多数的关键东西在任何情况下都不是政治参与，而是什么呢？而是人们在共同文化传统中成员地位。我认为与其说这些思想是伯林自己明确说出来的，不如说是格雷这些人对伯林的发展所形成的一种明确的自由民族主义的论述。我并不想说格雷对伯林做了过度的诠释，但我认为他们的确对伯林做了积极的诠释和发展。伯林自己主张的应当是民族身份对各种社会建制中的个人都有意义，民族情感对各种社会政治团结都非常重要，共同文化的认同对一切社会政治秩序的维持都是必要的，共同的民族文化是各种社会赖以成立和稳定的基本条件。但是话说回来，如果说伯林这些思想有任何针对性的话，这是针对当代社会主义和自由主义，要求三大思潮中的另外两支承认民族主义和它的立场是一项更根本更现实的选择。所以当伯林说民族文化和民族情感对一切社会都有意义的时候，这个一切中包含自由主义的理想社会，这个正是一般自由主义立场所忽视的。这是我讲的第二点。

　　第三个问题我想落实到主题，民族主义和马克思主义中国化，即怎么样用比较注重民族性立场，或者突出民族主体性立场来参与马克思主义中国化的讨论，这是第三个我想讲的。我想讲三层意思，第一是儒学与马克思主义或者马克思主义中国化的问题，对我来讲，这个问题不是抽象的理论对比，按照我的理解，这个本质应当是今天中国共产党，也就是以马克思主义为思想理论基础的现代中国的执政党，在面对和承担如何把中国建设成富强、民主、文明的现代化国家过程中，如何看待、对待儒家文化的问题。所以简单说来儒学和马克思主义或者马克思主义中国化问题，就是中国共产党和中国政府今天如何看待儒学文化和中国文化的问题。因此马克思主义和儒学问题不能够拘泥在"马克思主义中国化"这八个字上面表面理解，不应当一般地去关注马克思主义和儒学所谓理论结合点，不应该把注意力放在马克思主义和儒学的学术对话，更不需要纠缠在马克思主义经典文本和儒学经典文本的具体比较之上。在这个问题上我们要拨云见日，直指根本，直接指向中国当代社会协调发展的文化需要、中国特色社会主义的实践需要。

第二是马克思主义中国化的目标问题。在革命时期毛主席讲过用马克思主义之"矢"去射中国这个"的"，"的"就是目标，因此谈到这个问题的时候，我们不能忘记中国实际和中国问题在我们中国社会具有目标的意义。所以必须清醒地认识到党的任务和使命在新中国成立以来，在"文化革命"结束以后的新时期，在改革开放的新时代，经历了重大的变化和根本的转向，这就是从以革命和阶级斗争为中心，转变为以建设和经济发展为中心。20 世纪 90 年代以来，党更加明确了对中华民族生存和发展所承担的当代责任，这就是提出这两个口号：推进中华民族的伟大复兴和中华文化的伟大复兴。新世纪以来党的路线进一步体现了与时俱进的发展，面对和谐社会的建构和国家长治久安提出了一系列传承发展中国文化的提法。所以今天作为执政党，党和政府承担着维护国家利益、增进人民福祉、发展文化传承、保持民族统一、寻求社会和谐等重大基本任务。马克思主义中国化必须反映中国人民的意愿、适合中国发展进步的要求。我们今天到底应该如何对待儒家文化和它的价值，必须在思想上真正从以社会革命为中心转变到以社会和谐为中心，明确认识到目前的形势和我们任务的前提下，才有可能解决。

第三是马克思主义与儒学或者马克思主义中国化，重要的是怎么样理解马克思主义。马克思主义是发展的，中国化的马克思主义是与时俱进的。我们讲儒学和马克思主义的关系，这个马克思主义应当以当代的中国的马克思主义为主体，以邓小平理论、"三个代表"重要思想，科学发展观为主体，反对僵化主义和教条主义。正确对待儒学问题，是属于文化的问题，而中国化马克思主义在不断发展的同时，不断在开辟解决这个问题的道路。党的十七届六中全会以来的方针为我们解决这个问题指出了很明确的方向。按照十七届六中全会的报告和党的一系列文件报告，文化是民族的生命血脉，在我国五千多年文明历史发展中，各族人们紧密团结、自强不息，共同创造出源远流长、博大精深的文化，为中华民族发展壮大提供了强大的精神力量，为人类文明进步做出了不可磨灭的重大贡献。我们要做中华优秀传统文化的忠实传承者和弘扬者，文化是人民的精神家园，优秀传统文化凝聚着中华民族自强不息的精神追求和历久弥新的精神财富，是发展社会主义新文化的深厚基础，是建设中华民族共有精神家园的重要支撑。中国特色社会主义要扎根于中国文化，使之具有深厚的历史根基。要全面认识中国传统文化，取其精华，去其糟粕，古为今用，推陈出新，坚持保护利用，普及弘扬并重，加强对优秀传统文化思想价值的挖掘阐发，维护民族文化的基本元素，使优秀传统文化成为新时代鼓舞人民前进的精神力量。在增强国家文化软实力，在中华文化国际影响力的当前建设过程中，要以民族文化为主体，吸收外来有益文化，推动中华文化走向世界。我想党的十七届六中全会的文件应该是当代中国马克思主义关于文化问题的重要文献，也是我们处理儒学和马克思主义问题的基础和指针，我想第三点可以说承接了前面在理论上对伯林民族主义的讨论，也对党的十七届六中全会报告做了一个注脚。

20 世纪儒学的学术研究及其意义

本文所讨论的 20 世纪的儒学研究，并不是要盘点或列举 20 世纪儒学研究的成果，或总结 20 世纪儒学研究的方法，或综述百年来儒学研究的成就与缺欠。而是希望把儒学的学术研究作为一个问题，以儒学的现代发展为主体，探求何以学术研究成为 20 世纪儒学的基调；讨论 20 世纪儒学学术研究对儒学在现代社会的生存与发展有何意义，起了何种作用，具有何种限制；并由此讨论现代儒学与传统儒学的不同特色，以及这些特色之所以形成的历史环境与制度条件。有幸的是，长期以来，已有不少学人对这一类问题有过多样的深度观察和思考，我们将在回顾这些观察与思考的基础上来提出进一步的看法。

一、文化的危机

要了解 20 世纪儒学的特色，必须了解 20 世纪儒学发生的背景、面对的挑战、承受的使命，才能明晓儒学的学术研究对于现代儒学的意义。

众所公认，鸦片战争以后，中国逐步陷入了空前的、全面的危机。这个全面的危机在根本上来自西方的挑战，西方近代文化和西方帝国主义在亚洲的侵逼扩张，对古老的中华文明和庞大的中华帝国，在军事、政治、科学、工业、教育等诸方面带来的巨大冲击，引发了晚清时代一系列的近代化的改革。

如我曾针对近代儒教兴衰史所指出的，古老的传统中国文明在帝国主义的坚船利炮面前一败涂地，被迫变革。经过洋务运动到戊戌变法，近代自然科学及工艺制造已开始引进，近代西方合理主义的政治结构也已为先进知识人所介绍，清政府也开始渐进的改革。甲午战争的挫折使得儒教中国的危机更加深重。19世纪末儒学的状况是，儒家的知识体系和政治制度受到了巨大挑战。

洋务运动后期，维新派在各地已经开始兴办新式学堂，即使在一些旧式学塾中，课程亦开始新旧并存。1899年清廷下诏废八股、诗赋，1901年清政府发布《兴学诏书》，正式要求全国广设学堂，这些已经是对为传统科举服务、为制造儒生的旧式教育体系的根本挑战。由于自1899年来各地书院已渐改为学堂，至1905年传统"儒学"（学校）已无形中取消。更为决定性的是，1905年，清政府正式决定废止科举，规定所有学校除保留经学、修身之外，皆教授自然科学。无论在法律上还是事实上，儒学在传统教育的地位终于完全倒塌了。

辛亥革命及其后短短几年，儒学已整体上退出了政治、教育领域，儒学典籍不再是意识形态和国家制度的基础，新文化运动正是把辛亥革命前后放逐儒学的运动进一步推展到伦理和精神的领域。从废止科举到新文化运动不过十数年时间，儒学在现代中国文化的格局中遭到全面的放逐，从中心退缩到边缘。经过本世纪初二十余年，儒教文化已全面解体。①

一般认为近代中国的危机主要是西方帝国主义的侵迫而形成的民族危机。20世纪50年代以后的中国研究显示，中国19世纪中叶以来遭遇

---

① 参看拙著《传统与现代》，北京大学出版社，2006年，84—87页。

的危机在社会变化层面上被认为是"现代化的危机"，在外部强力压迫下发生的从传统社会向近代社会的逐步转变。但是，从儒家思想家的立场来看，则始终强调中国近代以来遭遇的危机必须从文化上来理解，贺麟早就提出：

> 中国近百年来的危机，根本上是一个文化的危机。文化上有失调整，就不能应付新的文化局势。中国近代政治军事上的国耻，也许可以说是起于鸦片战争，中国学术文化上的国耻，却早在鸦片战争之前。儒家思想之正式被中国青年们猛烈地反对，虽说是起于新文化运动，但儒家思想的消沉、僵化、无生气，失掉孔孟的真精神和应付新文化需要的无能，却早腐蚀在五四运动以前。儒家思想在中国文化生活上失掉了自主权，丧失了新生命，才是中华民族的最大危机。[①]

这就是说，中国自近代以来之所以不能应付新的局势，在外强压迫下屡屡失败，内在的原因是这个时代的儒家思想作为中国的精神、思想的根本，僵化停滞，没有焕发出新的生命。贺麟这种从内在思想来理解近代历史的立场，应该不是没有理由的。如，日本近代的经验证明，同样面临西方文明与帝国主义的压迫，若能积极奋起改革，儒家思想与时俱进而推动改革，则可有效化解民族危机，促进现代化的进程。

西方的坚船利炮当然是摧毁东方防线的前锋和先导，但对于中国而言，真正深刻的危机还不是军事的弱势或失败，而是西方文明的全面挑战。13—14 世纪的蒙古铁骑同样锐不可当，但蒙古的军事优势并不代

---

① 贺麟：《儒家思想的新展开》，载《文化与人生》，商务印书馆，1988 年，5 页。

表文明的优势。而中国鸦片战争以来所感受到的西方冲击，绝不仅仅是军事技术的先进，在全方位的节节败退下，中国人渐渐丧失了对自己文明的自信，而在心理上为西方文化所征服。正是在这个意义上，西方文化的挑战被认为是根本性的，而如何吸收与回应西方文化上的挑战，成为消解危机最为根本性的问题了。

当然，贺麟把文化的危机只归为清代儒家思想的消沉僵化，是不全面的。从文化观念上看，当时的知识人不能正确地评衡中西文化，是文化危机发生的一个重要原因。事实上，近代中西文化的问题讨论中，批判中国文化传统的声音之所以占了上风，是由于流行的观念里包含不少文化观的迷思；如何从超越启蒙主义的角度阐发中国文化的价值，维护中国文化的自信，必须从学术上进行辨析，这是化解文化危机的重要方面，也是畅通民族文化生命的根本关键。文化观的问题必须用文化观的分析和论辩来解决，文化观的问题不解决，思想的重建、历史的研究就没有基础。由于文化的危机主要来自知识分子的观念，而不是普通民众，所以以知识分子为对象的文化辨析必然在这个时代成为儒学的主战场。在这方面，梁漱溟的文化哲学著作是最具有代表性的。

贺麟指出：

西洋文化学术大规模的无选择的输入，又是使儒家思想得到新发展的一大动力。表面上，西洋文化的输入，好像是代替儒家，推翻儒家，使之趋于没落消沉的运动。但一如印度文化的输入，在历史上曾展开了一个新儒家运动一样，西洋文化的输入，无疑亦将大大地促进儒家思想的新开展。西洋文化的输入，给了儒家思想一个考验，一个生死存亡的大考验、大关头。假如儒家思想能够把握、吸收、融汇、转化西洋文化，以充实自身，发展自身，儒家思想则生存、复活而有新的发展。[①]

因此，对文化危机的克服或消解，不是拒绝西方文化，事实上拒绝西方文化是不可能的。中国文化的危机，在思想文化方面主要是儒家文化的危机，西方文化的大规模输入，造成了儒家思想生死存亡的大考验。换言之，儒家文化的危机与解除，是要面对西方文化的输入，了解西方文化，吸收西方文化，融合西方文化，并转化西方文化。只有在经历了这样的历程的基础之上，儒家思想才能在现代生存、复兴和发展，正如宋明理学吸收融会佛教而发展出新的儒学形态一样。只有在文化上扬弃西方学术，儒学才能在现代生存。这也就是说，文化上的融合、转化西方成为20世纪以来对儒家的存亡具有根本性的任务。冯友兰的新理学所做的正是这一类的工作。

这种"转化西方文化"，贺麟又称为"儒化西方文化"，他指出：

> 就民族言，如中华民族是自由自主、有理性有精神的民族，是能够继承先人遗产应付文化危机的民族，……如果中华民族不能以儒家思想或民族精神为主体去儒化或华化西洋文化，则中国将失掉文化上的自主权，而陷于文化上的殖民地，让五花八门的思想，不同国别、不同民族的文化，漫无标准地输入到中国，各自寻找其倾销市场，各自施展其征服力，而我们却不归本于儒家思想而对各种外来思想加以陶熔统贯，我们又如何能对治哲学分歧庞杂的思想而达到殊途同归、共同合作以担负建设新国家新文化的责任呢？……儒家思想的新展开，

---

① 贺麟：《儒家思想的新展开》，载《文化与人生》，商务印书馆，1988年，6页。

229

是在西洋文化大规模输入后，要求一自主的文化，文化的自主，也就是要求收复文化的失地，争取文化上的独立与自主。①

所谓儒化或转化，即正如宋明理学对于佛教的吸收和转化，是指以儒家思想为主体，吸收西方文化，并把吸收来的西方文化的因素加以融汇改造，使之变成自己思想的部分；是用儒家思想统贯外来思想因素，自主地重建新的现代的儒学。熊十力的新易学哲学在这方面的贡献最为突出。

重建这样的儒学，本质上必然是一学术的研究和发展。从而，儒学的学术发展成为这个时代最重要的工作。正惟如此，贺麟提出了"学术治国"的口号，以凸显他对学术工作的重视：

老实说，中国百年来之受异族侵凌，国势不振，根本原因还是由于学术文化不如人，中国之所以复兴建国的展望，亦因中华民族是有文化敏感、学术陶养的民族。……由此看来，我们抗战的真正的最后胜利，必是文化学术的胜利。我们真正完成的建国，必是建筑在对于新文化、新学术各方面的研究、把握、创造、应用上。换言之，必是学术的建国。……

我愿意提出"学治"或"学术治国"的观念以代替迷信武力、君权高于一切的"力治"主义。……我愿意提出"学治"来代替申韩式的急功好利、富国强兵的法治。……我愿意提出"学治"以补充德治主义。②

① 贺麟：《儒家思想的新展开》，载《文化与人生》，商务印书馆，1988 年，7 页。

② 贺麟：《抗战建国与学术建国》，载《文化与人生》，商务印书馆，1988 年，21 页。

230

这是最明确提出学术对于中华民族复兴的重要意义的提法。在他看来，中华民族的复兴即是中国文化的复兴，中国文化的复兴主要是儒家思想的复兴，而儒家思想的复兴，最根本的用力之处是学术建设。从而，学术建设成为这个时代儒学的根本使命，学术儒学也成为这个时代儒学发展的特色。

二、精神的迷失

如上所说，19 世纪后期以来，中国文化遭遇到前所未有的危机与困境，这一危机总体上来自中国作为民族国家遭遇到的危机，而在文化上儒家思想体系遭遇的危机是中国文化诸部分中最为突出的，以至于一般所说的中国文化危机实质即是儒家思想文化的危机。在文化危机的总体形势之下，儒学的学术发展应该突出什么课题以求其复兴呢？当然，这一问题在现代儒学中的看法并不完全一致。

20 世纪 70 年代，在当代新儒家还未受到特别重视时，张灏写了《新儒家与当代中国的思想危机》，他认为不能仅从民族危机、文化认同或现代化来了解中国文化所遇到的危机，必须从"精神"方面来理解危机的特质。

他从思想史家的立场突出了新儒家思潮出现的背景，他提出："新儒家并不是 1949 后才突兀地出现于思想界，而是自'五四'时代即长期发展的一股趋势。"[1] 他主张："新儒家是对思想危机的回应。"[2]

张灏认为，西方文化传进之后，各种新学蜂拥而起，"传统价值取

① 张灏：《新儒家与当代中国的思想危机》，载《当代新儒家》，生活·读书·新知三联书店，1989 年，54 页。
② 张灏：《新儒家与当代中国的思想危机》，载《当代新儒家》，生活·读书·新知三联书店，1989 年，57 页。

向的象征日益衰落，于是中国人陷入严重的'精神迷失'境地，这是自中古时代佛教传入中土所未有的"①。

这种"迷失"被他分析为三个层次：首先是"道德迷失"。这是指"五四"时代的激进主义者要求对所有传统的儒学价值进行重估，在道德上打破传统旧习，破坏和否定自己的道德价值传统，造成了道德迷失的普遍心理。② 其次是"存在迷失"。这是指传统宗教信仰已遭到破坏，人的由苦难、死亡、命运造成的焦虑失去象征性庇护时，人对存在感受到的困境和痛苦。第三是"形上的迷失"。这是指科学传播冲击了人的原有世界观和宇宙观，人对世界的究竟原因，对世界统一性的理解找不到答案，对传统哲学的摒弃，使得人对物理世界以外的世界理解，对形上世界观的需要，无法满足。③

由此，张灏认为：

> 在现代中国，精神迷失的特色是道德迷失、存在迷失和形上迷失三者是同时存在的。而不在于任一项的个别出现。位于现代中国之意义危机的底部，是此三种迷失的融合。唯有从这个背景才能把握到：新儒家学者在许多方面将自己关联于传统。他们的思想大多可视为"意义的追求"，企图去克服精神迷失，而精神迷失正是中国知识分子之中许多敏感灵魂所感受到的问题。④

---

① 张灏：《新儒家与当代中国的思想危机》，载《当代新儒家》，生活·读书·新知三联书店，1989 年，58 页。

② 张灏：《新儒家与当代中国的思想危机》，载《当代新儒家》，生活·读书·新知三联书店，1989 年，59 页。

③ 张灏：《新儒家与当代中国的思想危机》，载《当代新儒家》，生活·读书·新知三联书店，1989 年，60 页。

④ 张灏：《新儒家与当代中国的思想危机》，载《当代新儒家》，生活·读书·新知三联书店，1989 年，60 页。

我们可以说，"精神迷失"的说法表明，张灏是从更为内在的方面来说明近代以来中国文化的危机。这显然是根据海外新儒家当时的学术关怀而加以总结的。也就是说，在他的理解中，从当代新儒家的角度来看，中国文化的危机最突出的是精神的危机，是道德心理、存在焦虑和哲学世界观的迷失。这三项其实可以说都是哲学的迷失。也由于此，化解这些危机，必须在哲学的层面上澄清这些迷失，扭转这些迷失，在哲学上做出新的发展。换言之，对这些意义危机的哲学回应乃是这个时代儒家最根本的工作。这个工作不仅对儒家传统是重要的，对现代中国人的精神迷失之解除也是重要的。

张灏对新儒家回应儒学危机与困境的内在进路的提法，可以在新儒家代表人物那里得到印证。张君劢早在1933年便写出《民族复兴的学术基础》，强调学术基础的重要性，他后来在宣讲"中国现代化与儒家思想复兴"时也明确宣称："我更要指出，现代化的程序应从内在的思想着手，而不是从外在开始。"①

这种学术的重要性是当代新儒家一贯肯定和强调的。牟宗三说："学术文化上的影响，对照政治、社会活动来说，本是'虚层'的影响，但'虚以控实'，其影响尤为广泛而深远，所以我说它是一种'决定性的影响'，我们不可轻看，以为是不急之务。"②

从以上的叙述可见，我们所说的20世纪儒学的"学术研究"，包含有两种基本意义，一是指对传统儒学的学术研究，即把握儒学历史发展演化的脉络，梳理儒学理论体系的内部结构，清理儒学概念的意义及演变，研究儒学在不同时代与社会、制度的联系，澄清儒学的思想特质

<hr />

① 张君劢：《中国现代化与儒家思想复兴》，载《当代新儒家》，150页。
② 牟宗三：《客观的了解与中国文化之再造》，载《当代新儒学论文集》总论篇，3页。

和价值方向，等等。二是指儒家思想的理论建构与发展，即20世纪面对时代、社会的变化、调整和挑战，发展出符合时代处境的儒家思想的新的开展，开展出新的吸收了西方文化的儒家哲学、新的发扬民族精神的儒家哲学以及从儒家立场对世界和人类境况的普遍性问题给出指引的哲学。历史研究与思想理论建构当然都是学术建设。有了历史研究才能了解传统思想及其发展的全体大用，有了思想建构才能结合时代使传统有新的展开，儒家思想的传承和发展才能有本而日新。当代新儒家中唐君毅和牟宗三在这两方面的工作具有典范形态的意义。

三、人伦的疏远

与张灏强调现代儒学从"形而上"、内在的精神方面回应现代的挑战的合理性不同，余英时则着重指出儒学与传统建制脱离之后的失重状态以及与人伦日用的逐步脱离。

张灏所说的道德迷失，并没有强调其人伦日用的道德规范方面，反而使之与存在迷失、形上迷失一起，成为内在的意识危机的一部分；忽略了儒学解体后20世纪中国社会价值失范，社会缺乏传统价值支持的行为混乱状态。作为历史学家，余英时注重思想与社会的联系，从这个角度，他多次就"形而下"、外在的社会方面观察了20世纪的儒学困境。他认为，现代的儒学（主要指当代新儒家）已经没有生活的基础，而主要是一种哲学，这一哲学取径的现代儒学重建，其价值不容置疑，但这种哲学化的现代儒学和一般人伦日用很难发生实际的联系。① 显然他是把这一点看作现代儒学与传统儒学的主要区别，也将其视为现代儒学的根本困境。他指出：

---

① 余英时：《现代儒学论》序，上海人民出版社，1998年，5页。

234

儒家的价值必求在"人伦日用"中实现，而不能仅止于成为一套学院式的道德学说或宗教哲学。在这个意义上，儒学在传统中确已体现为中国人的生活方式，而这一生活方式则依附在整套的社会结构上面。20世纪以来传统的社会结构解体了，生活方式也随之发生了根本的改变。……一方面儒学已越来越成为知识分子的一种论说，另一方面儒家的价值却和现代的"人伦日用"越来越疏远了。[1]

　　这所谓的生活方式又称为制度化的生活方式。余英时这里对儒学境况的描述是无可怀疑亦无可回避的事实。照其分析，传统儒学之发生作用，在整体上有三个环节，即道德学说—生活日用—社会结构，三者的关系是道德学说体现为生活方式以及生活方式依附在社会结构。在传统社会这是有机的一体。他认为，近代以来中国的社会变迁，使得社会结构解体了，生活日用改变了，儒学学说则学院化了。这样的学说贯彻不到生活日用，又断绝了同社会结构的关联，成为无所依附的东西了，这就是他所说的"游魂"状态。显然，他把这一点看成现代儒学的根本困境和挑战。

　　他说：

　　　　……现在的问题是，现代儒学是否将改变其传统的"践履"性格，而止于一种"论说"呢？还是继续以往的传统，在"人伦日用"方面发挥规范的作用呢？如属前者，则儒学便是以"游魂"为其现代的命运；如属后者，则怎样在儒家

---

[1]　余英时：《现代儒学论》序，上海人民出版社，1998年，5—6页。

价值和现代社会结构之间重新建立制度性的联系，将是一个不易解决的难题。儒家并不是有组织的宗教，也没有专职的传教人员；而在现代社会中，从家庭到学校，儒家教育都没有寄身之处。一部分知识分子关于现代儒学的论说，即使十分精微高妙，又怎样能够传布到一般人的身上呢？①

此处所谓践履并不是只信奉儒家的学者的个人修身践履，实际是指儒家价值的社会教化及其深入民心的结果。自然，甘居游魂，也是现代儒学的一种选项，即仅止于学院化的哲学论说；但在余英时看来这就失去了儒学传统的一种基本性格。而如果儒学不甘居游魂，它的"魂"在断绝了与旧社会结构的关联之后，要附载在现代社会的"体"上，那就意味着要和现代社会结构重建制度性的关系，而这在余英时看来却是没有什么可能性的。所以余英时的分析，意在揭示此中的两难困境，是很明显的。

然而，如果依照余英时三要素的结构看，与现代社会结构无法建立制度性联系，只是切断了第三个环节，而这一切断并不意味着同时取消了前两个环节之间的联系。也就是说，失去了第三环节，儒家学说及价值影响中国人的生活即人伦日用，这仍然是可能的。他的问题只是说，如果现代儒家学说只是学院式的精妙哲学，是无法传布给一般人的，一般人也是无法受纳的。事实上，古代社会传布给一般人的也不是儒家精深的义理，而是一般的价值。因此现代社会的儒家价值，只要不是以精妙高深的形式出现，通过适当的传播手段，自然仍可能传布给普通人。这是从传布的角度来看的。而儒学中高深精妙的义理部分自有其重要的意义，宋明理学如果不能发展出精微的义理体系，就不可能回应佛教的

① 余英时：《现代儒学论》序，上海人民出版社，1998年，6页。

236

挑战，重新占据文化的主导地位。现代儒学如果不能吸取西方哲学以发展自身的哲学维度，就不可能在整体上、根本上回应西方文化的挑战，巩固儒学的生命基础。这是我们在前两节所着重强调指出的。所以与余英时不同，刘述先则强调，儒学作为一个完整的思想文化体系，不是仅仅提供一套俗世伦理而已，儒学同时是一个精神传统，包含着从超越到内在，从本体到境界的哲学思想体系。① 只是，历史学家对这种哲学建构的学术意义一般不甚突出与强调。

余英时不认为儒家价值和现代社会结构之间有可能重新建立制度性的联系，但他也认为儒学影响生活是可能的。他自己说："我所得到的基本看法是儒家的现代出路在于日常人生化，唯有如此儒家似乎才可以避开建制而重新产生精神价值方面的影响力。"② 什么是日常人生化，余英时并没有具体加以说明，他只是以明清儒学放弃"得君行道"而转向"注重普通百姓这样在日常人生中修身齐家"作为方向，并且以政教分离、公私之辩为依据，主张"日常人生化的现代儒家只能直接在私领域中求其实现"。③ 根据其思想推论，只要儒学不止于哲学论说，只要儒学不止于学院化讲学，而把儒学的传布转向百姓生活伦常的重建，儒学在现代仍然是有出路的。

余英时所论，从另一个角度来看，也可以说是儒学的教化困境与出路的问题。他提出的问题仍有讨论的空间，这就是，道德学说—生活日用—社会结构，三者在现代社会究竟如何安排。关于第三环节社会结构，我们要问，儒家思想与价值真的不可能与现代建制做某种结合吗？即使儒家思想与价值真的不可能与现代建制做某种结合，儒家思想与价

① 刘述先：《当代儒学精神性之传承与开拓》，载香港浸会大学编《当代儒学与精神性》，广西师范大学出版社，2009 年，8 页。
② 余英时：《现代儒学论》序，上海人民出版社，1998 年，244 页。
③ 余英时：《现代儒学论》序，上海人民出版社，1998 年，248 页。

值向生活日用传布的可能及条件是什么？如果儒家思想与价值真的不可能与现代建制做某种结合，而儒学与其价值仍然能够向生活日用传布，发生作用，那么至少说明，儒学还不是脱离了两个环节的游魂。至于儒学传统作为文化心理结构的存在，及其对游魂说可能发生的挑战，就不在这里讨论了。

四、大学与讲学

与儒家学说直接联结的是讲学，余英时指出：

> 在传统时代，到处都可以是儒家"讲学"之地，不必限于书院、私塾、明伦堂之类的地方，连朝廷之上都可以有经筵讲座。今天的儒学似乎只能在大学哲学系中存身，而且也不是每一个哲学系都有儒学。此外，当然还有一些零星的儒学社群，但也往往要依附在大学制度之中。那么是不是儒学的前途即寄托在大学讲堂和少数人的讲论之间？这样的儒学其可能的最高成就是什么？[1]

由于大学讲堂与研究是学术研究的主要场所，因而，对于 20 世纪儒学的根本使命而言，大学的学术研究有其特别的重要性。

那么，在传统制度解体后，儒学要继续存在和发展，要不要，可不可能，或者如何寻求与新的制度条件结合呢？事实上，即使在近代以来，儒学的存续也仍然与现代建制性条件相关。就儒学的核心部分即哲

---

[1] 余英时：《现代儒学的困境》，载《现代儒学论》，上海人民出版社，1998年，234 页。

学思想而言，其存续主要依赖于讲学和传承。从这一点来说，在讨论重建儒学和社会制度的联系方面，大学的作用应得到正面的肯定。从世界历史来看，近代社会与制度变迁给哲学带来的最大影响是，哲学的主要舞台转移到近代意义上的大学，转到以大学为主的现代教育、科研体制中来，这使得以学科为中心的知识性的哲学研究和哲学教育大为发展。事实上，康德以来的西方哲学家无不以大学为其讲学著述的依托。所以，尽管20世纪的中国哲学家中仍有不满于学院体制或倾向于游离学院体制之外的人，但绝大多数哲学家和研究哲学的学者都不可能与大学绝缘，因为大学已经成为现代社会提供哲学基础教育和哲学理论研究环境的基本体制。哲学与大学的这种密切关联，是几千年来中国历史上所没有的。由此造成的趋势和结果是，哲学作为大学分科之一在近代教育体制中获得一席稳固的地位，而哲学家也成为专业化的哲学教授。20世纪中国哲学家，他们的哲学研究工作和他们的哲学体系的建立，也大都在大学之中。即使是最倾向于学院外体制的现代儒家梁漱溟和熊十力，他们的名著《东西文化及其哲学》和《新唯识论》也都是任教北京大学哲学系时期完成的。所以大学在现代可以作为儒家哲学生存的基地之一种，是不必有什么疑问的。只是，这种存在方式及其影响，与近世儒学在普遍建制化支持下的广泛而深入的存在自是难以相比的。所以，对于余英时的问题"是不是儒学的前途即寄托在大学讲堂和少数人的讲论之间"，我们的回答是，现代儒学应该也可以利用大学作为建制条件以为自己发展的部分基础。所谓部分，是说儒学的前途可部分地寄托在大学，但不是完全寄托于大学讲堂（自然，大学哲学系的讲堂也不都是以儒学为内容，这与古代以儒学为主的讲堂是难以相比的）。

以大学作为现代建制的基础，其根本理由在于学术研究在现代儒学发展中的地位。如前所说，回应西方文化的挑战，重建适应社会变化的新的儒家思想，清理、总结儒学传统，使儒家思想得到复兴和新的开

239

展，是 20 世纪儒学的根本课题，这些课题无一不是学术研究才能承担的，而大学正是现代社会进行学术研究的最佳制度条件。

现代大学是以知识性的研究和教育为主，这和儒学的教育方向不完全相同。不过，就传统儒学来说，其中本来包含着大量学术性和知识性研究的方面和部分，汉唐经学和宋元明时代的经学中有着大量的此类研究，即使是理学，如朱子学传统中所包括的学术性著述也不在少数。甚至清代的王学也有考证学性质的著作。宋明理学思想性的著述也都主要面向士大夫阶层。从这个角度看，现代教育和科研体制中的儒学研究与古代儒学本有的学术研究传统是有其接续的关系的。而且，古代的官私教育体制，从国学、州县学乃至书院，本来就是儒学讲学传承发展的基地之一。就"作为哲学的儒学"而言，大学的人文学科（哲学、历史、中文）提供了现代知识人进行儒学研究的基本场所，是儒学在现代建制中传承发展的一种条件；从而，大学对儒学的支持作用虽然是有限度的，但应当予以肯定。何况大学的儒学研究不仅是学术性、知识性的研究，并且也包含着向社会发散文化和道德的思考。只是，大学所容纳的儒学研究和传承并不是儒学的全部，因为"作为哲学的儒学"不是儒学的全部。有些论者因此便反对儒学的学术研究，这也不足为怪。儒学是一个历史上包容甚广的传统，儒学传统中不仅有智识主义，也有反智识主义，明代的民间儒学如颜山农、韩贞等都反对经典研究和义理研讨，只关心地方教化，这些都是历史上出现过的例子。

其实在我看来，比起韩国、日本以及中国台湾地区大学和科研院所的儒学研究，我们的儒学研究不是多了，而是远远不够，学术水平和研究眼界都大有待于提高。今天的知识分子，只有对两千多年来的儒学，包括它和社会、制度的互动，进行深入细致的研究，我们才能真正了解这一伟大的传统及其偏病，才能对中国文化的未来发展有真正的文化自觉，也才能回应世界范围内儒学研究的挑战。大学和科研院所的青年学人正应当对此承担起更多的责任，才能无愧于这个前所未有的时代。对于儒学的发展来说，这个时代真正需要的，无论在学术上还是实践上，是沉实严谨的努力，而不是汲汲于造势和喧哗。

所以，问题的实质不在于如何认识现代大学建制中的儒学研究，而应当在于，经历过明清以来儒学与日常生活的结合的发展经验，和感受到当代市场经济转型时代对传统道德文化资源的需求，人们越来越认识到，儒学不能仅仅存在于大学讲坛和书斋之上，不能止于"作为哲学的儒学"，而必须结合社会生活的实践，同时发展"作为文化的儒学"的方面，使儒学深入国民教育和人生践履。这其实是一切关心儒学及其现代命运的人士的共识。在这个问题上，我们应当记取古代朱陆对立的教训，尊德行和道问学，如车之两轮，鸟之两翼，不可偏废。而这既是儒学整体的性格，也是对儒者个人的要求。

五、教育与教化

儒学在现代社会中，不仅可以与大学结合，还可以与更广泛的教育领域结合，如小学、中学教育，社会文化教育，儒学的价值教育功能不仅通过教育体制可以发挥，还可以通过和现代媒体的结合而实现。更广泛的，它还可以通过各种社会文化团体、公益团体发挥其功能。而这一切需要一定的前提，即教育宗旨的确定、国家文化政策的肯定、文化学术空气的转变。

在现代社会，儒学的存在应尽可能以教育为其基地，通过将儒家经典的部分引入小学、中学，使儒家思想与价值透过教育途径，植根于青少年的心灵。事实上在近三十年的中国教育中，通过古典教育的方式，这一点已经有所实现，只是不突出、不全面。最重要的是，缺乏一种固定化的制度性形式，以确定和保证儒家文化的价值成为小学、中学德育的基本内容。

社会教化的途径即使在传统社会，也不是固定的，现代社会更是如此。校外的文化教育与经典教育近年开始流行，应当受到社会的支持。鼓励各种经典诵读的活动和以经典诵读为宗旨的组织，使国民从小培养起对包括儒学在内的经典的敬重之心，熟悉儒家文化的价值资源，倡导把传统价值与现代生活进行结合，促进形成人伦日用的新的形式，这些都是富有积极意义的社会教化。政府与社会应表彰实践儒家价值的各类典型人物与事迹，鼓励各种文艺形式深刻地表现中国文化的价值，发扬中国文化的精神。

目前各地也出现了不少民间书院，多以儒学为中心的中国文化作为主要的学习内容，对象主要是成人。成人的国学教育现在遍地开花，各种国学班时长不一，重点有别，但都在普及传统文化的知识、智慧与价值。尤其是以企业管理者为对象的国学班或国学讲座，注重把传统价值与现代企业管理结合起来，虽然其出发点多是工具性的，但文化浸润的力量往往超出预想，人们在传统文化中发现的归属感，不仅增强了中国文化的认同，而且找到了个人安身立命的基础。近年以来还出现不少公益团体，以儒学为指导思想，推行包括晨读在内的各种经典学习和实践，号召并带动志愿者实践儒家的价值。电视台与其他现代媒体近年来在普及传统文化以及推动古代典籍与现代生活结合方面也发挥了令人瞩目的作用，提示出以电视为代表的现代媒体也可以作为儒学教化传布的载体之一。当然，这需要媒体知识分子的文化自觉作为条件。

很容易观察到，在这些社会文化的活动中，儒学文化在社会层面正在复活。中国古代文化的宝库已经渐渐成为现代人待人、处世、律己的主要资源，与其他外来的文化、宗教相比，在稳定社会人心方面，儒家文化提供的生活规范、德行价值及文化归属感，起着其他文化要素所不能替代的作用。几千年的传统儒家文化，在"心灵的滋养、情感的慰藉、精神的提升，以及增益人文教养"方面，为当代市场经济社会中的中国人提供了主要的精神资源，在心灵稳定、精神向上、社会和谐等人伦日用方面发挥了重要的积极作用。

这类文化活动和文化事业，在中国台湾也一直多方面开展，有些并影响到大陆，如儿童读经运动，是大家最为熟悉的例子。蔡仁厚说：

> 有人说，当代新儒家讲得很多，做得很少，我愿意说，此话有理。……五年前我为第四届当代新儒家国际会议写过一篇短文，文中呼吁大家异地同心，来接续前人的精神，可就一己的志趣和专长，分头进行下面几件事。第一件，疏导经典性的文献；第二件，研究专家专题；第三件，讲论中西主流的思想；第四件，豁醒文化意识；第五件，落实文化事业。这些年来，我们办文化讲座、学术会议，出版书籍，发行期刊，以及推动儿童读经——这些都很好，但应该还有其他工作可以做。譬如人伦日用间生活礼仪的践行，生活环境的经营，风俗习惯的改善，凡此等等。[①]

文化事业便包括了我们这里所说的社会文化实践。蔡仁厚的这个说法代表了中国台湾地区当代新儒家对儒学当代文化实践广阔性的认知。

儒学在现代社会传布其文化价值的途径是多种多样的，而每一种传布的方式都提示了一种儒学的现代生存路径，在这个意义上传布与建制不是截然分开的。如果一定要用建制化的角度来看现代的儒学生存，那么，我们可以说，与传统社会不同，儒学与现代建制的结合是"弥散

---

① 蔡仁厚：《新儒三统的实践问题》，载《新儒家与新世纪》，学生书局，2005 年，50 页。

性"的，也是"松散性"的，这正是现代儒学与社会相关联的特色。

前面说到，目前公私道德教育的支撑缺少一种固定的制度化形式。这种固定的制度化形式，指的就是"教育宗旨"。梁启超在 1902 年作《论教育当立宗旨》一文，吸取日本近代转型发展的经验，呼吁订立国家教育宗旨。① 1904 年清政府颁布的《奏定学堂章程》概述了政府的教育立学宗旨。1906 年清政府正式颁布《教育宗旨》，一方面坚持固有价值，一方面也倡导新的价值。1912 年民国发布《教育宗旨》，采纳蔡元培的意见，去除了对固有忠孝价值的突出，强调以美感教育完成道德。1916 年袁世凯颁布的《教育宗旨》，突出爱国，其他则回到清政府的教育要求。1929 年国民政府公布《教育宗旨及其实施方针》，以三民主义为教育宗旨，指明"以忠孝仁爱信义和平"为国民道德的教育内容。1949 年以后，政府再没有以"教育宗旨"的形式确定以何种社会价值培养国民。今天，应该重新考虑以教育宗旨或类似的形式，以政府的权威，确定以中国文化的传统价值作为培养国民德行的标准（当然不排斥其他现代生活价值）。有了这样的宗旨，学校教育和社会教化活动才有根本的指导和依据，使得儒学与社会的所有弥散型、松散型的关系获得无形的支撑。

很难定义何为"现代儒者"，但"具有儒家情怀的学者"应当是较少争议的。一个具有儒家情怀的学者与一个纯粹的儒家哲学研究者之间，有一个重要的区别，这就是有或没有对于历史文化的深切关怀。这种对历史文化的关怀主要是指对中国文化和儒学的温情敬意与同情了解，对中国文化与儒学遭受的压制不满于胸，关切儒学的前途和发展。

---

① 有趣的是，清华国学院四大教授的另一位王国维在 1903 年也写了《论教育之宗旨》。

一个儒家情怀的学者，在专业研究之外，一定要表达其对历史文化的忧患与关切，这是不能自已的。尤其是处在 20 世纪的中国，儒家乃至整个中国文化始终遭到了被唾弃、被批判的艰难处境，凡是自觉或不自觉对儒家文化价值有所认同有所承诺的学者，必定愤然而起，挺身而出，对于各种对儒学的不合理压制，进行理性的回应。在中国，包括两岸三地，儒学学者的文化情怀既表达为对民族文化的捍卫和对民族文化生命的痛切声张，也表现为对社会文化的强烈的价值关怀和道德关怀。然而，没有儒学学养的基础，只有文化的、道德的关怀，也不能成为真正的儒学者。20 世纪新儒家，大多以精治中国哲学史或儒学思想史为其学术基础，应当不是偶然的，表明这个时代面临西方哲学的冲击和现代文化的挑战，只有在学术上、理论上对儒学进行梳理和重建，才能立身于哲学思想的场域，得到论辩对方的尊重，与其他思想系统形成合理的互动；也才能说服知识分子，取信于社会大众，改良文化氛围，为儒学的全面复兴打下坚实的基础。

儒家思想与当代社会^①

　　各位朋友，大家上午好。今天我讲的题目叫《儒家思想与当代社会》。我觉得，古代思想家里面，老子和庄子还好讲一点儿，老庄的思想比较另类，它刺激你从一些你想不到的地方想问题，比如说我们都从正面考虑，他提示我们从反面考虑。这样的思维是反向的、否定的，但它往往能挑战我们的习惯思维，给我们以新鲜感。

　　儒家思想不是这样，它可以说是平淡无奇的，我们讲起来也常被认为是老生常谈。但是为什么这些平淡无奇、老生常谈的东西今天还要讲？这其中包含着一个"中庸"的道理。大家可能认为，中庸不就是中庸之道吗？其实，"中庸"这个词有其哲学上的解释，"中庸"的"庸"字在我们今天看来，主要就是平庸，但汉朝人解释：庸者，用也。就是指你怎么用它，把中的道理拿来用就叫中庸。"中"是指根本的原则，它是中国很古老很重要的智慧。怎么用这个"中"，就是中庸。宋朝有个大哲学家朱熹，今年是他诞辰八百八十周年，他对"庸"字进行解释，认为：庸，平常也。其实，古书上的"庸"不仅有平常的意思，还有恒久恒常的意思。朱熹很强调平常的意思，认为平常的东西才能恒久，平淡无奇的东西才能长久。他举例说只有粗茶淡饭可以顿

---

　　① 本文为 2010 年 7 月 31 日在新闻出版总署的演讲。

顿吃、天天吃、月月吃、年年吃而吃不出毛病，所以最平常的东西就是最永久的东西，这就是一个哲理。同样，儒家思想看起来都是一些平平常常的道理，例如尊师重道、父慈子孝，这谁不知道啊，但是这个道理是有永恒性的。儒学这一讲为什么又好讲又难讲，就是我们要把平淡的东西不断地加以分析，这是不容易的。比如，我们这个读书活动的主题叫作"强素质，做表率"，这就是一个儒家的题目，表率就是儒家的概念，这个题目本身就已经标示了在我们的思维和价值信念中包含了很多儒家的东西，只是大家不自觉而已。

一、儒家文化

儒家文化是一个源远流长的文化，儒家是指孔子开创的一个学派。孔子生于公元前551年，卒于公元前479年，距今两千五百多年了，因此，儒学学派也有两千五百多年的历史了。这样一个传承久远的文化传统，在世界文化史上也是罕见的。一般认为，一个能够传承久远的文化传统必然包含着一个经典的内核，具有一套经典的体系，而这套经典体系也决定了这个学派的主要特质和性格。我想这应该是适合儒家传统的特点的，所以我们讲儒家文化的特点就从它的经典体系开始。

儒家经典体系的第一部分是"五经"。"五经"的第一部是《诗经》，大家比较了解，特别是《诗经》里面的一些爱情诗，比如"君子好逑"之类。第二部是《书经》，就是《尚书》，它主要涉及的是夏商周三代的政治文献，后来就成为大家所看到的上古历史。第三部是《易经》，二十年前大家很少知道，但今天街头巷尾书摊上摆着许多关于《易经》的书，这是古代占卜之书，也包含了古代的哲学思想。第四部是《礼经》，"礼"在当时主要是礼仪、礼节和社会规范。第五部是《乐经》，这个大家了解得更少，因为《乐经》到秦始皇焚书坑儒以后就失传了。"乐"是一个广义的概念，不仅包括音乐也包括舞蹈。《乐经》主要从理论上肯定了礼乐文化中"乐"这个部分的重要性。最后是《春秋》，也可以叫《春秋经》，记载鲁国的历史，大家知道，关于孔子的很著名的文化事件，就是他除了把《诗》加以整理删改以外，还删定了《春秋》。这六部文献不就是"六经"了吗？的确，从先秦到两汉之间本来是有"六经"概念的，到了汉武帝的时候，《乐经》没有了，所以汉武帝立五经博士，以国家的力量正式肯定我们这个国家有一套文化经典，而且设立专门的专家来研究它。

"五经"或者"六经"跟儒家有什么关系呢？夏、商、周三代的诗歌、乐舞、政治、历史，包括在《易经》里面所体现的古人的思维，这些东西跟儒家有什么关系呢？为什么算作儒家的经典呢？因为这些经典经过孔子的整理，孔子教授弟子把这六部经典作为核心和精华。如果将儒家与其他学派进行比较，你会发现一个非常重要的特色，就是儒家是以传承"六经"作为最重要的文化责任和使命的。老子和庄子没有。老子和庄子有一点反文化的色彩，不是说他们的思想完全不可取，比如说他们主张"返朴还淳"，是有值得肯定的地方，但他们认为文明越发展就越失去了纯朴的本性，因此他们反对代表文明发展的《诗》《书》《礼》这些东西，可见道家是不讲文化传承的。先秦各家里只有儒家讲文化传承，孔子带着他的弟子每天都讨论"六经"这些东西。以前我们了解得不多，最近二十年发现的大量出土文献证明了这一点，例如20世纪90年代发现的竹简就记载了孔子和子贡以及其他学生讨论《易经》。后来上海博物馆公布的从香港买回来的出土战国文献，第一篇就是孔子的《诗论》，即孔子和他的学生讨论《诗经》的问题。

儒家是传承三代文明的主要学派。儒家早期的七十子及其后学，每天讨论什么？就是文化的传承问题。这个很重要，文化如果没有传承，你这个国家的历史怎么写？所以一个国家有历史，最重要的不是说国家不断地在这块土地上有生息的人群，而是说有一个连贯的历史记忆，这是我们中国历史的特色。在世界文化史上没有第二个国家能像中华文明这样有这么长久的、连续的传承。跟这个连续性相匹配的是，这个不间断传承的文明和文化的载体所依存的政治实体，在几千年来基本维持统一。这两项成就在世界史上独一无二。有人说中国文化长远，世界上还有一个例子就是犹太文化，它也一直延续到今天。但是，犹太文化有它依存的固定的政治实体吗？没有。犹太人在世界上各个地方流动，直到1948年才有犹太复国主义。我们中国以长江和黄河流域为基础的中华民族政治实体，不断扩大，不断融合，虽饱受战争之苦，但从未完全被外族侵占或长久分裂。这是很难得的。一个文明只有具有巨大的融合力和凝聚力，才能达到这样的结果。融合力、凝聚力从哪里来？就是从我们平淡无奇的儒家文化中来。所以，大家不要小看儒家讲仁义礼智，讲父慈子孝，讲家庭亲情，这正是中华民族的凝聚力、融合力的根本性的东西。儒家经典跟其他学派的经典相比还有个特点，就是儒家所传承的以"五经"或者"六经"为核心的经典体系，不是一家一派的、一个宗教的经典，而是一个文明的经典，即中华文明的经典，这一点具有非常重要的意义。

"五经"的体系到汉代以后逐渐扩大，从"七经""九经"直到"十三经"，在这个过程中增加了《礼记》。《礼经》在汉代以《仪礼》的形式保留下来，汉朝人又搜集了先秦时期对《礼经》的解释，结集成了《礼记》。叫"记"的东西就不叫"经"，它是辅助经的读物。《春秋》则有三种传，传就是解释、说明的意思。后来，春秋的"三传"也慢慢地进入到经典体系。另外，《论语》和《孝经》在汉代虽然不是经，但是已经有了"经"的地位。《尔雅》是一部字典，因为研究古经必须借助古代的字典，所以也进入经典体系。到了宋代，《孟子》也入经了。今天我们看"十三经"，除了前面的"五经"以外，还有

《礼记》、"春秋三传"、《尔雅》《论语》《孝经》和《孟子》。其中，《礼记》是对《礼经》的一些解释，"春秋三传"是解释《春秋》的，《论语》《孝经》《孟子》是先秦儒学的东西，虽然有一些新内容，但它们还是以"五经"的文化作为根本核心的。

这种情形到了宋朝以后有点变化。从两千五百年前一直到唐代，我们的经典体系是以"五经"为主的儒家经典体系，与其相匹配的人格特征和人格代表我们叫"周孔"。今天我们讲儒家常说"孔孟之道"，这是后来的说法。从汉代到唐代，不讲"孔孟之道"，而讲"周孔之道"，"周"就是周公，孔是孔子。周公的大部分思想保存在《尚书》里面。可是到了宋代以后，在儒家经典系统里面有一套新的经典体系开始跟"五经"并列，其地位甚至超过了"五经"，这就是"四书"。"四书"就是《论语》《大学》《中庸》《孟子》，这样排次序是有原因的，《论语》是孔子的教导，《大学》一般被认为是孔子学生曾子发挥了孔子的思想写成的，《中庸》是孔子的孙子子思的一些基本思想，而孟子本人则是子思的学生的学生。南宋朱熹第一次把四本书合起来称"四书"，到元代以后都没变。朱熹自己就写了那部有名的《四书集注》，成就很高，但他晚年很凄惨，因为当时的朝廷打击他，说他是伪学之魁。他死后十几年，宋理宗把朱熹的儿子招来，说你父亲写的书太好了。到了元朝正式把他的《四书集注》作为科举考试的答案，一直到明清还是这样。不仅在我国这样，在朝鲜也是这样。一直到 19 世纪整个朝鲜的统治思想都是朱熹的《四书集注》的解释。在宋元明清这四个朝代"四书"的地位越来越高，道理在什么地方呢？"四书"是完全集中在道德教诲。朱熹讲过一句话，他说"五经"好像是粗禾，"四书"好像是熟饭，"五经"还要加工才能吃，"五经"带有很多不是精华的东西，而"四书"是精华的东西。任何宗教都有这样一个变迁，就是越来越突出它核心价值的部分，而把那些跟核心价值没有直接关系的部分在经典体系中慢慢淡化，这就是"四书"为什么能取得这样地位的原因。因此，我们可以说"四书"体现了中国人的核心价值观，这个核心价值观扮演了这样一个角色，就是中国人有一套传统的成体系的价值观念。

　　儒家思想代表了中国人的核心价值观，这套核心价值观是跟中国人的历史文化处境和生存条件相符合的，它和中国人生存的历史环境、历史条件、生产方式、交往方式是弥合在一起的，因此符合当时中国社会的需要，所以它就成为中国文化的主体部分。那么，什么是不适合中国文化的需要？有些文化也不能完全说不适合，但是可以做一些比较。比如说，佛教作为外来宗教进来的时候，首先它不是一个本土的东西，但不是本土的东西不等于就不能够被本土文化所接受，但它要经历一个选择的过程，看适不适合这个社会的需要。因为中国社会长期以来是一个农业社会，而且是一个乡村宗法共同体的社会，是以家族为主要形式的生活共同体。中国又是一个中央集权的国家。佛教是一个出世的宗教，中国人把佛教弟子叫出家人，就是说他要出离家人的共同体，这对中国文化来讲就是一个挑战和冲击。因此佛教进入中国以后，始终跟本土文化有冲突，但也有融合，其中最重要的一部分就是佛教慢慢地向中国文化低头，就是它要承认"孝"和"忠"。"孝"所代表的家庭文化的价值，佛教起初并不承认，因为所有入世的价值它都不承认，它是要出离此世的，这个"世"就是你的社会关系。人的本质就是社会关系，它就是要你脱离所有的社会关系，你要离开你的父母，抛弃你的妻子、儿女，脱离政治社会，到山林修行。当然，它有它的道理，即你只有摆脱了这些社会关系才能够清静地修行，达到最高的境界。这是从修行的角度来讲。如果从本体来讲，佛教认为这些关系都不是实在的东西，都是虚假的东西，甚至人生都具有虚假性，是空的。这样一套思想适不适合中国社会的主流需要？能不能成为中国社会的主流价值？如果中国社会

251

原来是一片空白，也许它就可以进来成为这个社会的主要思想，但是中国社会有自己本土的文化，主要就是儒家，儒家一直在强烈地批评佛教，强调我是讲修身齐家治国平天下的，你讲的最多只是修身而已，你这套东西不适合中国社会。所以我刚才讲，儒家适合中国社会的需求因而成为中国文化的主体部分。从先秦两汉开始儒学就不断地传承中华文明的经典，一直到 19 世纪后期，所以，儒家对中国文化的传承起了重要作用。如果我们从民族精神的角度来看，中华民族的民族精神可以说是由不同的兄弟民族的文化共同构建的，但如果从中华民族精神的主导方面看，我们不能不说儒家的文化和价值在塑造中华民族的民族精神方面起了不可替代的重要作用。

最后一点，儒家的创始人孔子在几千年的中华文化发展中，特别是在近代以来中华文明的重新建构中已经成为中华文明的精神标志。我们看看海外几千万华人，如果你问他们什么是中华文明的精神标志，我想这个答案基本是一致的，那就是孔子。孔子已经不是一个个人的问题了，他在历史中已经被赋予了中华民族精神标志的含义。所以我们今天对待孔子就要很慎重，不能仅仅简单地把他当作一般的历史人物来对待。

二、儒家的治国思想

儒家的治国思想，我们分五点来讲，即以人为本、以民为本、以德治为本、以修身为本、以家庭为本。

第一点是"以人为本"。"以人为本"这四个字其实并不是儒家最早提的，而是见于《管子》，《管子》这个书比较杂，里面也有很多儒家思想。我们可以说至少从西周以来，"以人为本"的思想就在不断发展，而且包含不同的含义。首先是讲人和神的关系，这是一个很重要的发展，因为在那么早的时代，人文主义的思潮就能够战胜宗教的力量，这是中华文明能够不断发展的重要根源。所有的古代宗教都讲尊天敬神，天和神是第一位的，但是在从西周到春秋的几百年中，已经不断发展的思想却是人比神更重要。在春秋时代有句话讲："夫民，神之主也。"就是说人民是神的主体，神要依赖于人，要按照人的要求和意愿行事，这正体现了人神关系中的"以人为本"思想。其次，在早期儒家思想里也讨论了制度跟人的关系，最典型的是《荀子》里面讲的"有治人，无治法"，就是说法再好还是要看人；"法不能独立，类不能自行"，就是法律这个东西不能自动被执行；"得其人则存，失其人则亡"，再好的法度也要有君子执行才能发挥好的作用。这也是一种"以人为本"，我们叫人治。今天我们说人治的思想需要从很多方面加以批判，但是你不能不说它也是一种"以人为本"的思想。最后，"以人为本"的价值取向倾向于重视人际关系，而不是仅仅讲个人。也就是说，一个人不仅要管自己，而且要考虑人际关系。以上三条就是儒家治国思想中"以人为本"包含的三层含义。

第二点是"以民为本"。只讲"以人为本"还比较抽象，比如说人和神是宗教的关系，人和制度是政治的关系，人际关系是社会学的关系，而在中国古代是非常讲究实际的，特别是政治管理方面，所以"民"的问题更突出。今天这个问题大家仍然在讲。我们新一代中央领导集体这些年的讲法里面就有很多"以民为本"的思想，比如说"情为民所系"的提法，最近大家非常重视的民生问题、亲民政策，等等，就体现了现在的领导集体强调的政治价值跟传统的儒家民本主义思想有直接的联系。这个民本思想来源相当古老，在《尚书》里面有一篇叫作《泰誓》，是商朝人的思想，可能经过周朝人的改造，说"民之所欲，天必从之"，就是说人民的欲望，老天爷一定要顺从。我们承认有个老天爷，可是这个老天爷没有它独立的意志，它是以人民的意志为自

253

己的意志的。这样一种对天的宗教理解，已经把天民意化，这是中国人的特点。在《尚书》里面更古老的有一篇叫《五子之歌》，说"民惟邦本"，国之本在民，也体现了民本思想。

儒家继承了三代文明的民本思想，在《孟子》里面讲得最突出。大家知道有个故事，就是朱元璋看了《孟子》非常生气，因为《孟子》里面有很多地方都是讲民本的，而相对来说把君放在很次要的地位，最典型的就是那句话，"民为贵，社稷次之，君为轻"。朱元璋一看，这还得了，找一个大臣把《孟子》里面的这话都给删去了。他本来想把孟子牌位请出孔庙，满朝大臣都跪在地上不起来，说这可不行。这就是政治权威跟道德价值的对比，《孟子》所代表的是中国传统的道德价值，用这个政治权威把道德价值铲除是不行的，所有的士大夫都不接受，最后只好重新编一个新的《孟子》，叫《孟子节文》，当然这个长久不了，到了明朝后来的皇帝就不太把这个当回事儿了。可见，"以民为本"的思想作为儒家治国思想的一个根基，有很深的历史根源，并且深入人心。

在《孟子》里面把善政和善教分开的思想也体现了儒家的民本思想。他说善政不如善教得民，善政就是管理得井井有条，善教就是善于教化人民，这是两种不同层次的政治管理方式。善政就是有效的管理，能使民畏之，能使民服从，而善教则是能使民爱之。他说善政得民财，善教得民心，我们的法令政策有效地执行能够得民财，但是只有善教才能得民心。有句老话说，得民心者得天下，这个是老生常谈，平淡无奇，但这也正是儒家所坚持的非常重要的信念。它始终把得民心、得到人民的拥护看成政治的最高境界和成就，而不是说仅仅从工具的意义上把人民管住，建立一套秩序。我们今天当然不必凡事都按孔子、孟子所讲的做，但是他们这套思想对中国人有很大影响，人民也会从这个角度来衡量政治的成败和高下。这就是政治文化作为价值对政治的一种影响和制约，所以不能小看了传统文化的意义。

第三点是"以德治为本"。"以人为本""以民为本"的思想在西周到春秋的时候已经出现了，而"以德治为本"则是从孔子开始才明确提出的。如果说政治管理模式有一个大的转变的话，我认为这个转变从思想上就是从孔子开始提出的。孔子讲为政以德，又说："道之以政，齐之以刑，民免而无耻。道之以德，齐之以礼，有耻且格。"这个"道"就是领导的意思，道之以政，就是用政策政令来领导。"齐"就是整齐划一、规范的意思，齐之以刑，就是用刑法来规范社会，什么结果呢？民免而无耻。"免"就是人民可以不去做那些出格的事，"无耻"就是没有羞耻心。可见，孔子始终认为一个好的社会治理不仅仅是靠政策法令和刑法来使这个社会有序，而是要使这个社会的人们有羞耻心。这样的社会怎样达成？他说："道之以德，齐之以礼，有耻且格。"就是说用道德领导，用教化的方法去引导。礼就是礼俗，它可以慢慢内化，用它来作这个社会的规范，使人们有耻且格，也就是行为上不出格，同时有羞耻心。孔子的治国方法是以德治国、以礼治国，就是诉诸一种非法律的手段，以礼俗和道德教化为主要途径的社会管理方式。为什么用这种方式？因为他的理想的政治不是一个单纯的秩序，而是一个有羞耻心的社会。这个说起来也是平淡无奇的，但这就是儒家的理想，这个理想更重视精神文明在一个政治社会中的意义。

这个思想大家现在听起来是老生常谈，但在当时有一个转型的意义。就是孔子以前的政治理解一直是以政令和刑法治理社会作为主要的思路，到孔子这儿变了，所以孔子的话是有针对性的。商朝以来，大多数情形是以政令为主导、以刑法为禁止手段的一种管理社会的模式，碰到问题就改，但是在理论上没有提出一个典范，孔子就提出来了，你是"以德治国"还是"以刑治国"？我们看中国历史，特别是到了孔子的时代，春秋后期，很多国家的改革都是朝着一个以刑治国的方向进行，越来越变成靠成文法来管理社会，在孔子看来，这就是使人们没有羞耻心了。因此孔子的思想不仅具有现实意义，而且有超越意义，超越了以前"以刑治国"的典范。更广义地看，这种思想里包含有一个德和力的关系，就是"以德服人"还是"以力服人"的问题。《孟子》里讲，"以力服人者，非心服也""以德服人者，中心悦而诚服也"。从前《论语》里也讲，"何为则民服？"就是说怎么样使老百姓服从。西方政治学说认为服从是政治学的重要问题，命令与服从的关系是政治上的主要关系。但是儒家的思路是挑战把命令和服从看成主要政治关系的，它的思路始终围绕的是善政不如善教，"以力服人"不如"以德服人"。荀子后来也讲"以德兼人者王，以力兼人者弱，以富兼人者贫"。这是早期儒家关于"以德治为本"的政治思维，在当时确实有典范转移的意义。

第四点是"以修身为本"，也具有典范转移的意义。《论语》里有句话，"政者，正也"，好像是对政治下定义，政治就是纠正、规范。"政者正也，子帅以正，孰敢不正？"帅就是表率、率先。跟他对话的人是一位诸侯国的君主，所以他的意思是你作为君主，你先做到正，那么谁敢不正呢？后面说"其身正，不令而行，其身不正，虽令不从"，"苟正其身矣，于从政乎何有？""何有"是说没有什么困难，你能够正身的话，你从政就没有什么困难了，"不能正其身，如正人何？"你自己都不能正，怎么正别人呢？

这个思想我们说起来也是老生常谈。孙中山先生对政治下过一个定义，说政治就是管理众人的事，政就是众人的事。我们古代有类似的讲法，《左传》里说"政以治民"，但这跟孙中山先生的讲法不完全一样，孙中山是说管理众人的事，而"政以治民"说的是管理人民，这是两个不同的概念。管人就是要把人管得服服帖帖的，管理众人的事是要把他们的事情办好，有点服务型政府的意思。但是孔子以前古代的政治，就是"政以正民"和"政以治民"。《左传》这两句话讲的是春秋中期和前期的东西，孔子讲的是春秋后期的东西，孔子在这里就有一个转变，"政者正也"这几个字其实不见得是孔子的发明，而是孔子在陈述已有的对政治的理解，春秋时代对政治的理解就是"政者正也"，正什么呢？政以正民。政治就是要正老百姓的。所以"政者正也"，本来是传统的政治学概念，认为政治的本质就是规范、管理、纠正人民，孔子则对它做了一个相反的诠释，认为正是要正自己，是君主正自己。从正人变成正己，这是孔子对为政之道的一个新的诠释。在孔子这里，政治的本质不再被理解为是正人，而是正己，正己就是首先要做表率。"以修身为本"，这在《大学》里讲得更清楚，说："自天子以至于庶人，一是皆以修身为本。"从天子一直到老百姓，都要修身，修身是最根本的。因为儒家对这种表率和示范作用有一个最根本的信任，他们认为领导者能够以身作则起表率作用，被领导者自然就会按这个方式去做。可见，"以修身为本"这个思想看起来平淡无奇，但是从它的历史发展的角度来讲，它在历史上是有革命意义的，当然经历革命以后就沉淀为儒家政治思想的传统了。

第五点，"以家庭为本"。在政治管理方面，儒家也注重家庭的作用。孟子讲，"天下之本在国，国之本在家"，就是始终把家、国和天下看成一个连续性的结构，家庭的原则适用于国家，国家的原则适用于天下。在古代，特别是春秋战国时代，家是一个很大的家，古代实行分封制，天子分封给卿，卿分封给大夫，大夫分封给士，士分给家，因此家也是一个分封单位，跟其他大的结构相比，也具有同样的政治结构。从前的家是对上一级的贵族负责，到了汉代以后，每个家庭就变为直接面对中央政府，但这种文化基因不断被强化，家庭始终被看成国家的根本。在古代的政治思想里，不是把家看成私的领域，把国看成公的领域，公私严格分开，而是把家始终看成跟国有同构性的东西。我们常说

257

"忠臣出于孝子之家"，你对父亲都不孝，怎么能期待你在国家的活动中忠于君主、忠于国家呢？虽然孝子只是实践家庭道德，但说明这个人有更普遍的道德意识，表面上是对家庭的忠诚，实际上是对道德承诺的那种献身，所以换了不同的场合，他同样能对道德奉献自己的承诺。

我们就讲儒家治国思想这五个特点，我刚才讲，我们也要呼应一下道家的治国理念"无为而治"。我想"无为"并不是儒家排斥的概念，但是儒家有自己的理解，孔子就说过："无为而治者其舜也与?"认为舜就是"无为而治"。儒家把尧舜作为圣王的典范，尧舜有仁心，这个舜是"无为而治"；下面又说"夫何为哉?"他做了什么呢？"恭己正南面而已矣。"可见，儒家讲的"无为而治"不是什么都不做，而是要恭己，恭己就是敬德，不是让你到处干涉老百姓。那种正民的思维才是干涉老百姓，孔子是要你从正民转到正己，在不扰民的情况下发挥表率的积极作用。这就是儒家所理解的无为。另外，孟子也讲，"无为其所不为，无欲其所不欲"，这个显然是对道家的一种回应。"无为"是不要做那些你不应该做的事，而不是什么都不做。这就是儒家对无为的理解，一方面是恭己正己，修己敬德，做道德的表率；另一方面，不应该有的欲望去掉，不应该做的事情不做，如此而已。这是一个对比。

再一个对比，儒家对于君主的说法，很多人有一种庸俗的理解，认为儒家就是讲君君臣臣父父子子，就是崇拜君主的思想，这个是不对的，要做历史分析。君君臣臣父父子子其实是孔子面对当时一个诸侯国国君的提问所做的回答，实际上里面包含了对这个国君的批评，就是在那个时代，君不君，臣不臣，父不父，子不子，整个政治秩序和伦理关系都受到破坏，跟他相答问的这个君主本身就是非法打破既有的政治、伦理关系当上君主的，所以孔子在这里包含了一种讽刺。在《论语》里也谈到一些跟君主关系的言论。例如，定公问他有没有"一言丧邦"的情况，孔子讲："言不可以若是其几也。""几"是简单的意思，说话不能那么简单，要看什么情况。比如说有一个君主，他说我并不觉得当君主有什么快乐的，"唯其言而莫予违也"，就是我说话谁都不敢违背我的意愿，这个我觉得好。孔子就说："如其善而莫之违也，不亦善乎？如不善而莫之违也，不几乎一言而丧邦乎？"你说的话是个好话，对国家有利的话，别人不敢反对这个当然可以。如果你说的话对国家不利，臣子都不敢反对，这不就是"一言丧邦"吗？孔子就借着"一言丧邦"批评了这种君主的心态。我就用这两个例子来呼应道家的治国理念和他们对儒家的批评。

三、儒家的人生观

在中国历史上，儒家对理解中国的政治制度、政治实践、政治文化起了很重要的作用，同时，也为中国社会和中国人提供了基本的价值观，而价值观很多都体现在人生的态度、人生的理想上。我们举几个例子。

第一，人生态度，我们有几句话，叫刚健有为，宽容和谐，中庸之道。刚健有为，这是跟其他思想相比较而言的，比如说老子，他不讲刚健，而讲柔弱，是另类思维，也有意义。但是儒家讲的人生态度确实是刚健有为。例如，《周易》里有两句话就是"天行健，君子以自强不息。地势坤，君子以厚德载物"。天的运行是很刚健的，君子要仿照它，要刚健有为、自强不息；地势坤就是地的厚重，厚德载物，就是要宽容和谐。这都是儒家所讲的人生态度。当然儒家也讲中庸之道，中庸之道就是不偏不倚，不走极端，这是儒家所讲的人生态度和思维的另一个特点。有些思想很深刻，我们叫片面的深刻，而儒家的思想是在平淡中深刻，平淡中持久。我想片面的深刻其实是比较容易做的，而要在平淡中讲出深刻则需要有更高的水平。儒家讲的这种中庸思想在文献里也有体现，例如，"中也者，天下之大本，和也者，天下之达道也"。本就是根本，达就是最广、最普遍化的，达道就是普遍的原则。中、和这是儒家人生观很重要的概念。中庸就是不走极端，不追求片面，要在平实、正大、宽容中体现自己的人生，这是儒家的人生观。这个人生观我想它能够成为主流的人生观，也就是我们可以期待全社会的人都这样做的人生观，另类的人生观我们不能期待全社会的人都这么做，这就是普遍化的程度不同。

第二，道德理想，我们也有几句话，公私义利，志士仁人，君子理想。第一句话，公私义利。儒家认为道德最重要的就是怎么处理公和私、义和利的关系问题。义代表道义的原则，利是利益的整体。公是更大的集体利益，也是我们公务员的义务；私是我们个体的、小家庭的利益。宋朝人讲什么是公私？公私就是义利；什么是义利？义利就是公私。我想公私这个问题不是每个人都会碰到的义利问题，它更多的是我们国家公务员和领导者会碰到的问题。古人为什么讲公私讲得很重，把公私之辩看得很重，因为它的对象是士大夫。什么是士大夫？"士"就是你有知识分子的一面，"大夫"是说你是有官职的，有管理责任的，这样的人最容易碰到公私的问题。我们看古代的官德，基本上就是"以公灭私"，这句话在《尚书》里面就出现了。公私义利在古代主要是对士大夫讲的，不是对人民讲的，不是说人民不要有私，不要有利。孔子也讲，"尧舜不能去民之欲利"，就是尧舜当圣王也不能让老百姓没有私心，没有利益。这是很深刻的，以往我们在一大二公的时代，把自留地都取消了，就是不让人民有欲利，但是实践的结果，这个路是走不通的。正确的方法是"因民之所利而利之"。"因"是顺随，人民有这种利益的要求，你要根据这种利益的要求让他能够得到利。所以儒家讲公私义利之辩就说儒家反对私利是不准确的。

第二句话，志士仁人，这个标准比较高，孔子讲："志士仁人，无

260

求生以害仁，有杀身以成仁。"这个仁就代表道德理想。这是道德领域的一种普遍规则和要求，就是我们要在面对重大道德选择的时候敢于把自己的生命奉献出来完成道德理想。这是儒家的精神，是正面的精神。在道德理想方面，儒家非常讲究自由独立的人格，它不是像我们有人讲的，只是让人君君臣臣当个顺民顺臣。孔子讲，你当臣子，你对你的上级、你的君主只是以顺从他作为根本的原则，这叫妾妇之道，不是大丈夫之道。什么是大丈夫之道？就是孟子说的"居天下之广居，立天下之正位，行天下之大道。得志，与民由之；不得志，独行其道。富贵不能淫，贫贱不能移，威武不能屈，此之谓大丈夫"。大丈夫之道跟妾妇之道是不一样的，把妾妇之道当作为臣之道这是孔子、孟子反对的，作为一个臣子一定要保持大丈夫的人格。

第三句话，君子理想，是讲普适价值。最普遍的价值是什么呢？我想就是仁的价值和伦理。仁的伦理在《论语》里面往往被表达为忠恕之道。《论语》里是这样说的，孔子有一天对曾子讲，"吾道一以贯之"，就是说我们有这么多思想，但是有一个贯穿其中的根本原则，曾子说我知道了，孔子就出去了，但是其他门人不知道，曾子解释说："夫子之道，忠恕而已矣。"这一贯之道就是忠恕。后来，子贡问，有没有一句话我可以终身奉行实践的？孔子说："其恕乎！己所不欲，勿施于人。"又有一次，子贡说，有这样的人，博施于民而能济众，把好处都广泛地施加给民众，这个叫仁吧？孔子说，这个不止是仁，他已经快接近圣了，尧舜恐怕也不能做得这么好。然后说，仁是什么呢？仁就是"己欲立而立人，己欲达而达人"。这三句话体现了我们所说的忠恕之道，仁的普遍原理。具体讲，恕就是"己所不欲，勿施于人"，忠就是"己欲立而立人，己欲达而达人"。在伦理学上，特别是恕道"己所不欲，勿施于人"叫作伦理学银律。金律是己所欲而施于人。这个观点近二十年来有很大的转变。20 世纪 80 年代末，有一个天主教神学家提

261

出一个看法，他说 20 世纪以来的热点事件，最重要的还是战争与和平的问题，而所有战争的热点背后都有宗教问题。因此他提了一个口号，说没有宗教的和平就没有世界的和平。宗教之间怎么能够达到和平，就是我刚才讲的宗教学的思路，从经典入手，先看看不同宗教的经典里面有什么东西是我们大家最基本的共识。这个最基本的共识也就是普适的价值，我们能不能找到这个共识，从这个地方开始，来扩大宗教的和平合作，达到世界的和平。因此，他就跟美国一位伦理学家合作，想召开一次世界宗教议会。历史上，1895 年在芝加哥就开了世界第一届宗教议会，一百年以后，1994 年在美国召开了新一届世界宗教议会，一百多个宗教组织把他们的宗教经典都拿出来，结果找到了共识，并且通过了一个世界宗教伦理宣言。这个共识就是"己所不欲，勿施于人"，成为世界宗教的金律，或者叫世界普遍伦理的金律。

"己所不欲，勿施于人"好像有一点被动的意思，但是今天我们从新的角度看，文化间的关系，国家间的关系，民族间的关系，那种强加于人的态度是非常危险的。能够"己所不欲，勿施于人"，在宽容中求和谐，这是最可取的。把所有记载这一原理的宗教经典排开，排在第一位的是伊朗的拜火教，拜火教在公元前 800 年有一个表述，但这个表述比较含糊，最清楚的表述就是排在第二的《论语》，"己所不欲，勿施于人"。所以这位西方天主教神学家就开始大胆地用"仁"字，他自己在神学里讲"仁"，讲仁学，而这个"仁"是跟人关系密切的一种仁学，这代表了近代思想里很重要的一个转变。这就是儒家思想对现代思想的一种重要影响。当然，除了"己所不欲，勿施于人"之外，"己欲立而立人，己欲达而达人"也有重要意义，我们今天碰到东西部发展的巨大差距问题，我们就从发达地区的角度提倡己欲立而立人，己欲达而达人。这个表述，我们叫作"忠"，但是它同样属于"仁"，所以"仁"是忠恕之道，不仅对孔子来讲是一个一以贯之的根本原则，而且也应该是最有能力普遍化的普适法则。

第三，儒家的实践取向，就是知行合一，在明代哲学家王阳明的思想领域里得到最完整的表述，我们也引了他的一段话。他说现在的人把知和行分成两件事做，以为先知后行才是对的，先去求知，等知求好了，然后再去行。他说这个不行，实际的结果是终身不行，终身不知，因为知是永远求不尽的，所以实践就永远不能实现。他是批评朱熹的，朱熹讲先知后行，知先行后。他针对明朝的情况说朱熹的这个思想有不好的结果，所以他要把行放在前面，知行合一，王阳明说我今天说知行合一是要对症下药，社会有这种病，不是我杜撰。知行合一正是中国儒家实践里面一个很重要的传统。

第四，儒家的终极关怀。第一点，就是天人合一。自然与人的和谐，宇宙、万物和人类有共通的本质、共通的法则，都是天人合一的内容。古代不仅是儒家，包括道家也是这样认为，大的宇宙跟人类小的宇宙的原则始终是相通的。因此，天和人不是分裂的而是统一的。我们不像西方人那样认为天和人有一种超越的割裂，天代表超越人生和这个世界的创世者，它跟被创造的世界完全不一样。我们所理解的天跟人始终是贯通一体的。第二点，万物一体。到了宋代、明代的时候，这种观念越来越强烈了。如北宋哲学家程颢讲的，这不是一个存在论的表达，不是说宇宙是这么结构的，天和人是同构的，这是从一个境界上来讲，就是每一个人都应该把万物看成和你是一体的。比如说，别人掐你的手指时你感到痛，你知道手指是你身体的一部分，但是另外一个人受苦受难，你没有感受到他的疼痛，就是麻木的。只有你看到他的痛苦，并且能够感同身受，这才叫作万物一体。这已经不是存在论、宇宙论的概念，而是一种非常高的人生境界。第三点，叫"保合太和"。这是《易经》里面的话。保合太和就是最广泛的、最永久的和谐。儒家有这样的终极关怀是有针对性的。我们曾经有一个最崇尚斗争的时代，我们把实然的、实存的矛盾看成合理的，主张应当通过斗争去解决，去发展。那样一种行为模式曾经造成了很多惨痛的事件，它跟儒家的价值理想、终极关怀是相反的。在崇尚斗争的概念里面，和谐没有它的地位。今天我们讲要建立和谐社会，这是符合儒家思想传统的，而儒家思想不仅是一个社会的和谐，它是小到人的身心和谐，大到家庭、社区、国家的和谐，更大变成整个宇宙的一个永久的广大的和谐，这才是儒家的理想。所以，宋代有一个哲学家张载说过一句话，很合乎辩证法，他说"对必反其为，有反斯有仇"，就是毛主席讲的矛盾就是对立，对立就是相反相仇，但是张载后面又有一句话，代表了儒家的理想，说"仇必和而解"，相对立的双方终究要和解。这就是儒家的保合太和的人生理想。

四、儒学与当代中国

我们刚才讲了儒学的人生观、治国观，也用了很多经典上的话给大家证明。我想回到现代社会，我们不用这种引经据典的方法，而用一些现代的观察，从现代的角度来看儒学价值观的特点。我想用对比的方式，用现代的一些表达来强化我们对儒学的价值与当代社会的关系的认识。

第一句话：道德比法律更重要。刚才我们引证过一些话，归结到今天的说法就是道德比法律更重要，不是说不要法律，而是说道德更重要。

第二句话：社群比个人更重要。个人只是个个体，社群小一点来讲是家庭、家族、宗族、社区，更大的则是国家、民族。

第三句话：精神比物质更重要。儒家不是一个折中主义者，它要突出一些重点。物质也不是不要，特别是老百姓，要因民之所利而利之，但是精神更重要，对士大夫尤其是如此。

第四句话：责任比权利更重要。这个责任可以是对家庭的责任，对团体的责任，对社会、对民族的责任。这个权利，今天在西方政治学的领域里更多的是指个人的权利，儒家不是不讲权利，但是它更突出责任的重要性。为什么我们叫价值观的特点，特点就是优先性，不是说儒家不要法律，不要物质，不要权利，而是要有优先性，一个价值观体系的特点就是表现在优先性的安排上。

第五句话，民生比民主更重要。老百姓要有温饱生活，其他东西才能去谈。民主的发展是按阶段走的，不能把民主看成绝对的、在社会发展的任何阶段都是首要的价值，而民生才是更基本的价值。

第六句话：秩序比自由更重要。这个不同的学派有不同的看法。庄子可能觉得自由比秩序更重要，法家只要秩序不要自由。儒家应该说更强调秩序，但不是不要自由。

第七句话：今生比来世更有价值。儒家是积极的现实主义者，重视今生，而佛教说到底是摆脱轮回，把来生看得比今世重要。

第八句话：和谐比斗争有价值。对必反其为，有反斯有仇，可是"仇必和而解"，这才是儒家的方向。

第九句话：文明比贫穷有价值。用这两个词做对比不一定准确，道家不推崇文明，它推崇原始状态，儒家始终对文明有高度的肯定，早期的礼就是一个文明的标志，儒家是最保守、发展和传承这个礼的。它的文明意识非常突出。

最后，家庭比阶级有价值。这是儒家的一种思想，我们从前所理解的一种马克思主义是认为只有阶级斗争才是有价值的，今天时代已经变化了。儒家思想提供给我们一个新的思考，家庭是不是一个有根本价值的东西？古往今来总有一些消灭家庭的想法，像柏拉图，还有一些共产主义者认为共产主义社会没有家庭，但今天回到我们中国人的现实生活，家庭确实是一个非常有价值的东西，儒家对这一点给予了高度的肯定。

我们今天谈中国的问题，用以上十点将儒家思想跟其他一些思想做了区分和对比，比如说与个人主义、自由主义、自由民主主义的对比，都是有针对性的，都跟现代社会相关，这样我们可以整体地了解儒家价值观的特点。当然这还是粗略的，每一条你也可以叫作本位，可以说儒家是道德本位主义、社群本位主义、责任本位主义、民生本位主义，而儒家不仅仅是一种主义，它是由这么多的主义体现的价值观所构成的整体。

回过头来看整个当代中国的变化过程和儒学在其中的角色，我们可以做一个简单的历史回顾，分为几个阶段：1949 年到 1965 年是第一阶段，叫政治建构阶段，共和国成立；第二阶段，"文化革命"，1966 年到 1976 年，十年浩劫；第三阶段是经济改革，我们的改革是多方面的，但突出的主导是经济体制改革，这在党的十四大以后更明确；第四阶段叫协调发展，这是新世纪以来开始的新阶段。

第一阶段，政治建构阶段，它本质上是政治革命的继续，是国内革命战争的继续。革命时代，在文化上是反对儒家的，要以革命的意识形态来批判各种非革命的日常生活文化。儒家是平淡无奇的、日常生活的文化，是日用常行的道德伦理和生活规则，因此 1949 年以后的一段时间，它受到革命文化的批判。虽然儒家思想的确不是政治革命的意识形态，但要补充说一句，儒家是允许革命、肯定革命的，特别是中国的儒家。中国的儒家承认革命，但是革命不是常态，非要革命不可的时候才肯定革命。日本的儒学是反对革命的，他们有一个假设，说如果孔孟带着革命到日本来，我们要把他打回去。他们不能理解儒家的革命思想，日本人怎么能推翻天皇呢？但在中国，改朝换代的革命很多，中国的儒家在原则上不是不肯定革命，而是不把革命看作常态，它始终认为常态是日常生活。

第二阶段，1966年到1976年，叫继续革命，是无产阶级专政下的继续革命。继续革命在文化上批孔，认为法家是革新的，儒家是保守的，要用斗争的意识形态来批判守成的文化理念，因此要批判儒家。西方学者在这里把"保守"翻译成"守成"，就是说文化的传承本身就是一个保守的过程。儒家不是一个崇尚斗争的文化，而是一个崇尚安定团结的文化，因此它受到批判。

第三阶段，党的十一届三中全会后我们发起经济体制改革，取得了经济的高速发展，但也存在问题。在整个邓小平时代，因为最关注的是经济体制改革，要摸着石头过河，所以他的论述里很少谈文化。我想这跟这个时代的使命有关系，这个时代突出的特点就是体制改革，因此，比较忽略文化，特别是传统文化，当然包括儒学。从儒学跟这个时代的关系来讲，儒学不是给经济改革提供精神动员，因为它是道德秩序的维护者，它的角色在另外的地方。但是这个时期在知识分子中间有人开始注意提儒家了，因为道德秩序的变化使得大家不断关注儒学的角色。

第四阶段，叫协调发展，这可以说是文化秩序的重建阶段，我们开始更加重视那种安定团结、治国安邦的思想，而且，中华民族的伟大复兴和中华文化的伟大复兴这样的口号也越来越被大家所接受。我没有做过文献调查，但是中华民族的伟大复兴、中华文化的伟大复兴出现在我们的历史文件中应该是1995年到2000年之间，还是相当早的。民族的复兴、民族文化的复兴必然带来中国文化包括儒学的复兴。最近七八年来，我们已经看到特别是在民间兴起的老百姓和企业家对传统文化和儒学的那种高度广泛的热情。所以说在这个协调发展和文化重建的阶段，儒学开始复兴了。我们看一百多年来儒学发展的历史，它经受住了现代化和西方文化的冲击，经过了一系列的转化之后，在现代中国焕发了生机，迎来了新的发展前景。

我想今天儒学的复兴有两个重要的原因，一个就是我们现代化经济发展的成功所带来的全民族文化自信的增强。这从 1993 年、1994 年就开始了，十几年来我们那种由于现代化不成功，将满腔愤懑喷向自己祖先的 80 年代的情感有了很大的改变，这体现了整个民族文化信心的一种恢复，这要归功于体制的改革。所以我把它叫作现代化的初步成功和民族文化的恢复。我前年有一个讲法，说 2008 年的北京奥运是中国现代化初步达成的标志，现代化有初级阶段、中级阶段和高级阶段，虽然我们现在仍然是发展中国家，但是这个现代化的初步成功确实是国民文化心理得以改变的重要原因。另一个，就是我们国家政治文化的变化，特别是以执政党为核心的政治文化的变化。我刚才讲，邓小平的时代是不太关注文化的时代，但是从邓小平以后，就开始有变化了。比如说"以德治国"就是儒家式的口号，"与时俱进"也是儒家宇宙观的发展，"以人为本""以和为贵""执政为民"都是儒家的看法，现在这些都是我们公开的提法。我们的好几位领导人，在海外讲演的时候，都是以自强不息、以人为本、以和为贵这些概念作为一个核心来宣示中国政策的基础。这就是从中国文明来宣示中国政策的中国性，来阐明我们中国政策的文化意义，呈现我们中国的未来。我想，我们执政党最近十多年来开始重新吸取儒家的治国理念和价值观念，来应对我们碰到的各种问题，这并不是说领导人就是喜欢儒家思想，而是他们负责任地面对我们的文化资源，面对我们的问题。这种变化，用学术话语讲，我把它叫作执政党执政文化的再中国化。再中国化，不是说我们以前的东西不是应对中国问题，没有中国性，而是说我们现在更自觉地运用中国传统文化的资源，更自觉地站在传承中华文明的角度来全面增强我们的合法性。我觉得这就是我们现在儒学复兴的两个重要根源。

郭沫若同志 1926 年写了一篇文章叫《马克思进文庙》，因为我们很多人都是中央国家机关的负责同志，所以我就讲这个故事。我们现在面临着什么问题呢？就是马克思与中国化的问题。中国化跟马克思主义、跟儒家思想传统是什么样的关系？怎样处理这个关系？按左的思想就是马克思跟中国传统文化没关系，势不两立，我想现在很少有人这样看。郭沫若在他的文章里编了个故事，说这天孔子带着他的三个弟子正在上海的文庙里享用祭祀，外面大门推开，四个大汉抬着轿子进来了，也没有通报，子路很不高兴，说什么人进来了，孔子说来者都是客，要有礼貌。轿子停下，下来一个人，满脸胡子，说是卡尔·马克思。孔子很好学，谁有专门的知识，他都向人家学习，他也向老子学习过礼。孔子听说马克思名气很大，就请他到台上，问，你到敝庙有什么见教？马克思说，我来领教了，我听说我的思想在中国流传很广，可是有人说我的思想跟你的思想是对立的，我今天想了解了解我的思想跟你的思想有什么对立？我的思想在你的国家能不能推行开来？孔子说，我还没怎么读过你的书，是不是你先说说你的思想？马克思说，我有几个基本的思想，首先我跟西方历史上的宗教家不一样，我有一个强烈的现实世界的关怀，我就是要改造这个世界，变成一个幸福的、美好的世界。孔子说，我就是这个思想，我不是走出世主义的道路，我也是现实感很强，这个是相合的。马克思又讲了社会主义的理想，孔子说我的《礼运大同篇》也是这样讲的，他们又谈论了对财富的看法，马克思说想不到在中国这么远的地方两千多年前有我的这么个老同志，两个人谈得很开心，后来孔子把他送走了。这是郭老写的一个小小说一样的杂文。

郭老是第一代的马克思主义史学家，他对马克思主义的态度和中国文化的态度值得我们深思。那个时候他已经看到中国的儒家文化传统跟马克思主义的文化可以融合，不是对立的。我觉得怎么样处理这个关系，仍然是我们时代的课题，但是，我想我们的前辈史学家、文学家已经做了很多很有意义的工作，我们今天应该重新学习他们的一些有代表性的、有价值的思考，来充实我们当代关于马克思主义与儒家关系的思考。

全球化时代的多元普遍性

　　古代儒家的历史哲学，常用"理—势"的分析框架来观察历史。所谓势，就是说，成为一种现实的趋势。所谓理，就是规律、原则、理想。势往往与现实性、必然性相关，理则往往联系于合理性而言。二者有分有合。离开历史的发展现实，空谈理想和正义，就会被历史边缘化。但如果认为"理势合一"是无条件的，那就意味"凡是现实的都是合理的"，使我们失去了对历史和现代的批判与引导力量，抹杀了人对历史的能动参与和改造。因此，就本来意义上说，"理—势"分析的出现，既是为了强调人对历史发展趋势的清醒认识，更是为了强调人以及人的道德理想对历史的批判改造的功能。从前人们常说"历史潮流，不可阻挡"，历史潮流就是势。势或历史潮流有其历史的必然性，但不一定是全然合理的，不是不可以引导的，但不顾历史大势，反势而行，逆历史潮流而动，则必然要失败。妥当的态度应当是"理势兼顾"，本文将以此种立场来分析全球化的问题。

一、历史的终结与历史的开始

　　1980 年代末至 1990 年代初，冷战的结束，使得福山急忙地断言了一个历史的"终结"；而与此同时，"全球化"一词的适时浮现，则似乎宣布了另一个历史的"开始"。事实上，这两件事确实也有关联。冷战结束以来，现代市场经济体制终于一统天下，也使得许多政治家看到了政治体制全球趋同的远景。在这个意义上，冷战结束的确是"全球化"观念流行的基础，这个意义上的全球化，是世界体系从"分异"到"趋同"的演化。

促使全球化的观念流行的另一动力来自新技术革命。20世纪80年代电脑使用在世界的推广，90年代发展起来的互联网技术与应用，使得当今世界的交往活动方式根本改观。信息技术的日新月异导致了一系列的革命性变化，现代通信技术以及金融、贸易手段的网络化更新，各种信息超大规模、超高速度地跨国流动，人们所经验的时间空间较以往大大压缩，信息时代以更快的速度把世界联通一体。这个世界的每个地方比以往任何时候都更加了解世界的其他地方，世界其他地方也比以往任何时候都更加了解每个地方。信息时代把从前"中心"和"边缘"的距离迅速拉小。①

在政治的和技术的因素发生如此改变的当今世界，从此，资本在全球的自由流动和增值不再有根本性的障碍。② 19世纪以来形成的生产的世界分工和产品的世界市场，在新的阶段上更深地、更紧密地把各个国家的经济生产和消费，从而也把各个地方的人民更紧密地联结在一起。经济的全球化已经是一个不争的现实。正是在这样形势之下，1992年联合国秘书长加利宣布"第一个真正的全球化时代已经到来"。

以上所说的三个方面，构成了当今世界全球化的大"势"。其内涵就是，全球经济的一体化和信息的联通化越来越使全球各地方联成一个

---

① 麦克卢汉在60年代便根据通信信息的发展而提出"全球村世界"的说法，现已公认为全球化论说的滥觞。

② 亚洲金融危机时加尔布雷斯在新闻访谈中称，美国人发明全球化这一概念，目的在于使他们的境外投资受到尊重并促进资本的国际流动。《全球化话语》，上海三联书店，2002年，207页。

整体；在当今世界，任何一个国家的经济、技术、政治的发展都不可能脱离世界之网。在当今世界，任何闭关自守、孤立于世界的发展努力都不仅是徒劳的，而且注定是失败的。

今天，面对经济、技术的全球化，以及由此带来的人们对推进政治民主化的要求，我们必须以"全盘承受"的态度，全面加强和世界的联系与交往，加速科技文明的进步，加快学习现代企业制度及其管理体系，推动政治文明的不断进步；立足于民族国家的根本利益，充分利用全球化的机遇，趋利避害，大大发展生产力；借助全球化，促进现代化，在积极融入全球化的潮流中，建设起适应世界发展和潮流的社会，促进中华民族的伟大复兴。

以上是我们对于全球化的基本态度，但这并不是本文的重点，本文的重点是不仅关注全球化运动的"势"，也要分析其中的"理"，尤其注重全球化运动的文化面向，从而使我们不仅成为全球化运动的参与者，也时刻保持对全球化运动的清醒分析，在参与中发挥东方的力量，促进全球化运动向更理想的方向发展。

二、"世界化"的历程：普遍交往和相互依赖

如果放开历史的眼界，把晚近迎来的所谓"全球化"进程放在近代世界历史的发展中，放在世界"现代化"运动的展开过程来看，那么可以说，全球化其实是世界史上现代化发展的一个新的阶段，是世界各地区联结一体进程的一个新的阶段，当然也是全球资本主义发展的一个新的阶段。① 在这个意义上，"全球化"一词的讨论虽然是在 90 年

---

① 罗兰·罗伯森认为全球化的早期阶段可以追溯至 15 世纪早期的欧洲，见其论文《为全球化定位：全球化作为中心概念》，载《全球化话语》，上海三联书店，2002 年，14 页。亦可参看其著作《全球化：社会理论和全球文化》（梁光严译），上海人民出版社，2000 年。

代，而对于全球化趋势的分析则至少可以追溯到马克思和恩格斯在 19 世纪中叶建立的"世界历史"理论。①

应当承认，全球化已经成为一个诠释的主题，它所引发的各种诠释涵盖了人类社会实践的多个领域。因此，如果把 20 世纪 90 年代以来兴起和流行的全球化概念看作狭义的全球化概念，即指冷战结束以后以信息技术革命为基础的世界新发展时期，那么，要思考和回应全球化运动的特质，必须回到广义的全球化概念，即 19 世纪以来有关世界交往联系加深的理论思考。其中最重要的是马克思关于"世界化"的思想。

早在《德意志意识形态》中马克思就指出，由于民族间交往的封闭状态日益被消灭，人们的存在已经不再是"地域性的存在"了，而是"世界历史性的存在"了，而"历史"越来越成为"世界历史"。这就是说，以前的"历史"只是世界各地方人民互无交往或交往极为有限的历史，那时的世界并没有真正作为一体的世界而存在，即没有作为一个具有密切联系和交往的统一世界存在，从而也就没有作为一个具有密切联系和交往的统一世界的历史。这样一个具有密切联系和交往的统一世界的历史马克思称为"世界历史"。因此，相对于以往交往不发达的"历史"，"世界历史"则是世界各地联通一体的生存历史。在马克思看来，近代的整个历史发展，就是从以往缺少相互交往的"历史"走向普遍交往的"世界历史"的进程。他指出，这种"历史向世界历史的转变"，不是抽象的，是可以用经验事实说明的，"如果在英国发明了一种机器，它剥夺了印度和中国的无数劳动者的饭碗，并引起这些国家的整个生存形式的改变，那么这个发明就成为一个世界历史性的事

①　参看丰子义、杨学功著:《马克思"世界历史"理论与全球化》，人民出版社，2002 年。本文引用的马克思文献，皆转引自该书，以下不再注明。

实"。①

技术发明当然不会独自产生这样的结果，它的革命作用是和世界市场的形成联结在一起的："资产阶级，由于开拓了世界市场，使一切国家的生产和消费都成为世界性的了，……新工业的建立已经成为一切文明民族的生命攸关的问题。这些工业所加工的，已经不是本地的原料，而是来自极其遥远的地区的原料，它们的产品不仅供本国消费而且同时供世界各地消费。旧的、靠本国产品来满足的需要，被新的、要靠极其遥远的国家和地带的产品来满足的需要所代替了。过去那种地方的和民族的自给自足和闭关自守状态，被各民族的各地方的互相往来和各方面的互相依赖所代替了。"② 马克思把这样一种世界历史性的变化的本质，揭示为"全人类互相依赖为基础的普遍交往"③。

可见，马克思在19世纪中叶所揭示的"世界性"的发展，和我们今天所面对的全球化发展本质上是一致的，其要点在指出这个时代世界各个国家及其人民的"普遍交往"和"互相依赖"。④ 不过，马克思自己并不用"全球化"的说法，而是更多使用"世界历史""世界历史性"的概念，以指出历史的世界化和交往的世界化，在这个意义上，马克思自己应当更倾向于接受"世界化"的概念。从马克思的角度来看，从19世纪的"世界化"到今天所谓"全球化"，其本质都是"全人类的普遍交往和互相依赖"。从这方面来看，今天的全球化，可以说是"世界普遍交往和互相依赖的全面扩展和深化"。

---

① 《马克思恩格斯选集》第一卷，88—89页。
② 《马克思恩格斯选集》第一卷，273页。
③ 《马克思恩格斯选集》第一卷，773页。
④ 现代学者对全球化的理解仍与马克思接近，"全球化可以这样被定义为世界范围内的社会关系的加强，这种联系以一地发生的事被遥远地方所发生的事所影响的方式将相距遥远的地方联系起来"。《全球化话语》，107页。

三、"全球化"的趋势和结构

在这样一种观察下可知，全球化实际是马克思所说的资本"世界化"的一种新的发展阶段和形式。从历史上看，近代欧洲商业和贸易的繁荣，并不能自发地导致世界市场，它只能要求世界市场。新大陆的发现和新航路的开辟，以及大工业和商业革命，都不能自发导致世界市场。正是殖民主义和帝国主义以"坚船利炮"强力打开非西方的世界的大门，强迫这些国家卷入近代文明，促成了世界市场的形成，这也就是最早的全球化运动。于是，在世界市场形成的同时，产生了世界性的从属关系，这就是马克思所说的："正像它使农村从属于城市一样，它使未开化的国家从属于文明国家，使农民的民族从属于资产阶级的民族，使东方从属于西方。"① 我们今天所面临的全球化也仍然强化着这样的世界历史性的从属结构和权力关系。

马克思所指出的"从属"现象，形象地指出了一个多世纪以来全球交往所展开的历史特征，也是近代历史的大走势。历史的现实总是通过"势"来发展的，但"势"是历史的现实，而现实性不等于合理性。现实是对立的统一，往往同时包含着合理性和非合理性。一百多年来世界历史的发展进程是在一个历史地形成的"从属"结构中实现的，这个从属结构就其世界化而言，其根本特点是"使东方从属于西方"。因此，世界化也好，全球化也好，从来不是抽象的，而是在一定的历史条件下、一定的权力关系、一定的利益冲突格局中发生和进行的。马克思所说的四个从属于，正是这样一种历史的现实。

"全球化"已经成了我们时代使用频率最高的跨学科词汇。但是

---

① 《马克思恩格斯选集》第一卷，266—277 页。

"全球化"的定义五花八门，莫衷一是。在有关"全球化"的诸种说法中，"经济全球化"的使用最为广泛，在这个意义上，"全球化是指各种生产要素或资源在世界范围内自由流动以实现生产要素或资源在世界范围的最优配置"，成为常常被人们所引用的定义。这里所谓自由，所谓全球，都是相对民族国家的单位而言。

然而，全球化是一个历史的过程，它是在一定的从属结构和民族国家利益冲突格局中展开的。真实的、历史上发生着的全球化远没有新自由主义鼓吹的那么自由。资源、技术、管理的流动，本质上都是资本的流动。在市场经济一体化的当今世界，这些生产要素的流动比以往任何时代都要快，流动的规模也遍及全球各地。但劳动力的自由流动在民族国家的签证制度下从来就是空想，全球化时代发达国家对移民劳动力的排斥越来越大。所谓全球化的自由，是在既有的国际政治—经济秩序中发展的，而这一国际政治经济秩序是由西方国家建立规则，这一秩序的框架是以有利于西方发达国家为根本原则的框架。资本与其他生产要素的流动，只有在不影响这一格局、只有总体上不减少发达国家既得利益的前提下，"自由"才有可能。所以，全球化的结果，并非全球所有国家都能得益受惠。正是因为如此，人们看到的全球化结果更多的是"资本流遍世界，利润流向西方"。如同一切液体是在势能的作用下流动一样，生产要素的自由流动是在一定的现实的从属结构中实现的。1997年亚洲金融危机提醒人们，全球化的展开并不导致所有国家受惠，非发达国家很容易成为受害者。2001年的9·11事件导致的美国国家安全政策的变化，更加显示出"后民族国家""后主权时代"远没有来临。事实上，美国推动和主导的全球化，不仅要使美国和西方发达国家的生产方式以及与之相适应的经济关系全球化，使美国主导的世界经济秩序彻底全球化，而且包含着使美国和其他西方发达国家的政治价值和政治制度全球化，"使东方从属于西方"。90年代，世界并没有变成一个单一的整体，对立的种族和宗教冲突依然存在，民族国家仍然比跨国公司更有力量，和平远没有战争和冲突更能成为这个时代的特征。

然而，这种现实的透视，绝不是主张拒绝全球化，而是使我们更加清醒地了解百年来的历史大势，了解全球化在可能给我们带来好处的同时所倾向带来的危险。与此同时，我们要认识全球化具有的两面性，积极认清全球化为我们提供了赶上、参与、分享全世界所创造的最新文明成果的机会。

资本没有祖国，全球化时代跨国公司的活跃更证明了这一点。[①] 资本的本性是追逐利润，因此，资本始终谋求和低价劳动力的结合。在19世纪，西方新兴资本主义国家是靠"低廉价格的商品"作为摧毁一切东方万里长城的重炮，而20世纪60年代以来，资本主义的发展则是以跨国公司资本的投资方向朝向第三世界地区为特征。资本在第三世界的落地当然为了利润，但也同时为后发展的国家资本短缺提供了资金来源，为当地劳动力提供了就业机会，为这些国家制造的商品开通了国际市场，为当地技术、市场、管理的国际化提供了条件。从而使得后发展国家通过广泛参与全球化的劳动分工，通过与先进文明成果的连接，获得了促进自己壮大和获得生产力发展的机会。跨国资本的积极流动在这里为落后国家进入工业化竞赛提供了机遇，而这往往是民族国家自己难以独立达成的。

但在决定是否积极参与全球化过程的政策和发展战略上，民族国家的角色不仅没有消失，而且对全球化过程起着重要的作用。

四、文化全球化：变"西方化"为"世界化"

本文的重点其实不是讨论全球化的经济、技术、政治方面，重点仍

---

① 罗伯特·考克斯说"多国公司和银行是全球化的主要媒介"，见其文《从不同的交通透视全球化》，载《全球化话语》，19页。

在文化，即全球化时代的文化关系。从全球化的实践上看，经济和文化可以分开讨论。① 如经济全球化的浪潮席卷全球，在第三世界异议较少；但在文化上，注重本土性、民族性和地方特色的呼声日益高涨，而且这些呼声既来自非西方的国家，也来自欧洲国家。② 中国古代的理气论中，有所谓"气强理弱"和"以理抗势"的说法。③ 如果"气"与"势"一样可表达现实性、必然性的概念，而"理"可以表达合理性的概念，用这样的观点来看全球化的问题，我们可以说，在全球经济领域，气强理弱；但在全球文化领域中，理可以抗势。理念对现实的引导作用更多地体现在文化的领域。

从文化的角度来思考19世纪以来世界各民族历史密切联结，世界各地文化沟通、融合的过程，即从文化的角度来反思全球化的历程、特点，以罗兰·罗伯森为代表，晚近以来已经有了不少申论。

不过，让我们还是先回到马克思：

> ……过去那种地方的和民族的自给自足的闭关自守状态，被各民族的各方面的互相往来和各方面的互相依赖所代替了。物质的生产是如此，精神的生产也是如此。各民族的精神产品称为公共的财产，民族的片面性和局限性日益成为不可能，于是由许多种民族的和地方的文学形成为一种世界的文学。

这里，"民族的片面性和局限性"，不仅对东方是如此，对西方也

---

① 罗兰·罗伯森也认为，世界体系在政治上、经济上的扩张，与文化并不形成对称的关系。见《全球化理论谱系》，湖南人民出版社，2002年，126页。

② 莱利斯辛克莱说："本土文化抗击全球化力量的竞争诉求，已然在世界范围内把自己提上了社会学、文化和政治研究的日程。"参见其文：《相互竞争中的多种全球化概念》，载《全球化话语》，41页。

③ 气强理弱之说出于宋代的朱子，以理抗势之说则见于明代的吕坤。

同样适用。很显然，在文化上，马克思所主张的，绝不是"东方从属于西方"，他所肯定的是"各民族的精神产品成为公共的财产"，"由许多种民族和地方的文学形成为一种世界的文学"。这个观点，应当说不仅是指文学，也代表了马克思在整个人文学领域的世界化观点。在这样的立场上，世界文学、世界史学、世界哲学是涵盖了各地方的各民族的特色，又超越了单一地方单一民族的局限的文化范畴，而绝不是以欧洲的范式和特色去覆盖一切民族和地方的文化。

就哲学而言，在全球化的时代，必须一改近代以来西方中心主义的文化理解，那种认为只有西方的哲学才是哲学的观点已经是一种落后于二百年来东西方文化频繁交流和普遍交往的经验的观点。在世界化的时代，我们应当把哲学了解为文化。换言之，"哲学"是一共相，是一个"家族相似"的概念，是西方、印度、中国文明各自关于宇宙人生的理论思考，是世界各民族对宇宙人生之理论思考之总名，是一个世界哲学的概念。在此意义上，西方哲学只是哲学的一个殊相、一个例子，而不是哲学的标准。因此，"哲学"一名不应当是西方传统的特殊意义上的东西，而应当是世界多元文化的一个富于包容性的普遍概念。

中国哲学虽然其范围与西方哲学有所不同，其问题亦与西方哲学有所不同，这不仅不妨碍其为中国的哲学，恰恰体现了哲学是共相和殊相的统一。所以，今天非西方的哲学家的重要工作之一，就是发展起一种广义的"哲学"观念，在世界范围内推广，解构在"哲学"这一概念理解上的西方中心立场，才能真正促进跨文化的哲学对话，发展21世纪的人类哲学智慧。如果未来的哲学理解，仍然受制于欧洲传统或更狭小的"英美分析"传统，而哲学的人文智慧和价值导向无法体现，那么21世纪人类的前途将不会比20世纪更好。①

---

① 参看陈来：《现代中国哲学的追寻》，人民出版社，2001年，359页。

"全球化"一词，若作为动词，本应指某一元素被推行于、流行于、接受于全球各地，在这个意义上，全球化是有主词的，如说"市场经济的全球化"，其主词就是市场经济，如说"美国文化的全球化"，其主词就是美国文化。但是，事实上，虽然众多政治家、媒体、学者使用全球化这一语词，但多数人并不赞成这种有主词的全球化理解。从文化上看，原因很明显，有主词的全球化，是一元论的，意味着用单一性事物去同化、覆盖和取代全球的文化多样性，意味着同质化、单一化、平面化，这在文化上是极其有害的。另一方面，这种有主词的全球化，一般被认为是西方化，甚至是以美国的政治经济体制、美国的价值观、美国的文化意识形态作为其主词的，它必然引起与世界各地民族认同和文化传统的紧张。而现实世界的全球化过程也的确有这样的趋势和倾向，特别是美国所主导和推动的全球化始终致力于朝向这样的方向发展。这理所当然地受到欧洲和亚洲等多数国家人民对"文化帝国主义"的警觉和质疑。[①] 基于这样的立场，更多的人赞成把文化的全球化视作全球各文化"相互渗透，相互融合"的过程，甚至把全球化作为一种杂和的过程。[②] 这样的全球化概念更多地代表一种全球性状态，而不是指单一中心把别人都化掉。可见"全球化"一词，既可以是性质的，也可以是状态的，即全球化也可以理解为全球性状态的，这里就不需要主词了。与这样一个时代相适应，必须发展起一些新的、富于多元性的世界性文化概念和文化理解。

　　最后，全球化和本土化在实践上是互相补充的，所谓"全球的本土化"（glocalization）即是如此。从这个方面来说，全球化应当是多主词

---

　　① 乔纳森·弗里德曼：《文化认同与全球性过程》，商务印书馆，2003年，294页。

　　② 让·内德·皮特斯：《作为杂和的全球化》，载《全球化话语》，上海三联书店，2002年，103页。

的，从而形成复数的全球化，诸多的全球化努力相互竞争、相互影响，共同构成全球化时代大交流的丰富画面。在这个意义上，全球化是一个竞争平台，是一种技术机制，任何事物都可以努力借助当今世界的技术机制使自己所欲求的东西全球化。

五、价值的多元普遍性

全球化为东方文明提供了新的机遇，从根本上改变三百年来东西方文化失衡的状态。因此我们不能把全球化仅仅当作一个外在的客观过程，而应当把它作为参与的、能动选择的、改变着的实践过程。这又涉及文化认同的问题。在中国，文化认同的问题始终和古今东西之争连接着。

全球化所涉的古今东西的问题，全球化的讨论和现代化的讨论有些类似，只是方式和角度有所不同。如，在中国近代化初期的启蒙运动中，是以西方 VS 东方；在现代化理论中，是以传统 VS 现代，在全球化论说中则以全球化 VS 地方性，其实都始终关联着一个根本的问题，即在现代化时代，传统的命运如何和如何对待传统、如何对待文化认同的问题。我们这里所说的地方性传统，还不是指人类学家常常处理的部落的、小区域的地方，而是指非西方的大文明传统，如印度文明、中国文明、阿拉伯文明。可以说，全球化已经显现出一种趋向，把这个问题提得更尖锐了，即当今全球化的世界，谁在经济政治上有力量，谁的文化就有可能覆盖其他文化和文明创造。

此外，由于经济全球化的说法最有说服力，所以在这个意义上，全球化突出的仍然是工具理性的全球发展，也因此，全球化中遇到的问题是和现代化运动一样的，如工具理性和价值理性的不平衡问题，德国资深政治家施密特即指出，非全球化可能带来道德退化的问题必须引起注意。

从哲学上说，一个事物或要素在一定的历史过程中被全球化了，表示此一事物或要素自身具有可普遍化的特质，并且这一特质得到了外在的实现。由于早期现代化过程是历史地呈现为西方化的特点，因此，从韦伯到帕森思，在伦理上，都把西方文化看成普遍主义的，而把东方文化看成特殊主义的，意味着只有西方文化及其价值才具有普遍性，才是可普遍化的，而东方文化及其价值只有特殊性，是不可普遍化的。从而把东西方价值的关系制造为"普遍主义"和"特殊主义"的对立。这样的观点运用于全球化，就是以"西方"去"化"全球，以实现"全球化"。在这里，全球化的讨论就和现代化的讨论衔接起来了。"现代化"要求从古代进入现代，讲的是古往今来，突出了"古—今"的矛盾；而"全球化"要求放之四海而皆准，讲的是四方上下，突出的是"东—西"的矛盾。20世纪60年代的现代化论者突显"传统—现代"的对立，要后发展国家和地区抛弃传统文化价值，拥抱现代化，90年代的全球主义者强调的是"全球—地方"的对立，要用全球性覆盖地方性。可见，从现代化到全球化，古今东西的问题始终是文化的中心问题。从儒家的思想立场来说，针对现代化理论，我们强调古代的智慧仍然具有现代意义；针对全球主义，我们强调东方的智慧同样具有普遍价值。其实，这两种针对性都是强调文化传统特别是非西方文化传统的普遍意义和永久价值，只是强调的重点是一个侧重在时间，一个侧重在空间。

首先，如果我们借用地方性这个概念的话，那么必须看到，人类不管生活在什么样的工业技术时代，人的最直接的生活秩序是地方性的，人在现代化生活之外，要求道德生活，要求精神生活，要求心灵对话，而道德秩序都是由地方文化来承担的，宗教信仰也都是由地方文化来承担的。古往今来，从来没有、未来也不可能有一个全球宗教可以取代一切地方性宗教而成为地球人类的共同宗教。多元化的道德体系和宗教系统是世界的现实，未来几百年也不太会有改变的可能。另一方面，地方文化也可具有普遍性，亦可普遍化。以佛教为例，佛教属于世界宗教，但仍有其地方性，儒教亦然。可见全球化与地方化不是截然两分的，而是互相渗透的。事实上，佛教也好，儒教也好，在历史上都早已不是纯粹的地方文化，而不断地随着传播的可能性而扩展，它们都先在近世东亚取得了世界性，并在近代向更大的世界性展开。这种传播的扩大本身就说明了东方的佛教和儒教具有可普遍化的性质，其内容具有普遍性的意义。

因此，我们必须尝试建立起"多元的普遍性"的观念。美国社会学家罗伯森在其《全球化：社会理论和全球文化》中提出，"普遍主义的特殊化"和"特殊主义的普遍化"是全球化的互补性的双重进程。普遍主义的特殊化，即我们常讲的"普遍真理与（当地的）具体实际相结合"，其普遍主义指的是西方首先发展起来的现代经济、政治体制、管理体系和基本价值，这又可称为"全球地方化"。特殊主义的普遍化则是指对特殊性的价值和认同越来越具有全球普遍性，只要各民族群体或本土群体放弃各种特殊形式的本质主义，开放地融入全球化过程，其族群文化或地方性知识同样可以获得全球化的普遍意义，这是"地方全球化"[1]。罗伯森的这一说法很有意义，但这种说法对东方文明的普遍性肯定不足。在我们看来，这种普遍和特殊只有时间的差别，西方较早地把自己实现为普遍的，东方则尚处在把自己的地方性实现为普遍性的开始，而精神价值的内在普遍性并不决定于外在实现的程度。在我们看来，东西方精神文明与价值都内在地具有普遍性，这可称为"内在的普遍性"，而内在的普遍性能否实现，需要很多外在的、历史的条件，实现的则可称为"实现的普遍性"。因此，真正说来，在精神、价值层面，必须承认东西方各文明都具有普遍性，都是普遍主义，只是它们之

---

① 参看《全球化理论谱系》，131 页。

间互有差别，在不同历史时代实现的程度不同，这就是多元的普遍性。① 正义、自由、权利、理性、个性是普遍主义的价值，仁爱、平等、责任、同情、社群也是普遍主义的价值。② 梁漱溟早期的《东西文化及其哲学》所致力揭示的正是这个道理。今天，只有建立全球化中的多元普遍性观念，才能使全球所有文化形态都相对化，并使它们平等化。③ 在这个意义上，如果说，在全球化的第一阶段，文化的变迁具有西方化的特征，那么在其第二阶段，则可能是使西方回到西方，使西方文化回到与东方文化相同的相对化地位。在此意义上，相对于西方多元主义立场注重的"承认的政治"④，在全球化文化关系上我们则强调"承认的文化"，这就是承认文化与文明的多元普遍性，用这样的原则处理不同文化和不同文明的关系。这样的立场自然是世界性的文化多元主义的立场，主张全球文化关系的去中心化和多中心化即世界性的多元文化主义。从哲学上讲，以往的习惯认为普遍性是一元的，多元即意味着特殊性；其实多元并不必然皆为特殊，多元的普遍性是否可能及如何可能，应当成为全球化时代哲学思考的一个课题。

回到儒家哲学，在全球化的问题上，已经有学者用理学的"理一分殊"来说明东西方各宗教传统都是普遍真理的特殊表现形态，都各有其

---

① 林端从社会学的角度质疑了韦伯–帕森思制造的普遍主义与特殊主义的对立，认为儒家伦理是一种"脉络化的普遍主义"，见其文《全球化下的儒家伦理》，载林氏著《儒家伦理与法律文化》，中国政法大学出版社，2002 年，187 页。

② 杜维明在哈佛大学"儒家人文主义"课程中曾就这两组价值孰重孰轻在学生中做过调查，据他说，十年前学生的选择和现在学生的选择有很大变化，现在认为公益比自由重要、同情比理性重要的人越来越多。有关两类价值的分析请看杜维明的两篇论文：《全球化与多样性》（《全球化与文明对话》，江苏教育出版社，2005 年）和《文化多样性时代的全球伦理》（《儒家传统与启蒙心态》，江苏教育出版社，2005 年）。

③ 参看《全球化理论谱系》，129 页。

④ 见查尔斯·泰勒：《承认的政治》，载《文化与公共性》，生活·读书·新知三联书店，1998 年。

价值，又共有一致的可能性，用以促进文明对话，这是很有价值的。①
我所想补充的是，从儒家哲学的角度，可以有三个层面来讲，第一是
"气一则理一，气万则理万"，气在这里可解释为文明实体（及地方、
地区），理即价值体系。每一特殊的文明实体都有其自己的价值体系，
诸文明实体的价值都是理，都有其独特性，也都有其普遍性。② 第二是
"和而不同"，全球不同文明、宗教的关系应当是"和"，和不是单一
性，和是多样性、多元性、差别性的共存，同是单一性、同质性、一元
性，这是目前最理想的全球文化关系。第三是"理一分殊"，在差异中
寻求一致，为了地球人类的共同理想而努力。

朱子在《四书集注》中，既谈到"理势之当然"，又谈到"理势之
必然"。用这样的观点来说，全球化是"自然之势"，但人可以而且应
当"因其自然之势而导之"，这样才能把理和气结合起来，把理势之自
然和理势之当然结合起来，历史才能向着人的理想的方向前进。

---

① 刘述先：《全球伦理与宗教对话》，台北立绪，2001 年。
② 表面上看，这有流于相对主义的危险，但对反对文化霸权而言，却不失为
一种理据。这里的关键是论域，在世界文化格局的论域里，人们所关注的，是文化
霸权主义还是文化相对主义是当前主要的危险。应当说，在全球的文明关系中霸权
主义是主要的危险。当然，若论域不同，如在一国内的文化状态来说，相对主义与
虚无主义的问题亦值得重视。

图书在版编目（CIP）数据

中华文化的现代价值／陈来著. — 北京：中国文史出版社，2020.11
（政协委员文库）
ISBN 978 - 7 - 5205 - 2100 - 0

Ⅰ．①中… Ⅱ．①陈… Ⅲ．①散文集 - 中国 - 当代
Ⅳ．①I267

中国版本图书馆 CIP 数据核字（2020）第 117403 号

责任编辑：薛未未

出版发行：**中国文史出版社**
社　　址：北京市海淀区西八里庄路 69 号院　　邮编：100142
电　　话：010 - 81136606　81136602　81136603（发行部）
传　　真：010 - 81136655
印　　装：北京新华印刷有限公司
经　　销：全国新华书店
开　　本：720 × 1020　1/16
印　　张：18.75　　字数：251 千字
版　　次：2020 年 11 月第 1 版
印　　次：2020 年 11 月第 1 次印刷
定　　价：68.00 元